인간시장
6

김홍신 장편소설

가 진 자 와 쥔 자

인간시장

| 차례 |

타협 7

악마의 손길 44

음모의 천재 82

다혜, 기다리던 여자 132

현대판 식인종들 158

자존심 220

가진 자와 쥔 자 234

하느님, 두고 봅시다 297

작가 후기 323

타협

페리호가 기인 울음을 터뜨렸다. 창가로 어둠이 깔린 바다와 머언 불빛이 비치고 있었다. 시계를 들여다보았다. 정확히 일곱 시 이십 분이었다. 안내서엔 팔천 육백 톤급에 시속 24노트의 속력으로 오사카[大阪]의 니시기마루 항에 이튿날 아침 아홉 시 반쯤 도착하기로 되어 있었다. 나가시마 일당은 일곱 명이었고 내 편은 부상자인 병규 한 사람뿐이었다. 흑장미 도모코가 어떻게 나를 도와주게 될지는 알 수가 없었다.

흑장미는 승선하지 않은 게 확실했다. 나가시마 두목과 부딪칠 수 없기 때문인 것 같았다. 나 한 사람 때문에 흑장미와 나가시마가 척질 이유가 없었다.

나는 떠나버리면 그만이지만 흑장미와 나가시마는 일본에

살아 있어야 할 사람들이었다.

문 두드리는 소리가 났다.

"누구요?"

내가 조심스럽게 물었다.

"황병규라고 하면 문 열어주시겠죠."

병규 녀석이 장난스럽게 말했다. 문을 열어주자 병규는 열쇠를 흔들며 들어왔다.

"뭐냐?"

"열쇠 얻어왔어요. 개인에겐 안 주는데 사정을 좀 했죠. 그리고 이 방엔 꽉 찼다고 배정에서 빼달라고 했더니 그래 준다는 거예요. 이젠 독방 차지한 셈이죠."

"뭐 좀 먹었냐?"

"아뇨. 승선 인원이 안 찰 땐 먼저 부탁하는 사람에게 혜택을 주는 모양예요."

"목욕탕은?"

"공용탕이라 허름하지만 물은 뜨거워요. 비상계단으로 내려가면 오른쪽에 써 있었어요."

"갑판은?"

"식당하고 연결된 계단은 넓지만 뒷문 쪽은 비상계단처럼 좁고 가팔라요."

문만 안에서 잠궈버리면 웬만한 도구 가지고 열 수 없는 철문이었다. 이층으로 꾸며진 침대 위에 우리는 벌렁 누웠다. 커놓은 텔레비전에선 알아들을 수 없는 일본 방송이 흘러나오고 있었다. 창은 열 수 없게 고정되어 있었다. 창밖으로 도시의 불빛이 아름답게 펼쳐지고 있었다. 배의 속도가 꽤 빠르다는 걸 느낄 수 있는 건 창 밑으로 물보라를 일으키며 흩어지는 바닷물의 소용돌이 때문이었다.

"쟤들, 무기 가졌을 거다. 엉겁결에 우릴 추적하느라고 다른 짓은 못했겠지만 조심해야 한다. 일곱 명밖에 못 탄 것은 흑장미가 예상대로 방해 공작을 해준 덕일 테고. 그러니까 한 녀석씩 해치워야 된다. 한꺼번에 붙으면 우리가 백 번 불리해. 좁은 복도나 비상계단을 이용해야 돼. 넌 가능하면 나한테 붙어 다녀라."

"어째 으스스한데요. 저쪽에서도 쉽게 넘어가진 않을 겁니다."

"사람이 많은 데선 까불지 않겠지. 우리 방을 확인한 뒤에 충분한 시간이 있으니까 계획을 짤 거다."

"바다에 밀어버리면 꼼짝달싹 못하고 당합니다."

병규는 후회하는 투로 말했다.

"이 자식아, 사내가 한 번 죽지 두 번 죽냐? 힘내. 내가 알아서 할 테니까. 무슨 일이 있어도 넌 무사하게 빠져나가게 해주겠다."

"표창을 잘 간수하세요."

녀석은 확실히 긴장한 것 같았다.

"우선 사람 많을 때 밥부터 먹어두자. 배가 든든해야 배짱도 생기는 법이다."

"괜찮을까요?"

"여기 가만히 앉아 있으면 더 위험한 거다. 나가서 바람도 쏘이고 모르는 체해야 안심하고 작전을 짤 거 아니냐. 절대 긴장한 표정이나 두리번거리지 마라. 그냥 이 배를 타고 여행하듯 굴어야 한다. 겁내서 눈치 보거나 두려워하면 저쪽에서 오히려 강공으로 나올 수 있는 거다."

내가 자리에서 일어나자 병규는 가방을 한쪽으로 치워놓고 잭나이프를 바깥 주머니에 찔러 넣었다.

"이판사판이죠."

"생각 잘했다."

우리는 문을 잠그고 밖으로 나왔다. 판매기와 환전기가 늘어서 있는 사이로 꼬마들이 전자오락실 앞과 가게를 들랑거리며 술래잡기를 하고 있었다.

"총 한 방 쏴보자."

"형님은 그런 태평한 생각이 도대체 어디서 나오는지 모르겠어요."

"시대를 잘못 타고 나오면 그런 거다. 밥 사내기 할래?"

"그야 빤하죠. 내가 사는 거죠."

"그럼 담배 내기로 하자."

"아무 거나 좋아요."

우리는 전자오락실이 있는 방으로 들어갔다. 병규는 사방을 눈여겨보고 있었다.

"신경 쓰지 말고 총이나 쏴라. 두리번거리지 말란 말야."

"알았어요."

"내가 다 알아서 할 테니까 염려 마라."

동전을 넣고 단추를 눌렀다. 총신 끝으로 일본의 성벽이 나타나고 그 사이로 자객들이 들쭉날쭉 성벽으로 숨어 들어가는 모습이 점점 빨라지는 놀이였다. 맞아 떨어진 녀석은 사라지지만 설맞은 자객과 통과한 자객은 곱으로 늘어나 성벽 안으로 들어가버리는 전자오락 기구였다.

우리는 열심히 방아쇠를 잡아당겼다. 상대방이 공격할 수 없는 일방적인 놀이였지만 만점을 얻긴 어렵게 조작해 놓은 것이었다. 잔돈푼이나 내다 버려야 제 점수를 딸 수 있을 것 같았다. 나는 일부러 병규의 점수를 곁눈질로 확인하며 내 점수를 많이 놓쳐버렸다. 녀석에게 긍지를 심어주고 싶었다. 나를 만난 뒤로 묘한 열등감에 빠져 있는 것 같았다.

"형님, 내가 이겼죠? 담배 내요."

병규가 점수를 확인하더니 소리쳤다.

"이건 너한테 못 당하겠다."

나는 이렇게 말하고 건너편에 있는 담배 자동판매기에서 담배 두 갑을 꺼내 녀석에게 내밀었다.

"밥을 사마."

"이긴 기념으로 내가 살게요."

"다음에 한판 더 붙은 뒤에 사라."

우리는 가운데 계단으로 올라가기 시작했다.

"앞에 두 녀석 있어요."

병규가 속삭이듯 말했다.

"태연하게 굴어."

넓은 선상 식당으로 들어섰다. 뷔페 식당으로 화식과 양식이 먹음직스럽게 마련되어 있었다.

"포식 좀 하자."

우리는 큰 그릇이 모자랄 정도로 많은 양을 나누어 들고 자리를 잡았다. 일본 사람들은 입이 짧은지 대개 몇 가지만 놓고 얌전히 먹고 있었다. 우리보다 뒤에 처져 달라붙던 녀석들이 옆자리에 앉아 밥을 먹고 있었다. 녀석들도 시치미를 뚝 뗀 채 맥주까지 마셨다.

"다 먹고 비상계단 쪽으로 내려가자. 계속 따라붙으면 적당한 곳에서 먼저 해치워야겠다."

병규가 고개를 끄덕였다. 넓은 배 안에 흩어져 있는 애들을 한 명씩 차례로 해치우는 것이 최선이라는 생각이 들었다.

식사를 마치고 비상계단으로 내려갔다. 자연스럽게 담배를 빼어 문 두 녀석이 따라오고 있었다. 가파른 비상계단 아래쪽에서 병규가 일등실 옆의 비상계단을 가리켰다.

"천천히 내려가라. 사람이 있는지 살펴보고."

우리는 일등실 옆의 비상계단으로 또 내려갔다. 침침한 백열

등이 붉은 빛깔을 뿜고 있었다.

 두 녀석을 해치우면 다섯 놈이 남는다. 나는 이런 생각을 하며 구석에 숨어 있었다. 빠른 걸음으로 계단을 내려선 두 녀석 손엔 소음장치 된 권총이 들려 있었다. 나는 갑자기 피가 들끓는 걸 느꼈다. 총알이 없는 빈 총이라고 해도 겨누면 기분이 나쁜 법인데 소음기가 달린 무성 권총을 겨누고 있다는 건 견디기 어려운 일이었다.

 총 쏠 틈을 주면 불리할 것 같았다. 그들은 나가시마의 근위대일 것이고 만만찮은 솜씨를 가진 사내들일 게 빤했다. 거침없이 총을 꺼낸 것으로 미루어 생포하지 않아도 좋다는 명령이 떨어진 것 같았다. 나를 해치우기만 하면 감쪽같이 바다로 내던져버릴 것이다. 나는 그기밥이 되어버릴 것이고 흔적조차 없어져 그걸로 내 인생은 종지부를 찍게 될 것이다.

 표창을 꺼냈다. 듬직했다.

 쉭. 쉭.

 매서운 바람 가르는 소리와 함께 두 녀석이 나뒹굴었다. 재빨리 뛰어나가 바다에 떨어진 권총을 병규에게 던져주었다.

 혈을 눌렀다. 거품을 뿜으며 두 녀석은 몸을 스스로 비틀었다. 비명을 지르지 못하게 하려면 이 방법밖에 없었다. 병규가 권총을 허리춤에 챙기고 비상계단 위로 올라갔다.

 "됐어요. 아무도 없어요."

 나는 한 녀석씩 덜미를 잡아 비상계단 입구까지 끌고 올라갔다.

"문을 따라."

병규가 우리 방을 열어놓고 손을 까불렀다. 바닥으로 질질 끌고 들어갔다.

병규는 문을 안으로 잠갔다. 아래칸 침대에 두 녀석을 나란히 눕혀 놓았다. 혈을 짚여서 말 한마디도 못한 채 애원하는 표정을 짓고 있었다. 혈을 풀어달라는 시늉을 하고 있었다. 한 방씩 갈겨서 기절을 시키고 싶었지만 녀석들에게 정보를 얻어내기 위해 참고 있는 것이었다.

"내가 혈을 풀어주지 않으면 병신이 된다고 말해라. 그리고 묻는 대로 대답하지 않으면 바다에 던져버린다고 일러라."

병규가 일본말로 내 얘기를 전해주었다. 녀석들은 고개를 끄덕였다. 비굴한 웃음을 보내며.

나는 한 녀석의 혈을 풀어주는 대신 뒷덜미를 잡아 앉혔다. 여차하면 다시 낚아챌 생각이었다. 시간이 촉박한 셈이었다. 녀석은 크게 숨을 몰아쉬더니 몇 마디를 했다.

"이 배는 완전히 포위되어 있답니다. 지금 나가시마 두목의 명령을 받은 부하들이 이 페리호를 쾌속정으로 호위하고 있고 이 배 안에도 오십 명이나 타고 있대요."

병규가 이렇게 말하며 유리창으로 바다를 살펴보았다.

"이 배에 탄 놈은 일곱 명이고 나가시마 두목을 빼곤 이미 모두 바닷속에 던졌다고 해 둬라."

병규가 내 말을 그대로 옮겼다.

"우리가 잘못 안 거랍니다. 제일 늦게 올라온 것이 일곱 명이고 만약의 사태를 대비해서 미리 대기시켜 놓았던 부하들이 승선했다는 겁니다."

나는 녀석이 겁주려고 거짓말을 하고 있다는 걸 알았다. 흑장미가 감쪽같이 세운 계획이었고 다른 녀석들이 탈 수 없게 방해 작전을 폈다는 걸 알고 있었기 때문이었다.

"바다에 처넣겠다고 해."

나는 녀석의 뒷덜미를 바싹 옭아 쥐었다. 숨길이 끊긴 녀석이 발을 동동 구르며 알아들을 수 없는 말로 사정을 했다.

"살려달래요. 무슨 얘기고 하겠답니다."

"안 돼. 이녀석은 능구렁이야. 한 방에 죽인 것처럼 저 녀석에게 보여야 돼. 그러면 겁먹고 저녀석은 제대로 말할 거다."

나는 녀석을 세워놓고 내리쳤다. 그냥 기절을 시켜버렸다. 눈을 디룩거리며 우리들 표정을 지켜보던 나머지 녀석의 눈빛은 커졌다.

"살려주겠다는 조건하고 묻는 말에 솔직하게 얘기하는 것하고 바꾸겠다고 해라. 이미 나가시마만 빼놓고 다 없앴다고 해."

내가 혈을 풀어주자 죽었다고 생각되는 동료의 얼굴을 한번 올려다보더니 몸서리를 쳤다.

"묻는 대로 다 얘길 하겠답니다. 결혼한 지 석 달밖에 안 됐다면서 얘길 잘해서 꼭 살게만 해달래요."

"쌔애끼, 인간적으로 나오네. 살려주는 건 쉬운데 솔직한 대답이 아니면 어려울 거라고 해라."

"믿어달래요."

"지껄여보라구 해. 아까 다 들었을 테니까."

"맨 마지막에 일곱 명 탄 건 맞답니다. 갑자기 뒤쫓는데 승선하는 바람에 부하들에게 연락도 못했다고 합니다. 그리고 배가 출발하기 직전에 특수한 약물을 소지한 나가시마의 애첩이 한 사람 승선했답니다. 혹시나 해서 고속버스 터미널과 역전과 항구에 애들이 배치되어 있었는데 이 배를 탄 걸 알고 있어서 오사카 항에 부하들이 대기하고 있을 거랍니다. 지금 특A실엔 나가시마 두목과 애첩 와타나베 세쓰코[渡邊典子]가 있고 특B실엔 나머지 애들이 자리 잡고 있답니다."

"세쓰코란 나가시마의 애첩은 어떤 여자며 어떻게 뒤늦게 배를 탈 수 있었냐?"

"항상 붙어 다니는 여잔데 뒤에 남아서 부하들에게 연락 책임을 맡았다고 합니다. 부하들과 연락이 잘 안 되자 승선한 거랍니다. 바깥공기가 이상하다는 걸 알리러 온 거죠. 그런데 그 여자는 나가시마가 어려울 땐 몸으로 그 위험을 막아줄 만큼 미모인 데다가 항상 독극성 약품이나 마비성 약품을 소지하고 있어서 나가시마만큼이나 독종인가 봅니다. 전직은 일본 고전무용수였고 한때 정치가들을 상대로 하는 요정을 경영한 적도 있답니다."

"무기 종류는 뭔가 알아봐라."

"무성 권총과 마취총이 있고 비서격인 에모토는 무전기를 지니고 있답니다. 조금 전까지는 통신이 두절되어 걱정을 하고 있었는데 본부에서 사고가 났는지 걱정하고 있답니다. 무선 연락이 안 되더라도 배 안에서 전보를 치거나 하면 부하들이 이 배를 계속 감시할 수 있게 되거나 긴급한 사항이면 중간에 따라붙을 수도 있답니다."

"가끔 페리호를 이용하는 경우가 있는지 물어봐라."

"처음이랍니다. 페리호는 느리고 기동력을 발휘할 수 없어서 처음 타보는 거랍니다."

"빨리 손만 쓰면 나가시마 일당은 독 안에 든 쥐다."

나는 녀석의 말이 사실인지를 알아보기 위해 몇 가지 더 유도심문을 해보았다. 녀석이 죽음을 각오하고 계획적으로 거짓 정보를 주게 되면 차라리 백지상태에서 대결하는 것만도 못한 것이기 때문이었다. 나가시다의 근위대 같은 애들이라면 죽음을 두려워할 것 같지 않았는데 현장에서 동료가 한 방에 죽어 나자빠지자 겁을 먹은 것 같았다.

"내 목에 붙은 상금은 얼다냐?"

"천만 엔이랍니다."

"천만 엔? 이 자식들이 누굴 핫바지로 보는 거야 뭐야? 겨우 내 목숨이 천만 엔밖에 안 된다는 거냐?"

"형님, 그만하면 외국인으로선 최고 가격입니다. 가끔 상금

이 걸리긴 하지만 그만한 액수면 일본 지하조직에서도 흔치 않은 액수입니다."

병규 녀석이 벌큼벌큼 웃으며 말했다.

"세쓰코한테는 어떤 주의가 필요한가 물어봐라."

"그건 이 녀석도 알 수 없답니다. 워낙 수완이 좋아서 당할 수가 없답니다. 한때 조직 암투 때문에 나가시마가 궁지에 몰렸는데 미인계를 써서 상대방을 케이오시켜 나가시마가 두목 자리를 차지하게 했다는 일화도 있습니다. 또 한때는 일본을 떠들썩하게 했던 배달식품의 독물주입 사건으로 잡혀갔지만 증거가 없어서 풀려났다는 풍문도 있었고 협조 않는 지방 유지를 독살한 혐의도 받았었다고 합니다. 그 이상은 알 수가 없답니다."

나는 세쓰코란 여자가 어떻게 생겼는지 모르지만 보통 독종이 아니라는 걸 짐작할 수 있었다. 미모와 독극물을 다루는 솜씨 때문에 나가시마의 총애를 받고 있다면 무서운 술수를 지닌 여자임엔 틀림이 없었다. 어쩐지 그 얘기를 듣자 몸이 부풀어 오르는 것 같았다.

"그 여자가 맞을 겁니다. 약학대학을 나왔다는 소문도 있어요. 첫 번 결혼에 실패했는데 그가 바로 도쿄의 야쿠자 실력자였다고 합니다. 그 뒤에 복수전을 펼쳐 남편을 죽인 그룹들을 모두 해치우고 튄 거라고도 해요. 겁나는 여자 또 만나게 생겼네요."

"조심해야겠다."

나는 녀석의 입을 빌려 알아낼 만한 나가시마 두목 일행의 정보를 캐낸 뒤에 두 녀석을 한꺼번에 혈을 짚어 침대에 눕혀 놓았다. 아픈 혈이 아니라 움직이거나 말만 할 수 없는 혈을 짚었기 때문에 편히 누워 있을 수 있었다.

"우리가 먼저 덮치자. 공격당할 때까지 기다리는 건 더 불리하다. 특B실을 먼저 덮쳐서 애들을 잡아놓고 나가시마를 잡자."

"네 놈을 한꺼번에 잡을 수 있을까요?"

"위치만 좋으면 된다. 네가 표 확인하러 왔다고 해서 문을 열기만 해. 그리고 위험하면 할 수 없다. 그 총을 쓰는 수밖에. 난 표창만 있으면 된다. 그리고 넌 위험하면 항복해 버려. 그리고 죄 불어대도 좋다. 살아만 있으면 된다. 흑장미 얘긴 결코 해선 안 된다. 네가 대화단이란 사실도."

"알았어요."

우리는 문을 잠그고 밖으로 나와 특등실이 있는 쪽으로 걸어갔다. 병규는 불편한 몸이었지만 성큼성큼 걸어가 특B실 앞에 섰다. 심호흡을 하고 씨익 웃었다.

똑똑똑.

병규가 힘차게 특실의 문을 두드렸다. 안에서 뭐라고 하는 소리가 들렸다. 병규가 능청스럽게 대꾸했다.

내가 시킨 대로 표 검사를 하러 왔다고 말했을 것이다. 녀석들은 방비 없이 문을 열어주기만 하면 그만이었다. 나는 병규를 옆으로 비켜서게 한 뒤 그 앞에 우뚝 섰다.

문이 열렸다.

쉭쉭.

표창 두 개로 안쪽에 있던 두 녀석을 쓰러뜨린 뒤에 앞쪽의 침대에 누워 있는 녀석을 동시에 걷어찼다. 병규가 문을 닫아걸었다. 나는 혈을 잡아 앉히고 병규에게 침대 시트를 찢으라고 했다.

"단단히 묶어라."

겨우 신음 소리를 내는 녀석들을 병규가 침대 모서리의 철제 기둥에 묶었다. 나는 시원찮은 몸으로 열심히 애들을 묶어 나가는 병규를 물끄러미 쳐다보았다.

"형님, 이 정도면 되겠죠?"

"됐다. 애들 짐부터 살펴봐라. 무기가 있으면 긁어모아서 바다에 내던져버려."

나는 표창을 거두어 주전자 물로 핏자국을 닦아 허리띠에 챙겨 넣었다. 유리창 너머로 스쳐 지나가는 도시의 불빛이 아련히 내다보이고 있었다.

"안 죽을 만큼만 시트로 덮어둬라."

소리 지르거나 움직일 수 없을 만큼만 혈을 짚었기 때문에 침대에 뉘어놓아도 괜찮을 일이지만 만약 나가시마를 잡는 데 시간이 오래 걸릴 경우를 생각해서 묶어놓은 것이었다.

"이걸 붙여줘라."

표창 맞은 자리에 상처가 덧나지 않도록 하기 위해 준비해 가지고 다니던 반창고를 붙여주게 했다.

"이런 자식들은 고생 좀 하게 내버려두죠."

병규가 반창고를 붙이며 투덜거렸다. 아까 쓰러진 녀석들은 겨냥해서 날렸기 때문에 상관없지만 이번에 던진 것은 겨냥할 틈이 없어서 깊숙이 꽂혔을 게 틀림없었다.

"끽소리 못 지르게 죽일 수도 있었다. 그러나 난 버르장머리는 고칠지언정 병신을 만들진 않는다. 사람은 어떻게 태어났든, 어느 민족이든 존엄성을 인정해야 하니까. 너도 내 말을 명심해야 한다. 내 감정 같으면 벌써 여기 와서 수백 명도 더 죽였을 거다."

"알아요."

"일본 사람들이 외국 여자 못살게 구는 사실을 모를 리가 없다. 더구나 경찰은 속속들이 알면서 방치하고 있다. 내가 그들을 법망으로 끌어넣어봤자 결과는 빤해진다. 힘이 있는 나라 사람들이 약소국에게 어떤 짓을 하는지 알잖아."

"그래서 형님을 우리 대화단이 초청한 겁니다. 같이 그런 무리를 해치우자는 거였죠."

"그따위 소린 집어쳐라. 너는 모르겠지만 음모를 숨기고 있다는 걸 나는 짐작하고 있다. 더 이상 그런 소릴 하지 마라."

"알았어요. 이젠 어떡하죠?"

"무전기하고 무기를 들키지 않게 바닷속에 처넣고 와."

타협 21

"나가시마는요?"

"여기서 기다리는 거다. 애들이 움직이지 않으면 찾아올 거 아니냐. 차라리 여기서 기다리는 게 낫다. 경계심 없이 들어서는 놈을 낚아채자."

병규가 고개를 끄덕였다. 우리가 나가시마 두목이 있는 특실로 뛰어들어가는 건 어렵지 않지만 만약의 사태를 대비하기는 쉽지 않은 일이었다. 더구나 이상한 여자 세쓰코까지 그 방에 있다고 가정하면 일은 더 복잡하게 풀릴 수 있는 것이다. 시끄럽게 처리하면 우리 쪽만 불리한 입장이 될 것이다.

"노크할 때 꼭 잊지 마라. 강약을 둬서 세 번씩 해라."

병규가 무전기와 무기들을 가방에 챙겨가지고 나갔다.

"만약을 모르니까 한 자루는 챙겨둡니다. 괜찮겠죠?"

내가 고개를 끄덕이자 녀석은 씩 웃고 문을 닫았다. 나는 문이 열리는 방향을 피해 침대 위에 누웠다. 손바닥 안엔 두 개의 표창이 놓여 있었고 스위치를 끌 수 있도록 베개 모서리를 찢어 걸어두었다. 여차할 때 베개를 잡아당기기만 하면 꺼지게 만든 것이었다.

시계를 들여다보았다. 밤 열두 시가 넘어 있었다. 사람들도 뜸한 시간이라는 생각이 들었다. 지금쯤이면 나가시마도 애들이 움직이지 않는 게 궁금할 시간일 것이다.

바싹 긴장되었다. 사실 태평한 체했지만 일본에 온 이후에 나는 줄곧 긴장을 감추지 못했다. 단 하루도 깊게 잠들 수 없었고 단 한 시간도 긴장을 풀어보지 못했다. 이런 불리한 입장으로 일본 암흑가의 거대한 조직이나 악랄한 두목과 대적하는 일을 몇 번이나 포기하고 싶었다.

그러나 나는 이대로 돌아갈 수는 없었다. 어떤 참패를 당하더라도 결코 피신자나 패주자로 남고 싶진 않았다. 그건 내가 나 자신을 용서할 수 없는 일이었다.

일부러 텔레비전 소리를 크게 틀어놓았다. 문밖의 소리에 신경을 곤두세운 채 기다리고 있었다.

노크 소리가 리듬 있게 들려왔다.

"병규입니다."

나는 누운 채 문을 열어주었다.

"왜 늦게 왔냐? 사람 궁금하게."

"나가시마하고 세쓰코가 지금 갑판에 나와 있습니다. 내가 물건을 내다 버리고 돌아오는데 둘이 갑판으로 올라왔어요. 마주쳤지만 날 몰라봐요. 아무래도 바람 쐬러 나온 것 같아요."

"갑판에 다른 사람들은 없어?"

"몇 명은 있어요."

"그럼 곤란한데."

"일단 나가서 망을 보죠."

"다른 사람을 불러들일 방법이 없겠냐? 자연스럽게."

"생각해 보죠."

우리는 뉘어놓은 녀석들과 묶어놓은 녀석들을 확인한 뒤에

타협 23

문을 잠그고 나왔다. 비상계단은 침침했다. 좁고 가파른 비상계단을 다 올라서자 선상 식당과 연결되는 갑판이 나왔다. 우리가 식당 옆을 돌아 선미 쪽으로 갈 때까지 나가시마와 세쓰코는 차가운 바람을 맞으며 구명보트 옆에 서 있었다.

"저 사람들 조용히 내려가게 해봐라."

갑판 위에는 젊은 애들이 서너 쌍 바람을 맞고 있었다.

"해보죠."

"파도가 세서 위험하다고 해봐."

병규가 사람들 쪽으로 다가갔다. 내 손에선 땀이 배어 나왔다. 옷에 손바닥의 땀을 닦고 표창을 다시 잡았다. 사람들이 갑판에서 내려가는 게 보였다.

천천히 다가갔다. 맞바람이 세차게 불어왔다. 나가시마는 고개를 돌리지 않았다. 세쓰코라는 여자의 어깨에 손을 얹은 나가시마의 덩치는 믿음직스러울 만큼 강인해 보였다.

표창을 충분히 쏠 수 있는 거리가 되었다.

힘없이 고개를 돌렸다.

그의 오른손엔 총신이 짧은, 날렵하게 생긴 총이 나를 겨누고 있었다. 나도 예상은 했지만 그렇게 힘없이 돌아보며 총을 겨눌 줄을 몰랐다. 들었던 표창을 한 번 올려다본 나가시마가 가볍게 웃었다.

나도 표창을 든 채 움직이지 않았다. 표창보다는 총알이 먼저 내 심장을 뚫게 된다는 걸 알 수 있었다. 나가시마는 미동도

하지 않았다. 그는 손가락만 움직이면 되지만 나는 몸 전체를 움직여야만 그를 공략할 수 있었다. 그러나 총알이 박힐 무렵이면 나도 표창을 날려 서로 치명상을 입힐 수밖에 없을 거라는 걸 그도 아는 것 같았다. 세쓰코도 그 자리에서 움직이지 않았다. 고개를 돌렸을 뿐 차가운 눈빛을 잠시도 떼지 않았다.

나가시마 두목이 일본 말로 지껄였다. 알아들을 수가 없었다.
"병규야 이리 와봐."
눈은 나가시마의 눈과 손목을 쳐다보면서 뒤쪽 어딘가에 숨어 있을 병규를 불렀다. 나가시마가 어떤 의사를 표하고 있는지 알지 않으면 서로 위험을 각오해야만 했다.
"여기, 갑니다."
병규 손에도 버리지 않은 한 자루의 무성 권총이 들려 있었다. 세쓰코는 그런 병규를 농락이라도 하듯 병규에게 총을 겨누고 있었다.
"뒤에서 얼마든지 표창을 던질 수 있었는데 왜 안 던졌느냐고 물어요."
"비겁하게 승부를 가리고 싶진 않다고 말해."
병규가 빠르게 지껄였다. 나가시마는 침착하게 말했다.
"서로 무기를 버리고 대결했으면 좋겠답니다."
"함정 아냐?"
"모르겠어요."
"좋다고 해라."

"괜찮을까요?"

"총구가 내 심장을 겨누고 있는 건 기분이 나쁘다."

병규가 한 발 옆으로 비켜서며 말했다. 나가시마는 웃으며 대꾸했다.

"나가시마도 일본 야쿠자의 두목이며 사내랍니다. 무기를 버리고 맨주먹으로 붙잡니다."

"좋다."

"하나 둘 셋 하면 동시에 바다로 던지잡니다."

"하자."

병규와 나가시마가 동시에 숫자를 세었다. 나는 표창 두 개를 들었다. 셋이란 소리가 떨어지자마자 바다를 향해 표창을 날렸다. 병규의 총과 나가시마의 총도 날았고 세쓰코의 총도 날았다.

그 순간이었다.

나가시마의 왼쪽 손에서 또 다른 총신이 빛을 내며 나왔다.

"손들고 앞으로 오랍니다."

"비겁한 새끼. 그게 일본 야쿠자 두목이며 일본 사내냐고 해 붙여라."

병규가 뭐라고 했지만 나가시마와 세쓰코는 웃었다.

"시키는 대로 안 하면 그냥 갈겨버린답니다."

"적어도 사내라면 저따위 짓은 못할 거 아냐? 비겁한 새끼. 진짜 이번에 걸리면 죽여버리겠다."

"형님, 위험해요. 앞으로 가요. 손들고요. 어서요."

"이건…… 당했다."

나는 나가시마가 시키는 대로 앞으로 걸어 나갔다. 이런 비겁하고 악독한 사내에게 당하다니. 표창을 뺄 틈이 없었다. 나는 간발의 차이지만 나가시마와 세쓰코의 손에서 권총이 떨어지는 순간에 표창을 던졌다. 그러면서도 그 순간에 그들의 사내다움과 야쿠자 두목다움을 의심한 내 자신이 부끄러웠다. 하려고만 했다면 던지는 체하면서 표창 한 개를 손 안에 떨어뜨릴 수가 있었다. 나는 그들에게 비겁한 사내로 남고 싶지 않았다.

물론 예비로 다른 무기나 소형 권총을 지니고 있을 거라는 건 짐작했지만 바로 왼손에 권총을 들고 있으리라곤 생각하지 못했다. 세쓰코 손에도 손바닥 안에 들어갈 만큼 작은 권총이 들려 있었다.

"편히 모실 테니까 시끄럽게 굴지 말랍니다. 여차하면 갈겨버린답니다. 이 배 주위엔 부하들이 쾌속선으로 대기하고 있어서 언제든지 가볍게 해치우고 가볍게 도주할 수 있대요. 조용히만 해주면 특실에서 편히 재워주고 오사카에서도 대접을 해주겠답니다."

"저 녀석이 말한 대로 사내답게 한판 붙자고 해라."

"웃기지 말래요."

세쓰코가 다가와 내 허리띠를 풀었고 주머니마다 뒤져 쇠구슬과 무기가 될 만한 것을 모두 빼냈다. 병규도 마찬가지 꼴이

타협 27

었다.

세쓰코는 치밀한 여자였다. 동전과 손톱깎이와 볼펜까지도 남김없이 내어 바닷속으로 던져버렸다. 이제 내게 믿을 수 있는 것이라곤 주먹과 미처 눈치채지 못한 단추뿐이었다.

"수틀리게 굴면 언제라도 갈겨버릴 테니 숨죽이고 앞서 가랍니다. 특등실로 안내하겠답니다."

"가보자."

우리는 손을 내린 채 그들이 시키는 대로 걸었다. 병규만 없거나 세쓰코란 여자만 없더라도 계단을 내려설 때 나가시마를 걸고 넘어져보겠는데…….

옷 속에 총을 감추어 나를 겨눈 나가시마가 계속 병규에게 뭐라고 말을 했다. 병규는 잠자코 듣기만 하는 눈치였다. 특등실 문을 세쓰코가 열었다. 우리는 안으로 들어섰다. 퍽 넓은 실내는 깔끔하게 다듬어져 있었다. 호텔을 연상케 하는 꾸밈새였고 욕실과 응접세트도 제대로 갖추어져 있었다.

침대 모서리에 앉게 한 뒤 나가시마와 세쓰코는 맞은편 의자에 앉았다. 총구는 여전히 나한테만 겨냥하고 있었다. 총알이 들어 있지 않은 총이라도 기분이 언짢을 판인데 나가시마 같은 악랄한 사내에게 겨냥당하고 있으니 견디기 어려운 심정이었다.

"이놈의 총 좀 치우고 얘길 하자고 해라."

"허튼수작 말고 묻는 말에나 대답하래요."

"내가 움직이면 너는 무조건 세쓰코의 손목을 걸어차야 된다."

"조심해요, 형님. 우선은 고분고분하는 게 좋아요. 저 여자도 한가락 하는 여잡니다."

"겁먹지 마, 임마."

"부하들을 어떻게 했느냐고 물어요."

"바다에다 몽땅 내던졌다고 해버려."

"정말요?"

"그래야 반응을 볼 수 있잖아. 어서!"

"정말 그렇다면 그냥 죽이진 않겠답니다."

"각오는 돼 있다고 해라."

"어떤 조직과 손 잡았냐고 물어요."

"없잖아, 임마."

"그럼 어째서 벳푸에서 부하들이 승선할 수 없었으며 무전 연락이 안 됐으며 하카다에서 감쪽같이 숨을 수 있었는지를 설명해 보랍니다."

"이 자식이 누굴 가지고 놀 작정야 뭐야?"

나는 버럭 소리를 질렀다.

"형님, 가만히 계세요. 지금 당장 죽이고 싶지만 끝장을 보기 위해 살려두는 거랍니다."

나는 나가시마를 노려보았다. 잘생긴 사내였다. 사십 줄의 짧은 머리와 이목구비가 또렷했고 깨끗한 피부와 빛나는 눈동자를 가졌다. 키는 그렇게 크지 않았지만 잘 발달된 근육질을 느낄 수 있었다. 세쓰코의 자세는 너무나 침착했다. 천박하지 않은 용모와 세련된 매무새, 거기다 미사코처럼 빼어난 미인이었다. 크지 않은 몸매였지만 유연성을 엿볼 수 있었다. 나이는 어림잡아 삼십 대 가깝게 보였다. 나가시마 두목과 썩 어울린다는 걸 느낄 수 있었다.

"담배나 한 대 달라고 해라."

세쓰코가 담뱃불에 불을 붙여 내밀었다. 나는 그녀의 눈동자를 무섭게 노려보았다. 그녀는 눈길을 재빨리 돌려버렸다.

"우리 방 열쇠를 달라는데요? 우리가 열쇠를 빌린 것까지도 알아낸 모양입니다."

"내줘라. 그 안에 부하 두 놈이 들어 있다고 해."

"걔들이 깨어나면 더 위험할 텐데요."

"세쓰코가 찾으러 갈 때가 기회란 것을 잊지 마라. 무조건 굴러서 바닥으로 떨어져라. 함부로 쏘진 않을 거다."

"알았어요."

열쇠를 받아 든 세쓰코가 핸드백 속에 권총을 챙겨 넣고 나갔다. 나가시마가 더 나를 정확하게 겨냥하고 있었다.

"뒹굴어."

내가 이렇게 말했지만 병규는 얼어붙은 채 가만히 있었다.

"수작 부리지 말래요."

"애들이 오면 더 어려워. 기회는 이때뿐이다. 내 말 잘 들어. 네가 비실비실 몸을 비틀다가 바닥으로 쓰러지란 말이다. 뒤는 내가 책임질 테니까. 어서!"

속삭이듯 지껄이는 말이었지만 나는 병규에게 심각한 어투로 말했다. 녀석이 나가시마와 얘기를 주고받으며 내 말을 귀담아 들었다.

병규가 몸을 틀면서 쓰러졌다. 내가 재빨리 병규를 부축했다. 내 혓바닥 위엔 소매 끝에 달려 있던 단추가 놓여졌다. 왼손바닥엔 병규의 웃옷 단추가 쥐어졌다.

나가시마가 뭐라고 소리 지르며 권총을 내밀었다. 나는 그의 말을 알아듣지 못하니까 괜찮았지만 병규 녀석은 사색이 되어 벌떡 일어났다.

그 순간 나는 혀끝에 있던 단추를 날렸다. 동시에 왼손에 있던 단추를 나가시마의 눈두덩이를 정확히 겨냥해 날렸다.

으윽!

나가시마의 총알이 침대로 튀는 것과 거의 동시에 나가시마는 내가 뻗은 오른발 앞발차기로 나가떨어졌다. 화약 냄새가 진동했다. 총성은 작았지만 눈치챌 수 있을 만큼 소리가 났다. 두 팔을 꺾고 목덜미를 내리치자 고꾸라지며 쭉 뻗었다.

"따라와. 총 잡고."

병규가 바닥으로 떨어진 권총을 허리춤에 챙기고 따라왔다. 특실을 빠져나와 우리가 짐을 풀어놓았던 일등실로 내달렸다.

문을 열고 뛰어들었다. 세쓰코가 침대 위에 누워 있는 애들을 끌어내리다가 놀라는 눈망울이 되었다.

타협 31

세쯔코가 총을 잡기 전에 나는, 그녀의 목덜미를 옭아 쥐었다. 병규가 총을 챙겼다. 그래도 그녀는 처음 마주쳤을 때처럼 차갑게 웃고 있었다.

웃고 있는 담대한 그녀를 올려붙일 수는 없었다.

"이 여자 그냥 두면 화근이 돼요. 보통 독종이 아니니까요."

병규가 풀린 줄을 다시 매어주면서 내게 말했다.

"힘없는 계집애를 팼다는 소리를 들을 수야 없잖아. 이거 한 주먹 거리도 안 되는걸."

"문제는 바로 그겁니다. 이 여자가 여럿 죽인 여자라는 거 알잖아요. 나가시마 뺨치는 독종예요. 소문이 파다한 걸요."

"안다. 그러나 난 여자를 꿇어 앉히고 족치는 놈이 되긴 싫다."

"형님, 정신 차리셔야 합니다."

"알았다. 넌 특등실 잠그고 나가시마를 단단히 결박해 놓고 와라. 그 옆방도 들여다보고."

"조심해요, 형님."

병규는 나가다 말고 이렇게 강조했다. 세쯔코는 잘록한 허리에 맨 허리띠와 구두, 귀고리와 손목시계뿐이었다. 핸드백은 특실에 있으니까 그녀가 다른 장난을 할 수 없을 것 같았다.

여자를 돌려세우고 담배를 한 대 피워 물었다. 마주 쳐다보는 눈빛이 너무 요염해서 짜증스러웠다. 다른 때 같으면 그런 수작에 넘어가주는 체하면서 요염한 눈길을 받아 주었을 것이다. 그러나 그녀의 수완 좋은 실력을 들은 터여서 괜히 짜증이

났다. 속이 빤히 들여다보이는 것에 신경을 쓰고 싶지 않았다. 세쓰코가 얼굴을 돌리며 담배 한 대를 달라는 시늉을 했다. 나는 조금 전에 내게 베풀었던 담배 인심을 잊지 않았다. 담뱃불을 붙여 내밀었다. 세쓰코는 깊숙이 빨아들인 뒤 빙긋이 웃었다.

뭐라고 말을 걸었다. 나는 고개를 저어주었다. 어떤 때는 일본말을 할 수 없는 게 그렇게 편했지만 이런 경우엔 정말 답답했다. 충분한 대화를 할 수도 없었고 상대방의 의사도 제대로 전달받을 수가 없었다. 고맙다는 인사를 포함한 얘기인 것 같았다. 요염한 웃음은 아직도 그대로였다. 머리채를 잡아 휘휘 감아올리고 싶도록 얄미운 여자였다. 나가시마가 역시 두목은 두목인 모양이었다. 일본 명문대학의 약학대학 출신이며 미모인 이 여자를 마음대로 다룰 수 있는 실력이라면 나가시마가 두목감이란 걸 짐작할 수 있었다.

병규가 손바닥을 털면서 들어왔다.

"아직 못 깨어났어요."

나가시마를 두고 하는 말이었다.

"내가 혈을 풀어주기 전엔 못 깨어날 거다."

"이젠 어쩔 거죠?"

"편히 자두는 일만 남았다."

"이 여자는요?"

"글쎄다."

"여기다 재울 순 없잖아요."

"얌전하게 군다는 보장만 있으면 이 여잘 그냥 재워두고 싶은데."

"형님도 참. 그러다 일납니다. 이 여자 얘기 들어서 알잖아요."

"저렇게 당당한 상대를 어떻게 손대냐? 시시껄렁한 사내 새끼보다 태연한 여잘."

병규는 아픈 팔목을 쥐고 침대에 길게 누워버렸다. 당당하게 대적하는 사람이면 나도 당당하게 대적하고 싶었다. 그녀에겐 무기도 없었다.

"저 여자가 할 얘기가 있대요."

"해보라고 해라."

세쓰코가 병규에게 뭐라고 말을 시작했다.

"이렇게 한다고 문제가 해결되는 건 아니랍니다. 어떻게 나가시마 두목과 부하들을 그렇게 꼼짝 못하게 했는지 모르지만 이런 식으로 대접한다면 결국 형님도 불행해질 수밖에 없답니다. 그러니 풀어주고 타협점을 한번 찾아볼 생각이 없느냐는 겁니다."

"현재로선 타협점이 없다. 그들은 나를 어떻게든지 없애려고 한다. 나는 혼자이고 그들은 커다란 조직이다. 이렇게 방어하는 수밖에 없다. 또 내가 원한다고 해서 들어줄 리도 없고 아까처럼 비겁하게 나오지 않는다는 보장이 없다."

"원하는 걸 얘기해 달랍니다."

"여자 장사 따윈 집어치울 때도 됐잖아? 한국 여자들 좀 괴롭히지 말라고 해라. 마약 주사 놓고 학대하고 착취해서 먹고 사는 게 일본의 야쿠자라던 치사하지 않나. 좀 크게 놀라고 일러라. 나가시마가 적어도 진짜 두목이 되려면 큰일을 해야지."

"나가시마와 부하들을 풀어주면 약속을 지키겠답니다."

"세쓰코더러 놀려면 좀 더 큰 놈하고 놀아나라고 일러라. 인간을 참혹하게 만들면서 돈을 벌어 도대체 어디다 쓰려는 건지 모르겠다. 그러니 나가시마도 참혹한 꼴 좀 보게 해야겠다. 비겁하게 속임수를 쓰지만 않았어도 저렇게까진 하지 않았다."

"그렇다면 나가시마 두목을 어쩔 셈이냐고 합니다."

"경찰에 넘겨버리겠다."

내 말을 전해 들은 세쓰코의 표정은 굳어졌다. 일본 경찰은 일본 최대의 암흑가 지배자인 야마구치[山口] 조직은 물론 다른 암흑가 조직도 증거만 확토되면 잡아들이는 대대적인 작전을 개시했기 때문에 나가시마의 일본 소녀들 납치 감금 사건과 음란 행위를 마약 투입으로 강요한 사실만 제시해도 꼼짝없이 법의 심판을 받아야 할 입장이었다.

"만약 경찰에 넘긴다면 형님의 목숨은 그 순간부터 끝장을 보게 될 거랍니다. 전 조직을 투입해서라도 해낼 거랍니다."

"내가 그런 걸 무서워했다면 일본에 오지 않았다. 어떤 조직이든 그런 일만은 용서하지 않겠다."

"저쪽 조직에서 하려고만 한다면 이 배를 폭파시켜 몰사할 수도 있답니다. 그러니 적당한 선에서 타협을 하잡니다. 원하는 건 무엇이든지 다 들어주겠답니다. 이곳을 빠져나가기긴 어렵답니다. 계속 이 배를 감시하며 따라오는 부하들이 있고 오사카에 도착해 보면 알겠지만 부하들이 항구를 봉쇄하고 있답니다."

"나가시마 같은 악랄한 친구는 이 땅에서라도 없어져줘야 좋은 것이다. 그러나 내 손으로 없애긴 싫다. 사람이 사람의 목숨을 빼앗는다는 건 하느님이라도 저지를 수 없는 거니까."

"그럼 어째서 세쓰코는 살려두느냐고 묻습니다."

"난 정정당당하게 덤비는 자에겐 정정당당하게 대적해 주고 무기가 없거나 비겁하지 않다면, 더구나 연약한 여자에게 손대지 않는 놈이라고 전해라. 그러나 정말 수틀리게 나오면 세쓰코라도 참혹한 꼴을 보여줄 수밖에 없다. 명심하라고 일러라."

"결국 타협을 할 텐데 왜 버티는지 모르겠다고, 일본 안에 있는 이상 독 안에 든 쥐랍니다."

"어디, 내가 독 안에 든 쥐인지 나가시마 일당이 쥐새낀지 보라고 해라. 너 같은 여자가 나가시마에게 매달려 사는 게 가엾다고 전하고."

병규가 말을 다 전하자 세쓰코의 웃음 밴 얼굴이 약간 굳어졌다.

"형님하고 단 두 사람만 있고 싶대요."

"수작 부리지 말고 자라고 해."

"나더러 잠깐만 나가달래요."

"빤하잖아? 옷 벗겠지."

"그러겠죠."

"나가 있어라. 밖에서 문에 귀를 대고 서 있어. 이 계집년 수작 좀 보게."

"형님, 조심해요."

병규가 씨익 웃으면 밖으로 나갔다. 그녀는 알아들을 수 없는 일본말로 지껄이더니 내 앞에 꼿꼿하게 서서 옷을 벗기 시작했다. 나가시마를 살려내기 위한 마지막 수단일 거라는 생각이 들었다.

한 꺼풀씩 벗어 내려갔다. 팽팽한 나신이 확연하게 드러나고 있었다. 나가시마가 애첩으로 거느리기에 손색이 없는 여인이란 생각이 들었다. 그녀를 삼십 대로 추정하고 있는 사람들이 잘못 짚은 게 아닌가 하는 생각도 들었다. 시미즈로 한쪽 어깨를 살짝 가리고 서 있는 그녀는 마치 화가의 모델이나 된 것처럼 움직이지 않았다.

나는 그녀를 농락할 수도 있었다.

내 마음이 조금씩 흔들리고 있었다. 그녀가 이런 짓까지 해서 나가시마를 살려내려고 한다면 나가시마에게 나 모르는 인간적인 매력이 있는 게 아닌가 하는 생각을 떨쳐버릴 수가 없었다.

시미즈를 떨어뜨렸다. 그녀는 울고 있었다.

나는 내 눈을 의심했다.

한쪽 젖가슴이 없었다. 그렇게 봉긋하고 아름다운 젖가슴을 본 적이 없던 나는 한쪽 가슴이 무너져 내린, 그것도 흉측스런 흉터를 보고 있어야만 했다. 나무랄 데 없는 육체, 탄력을 조금도 잃지 않은 그녀가 어째서 무너져 내린 젖가슴을 가지고 있으며 그걸 굳이 내게 보여줘야 했는지 모른다.

세쓰코는 아직도 울고 있었다.

나는 얼른 옷을 입으라는 시늉을 했다. 여인이 없어진 젖가슴을 보여줄 수 있는 건 최악의 경우가 아니면 불가능한 일이라고 생각했다. 그녀는 지금 최악의 경우였다. 나가시마를 살려내기 위해 옷을 벗어야 했고 없어진 젖가슴을 내게 보이며 눈물을 쏟아야 했다. 젖가슴은 여인에게 생명과도 같은 것이다. 그걸 내게 보여줄 수밖에 없다면 무슨 곡절이 있을 것이다.

그녀는 그냥 서 있었다.

나는 다가서서 그녀의 옷을 하나씩 집어 주었다.

그녀에겐 남다른 역사가 있었을 것이다. 내게 보여주지 않으면 안 될 기가 막힌 사연도 품고 있을 것이다. 그리고 또 그것이 그녀의 무기일 것이다.

그녀는 하나씩 입었다. 내 손에 잡힌 브래지어의 듬직함에서 나는 그녀의 또 다른 고통을 읽었다. 한쪽 젖무덤을 가짜로 달고 다녀야 하는 그녀의 역사를 나는 읽고 싶었다. 앙상한 갈비뼈가 짚일 만큼 형편없는 가슴, 마치 한쪽 가슴에 구멍이 뚫린 것 같은 느낌을 그냥 넘기고 싶진 않았다. 옷을 다 입고 그녀는 편하게 앉아서 눈물을 닦았다. 나는 담배를 피우고 있었다. 눈앞엔 자꾸 그녀의 무너진 가슴이 떠올랐다. 눈물을 거둔 그녀가 가볍게 웃었다. 무슨 말인지 알아들을 수 없었지만 할 얘기가 있는 것 같았다.

"병규야, 들어와라."

문이 열리고 병규가 머쓱한 표정으로 들어왔다.

"할 얘기가 있을 것 같다. 네가 있어야 되겠다."

병규가 나와 세쓰코의 가운데 침대에 앉았다. 세쓰코가 병규를 바라본 채 얘기를 시작했다.

"보신 것처럼 저 여잔 폭력 조직배들에게 잡혀가 수모를 당했고 한쪽 가슴까지 도려내는 처절한 역사를 가졌답니다. 형님에게 보여준 모양이죠?"

"그렇다."

"같은 폭력배였던 나가시마가 구해줬답니다. 그 사회에선 불가능한 일이었답니다. 나가시마는 죽음을 각오한 거고 그의 실력을 인정한 다른 조직에서 그가 붙잡혀 처단되기 직전에 구해줬답니다. 저 여자가 도쿄 대학 약학과를 졸업할 무렵부터 재벌기업의 상속자가 청혼을 했지만 가난한 시골 유학생을 사랑했답니다. 나중에 안 일이지만 재벌의 상속자가 폭력 조직을 매수하여 마음을 돌리게 하려고, 수작을 부렸답니다. 그래도 말을 듣지 않았고 세쓰코가 눈치를 챈 것 같자 폭력 조직

타협 39

에게 농락하다가 없애버리라는 말까지 했답니다. 나가시마가 아니었으면 지금까지 살아 있을 수도 없었을 거랍니다. 재벌의 상속자는 증거를 완전히 없앴고 시골 출신의 애인은 그녀의 고백을 듣고 변절해 버렸답니다. 더구나 재벌 상속자는 다른 청부업자를 매수하여 불씨를 없애려고 했답니다. 나가시마가 다행스럽게 조직에서 인정을 받아 그녀를 끝까지 보호하게 됐답니다. 또 하나 잊지 않는 것은 나가시마의 힘으로는 그 당시에 어림도 없던 보호와 복수를 같이 해준 흑장미에 대한 고마움이랍니다. 그 당시 소문이 새어 나가 말썽의 소지가 있자 재벌 상속자는 치열하게 세쓰코와 나가시마를 찾아나섰답니다. 흑장미가 대신 보호를 맡고 나서지 않았다면 역시 어느 손에 어떻게 죽었을지 모른다는 겁니다. 어제 저녁에 페리호를 탈 수 없는 상황이었는데 흑장미가 데려다주었다고 합니다. 무슨 일이 있어도 형님을 살려내라고 말입니다. 옛날의 신세를 교환하자는 얘기까지 했답니다. 사실은 그 뒤로 흑장미와는 불편한 관계였었답니다. 나가시마가 한 암흑가의 두목이 되면서 흑장미와 대적할 수밖에 없는 사업을 하지 않을 수 없었던 거겠죠. 여자 중개상이라든지 잔악한 암흑가의 전투를 치르는 동안 세쓰코도 나가시마의 편이 되어 무자비한 실력자로 부상했답니다. 복수를 하기 위해 극약과 폭약을 사용하는 기술도 개발했답니다. 그래서 적이 많은 여자가 된 거죠. 만약 나가시마가 감옥에 가거나 없어지게 되면 가장 먼저 참혹한 희생자가 될 수밖에 없답니다. 보시면 알겠지만 이 반지도 정교하게 만들어져 뚜껑을 열면 극약이 들어 있어서 유혹한 뒤에 자연스럽게 반지 뚜껑을 열어 입이나 코 근처에 대기만 해도 상대를 해치울 수 있고 목걸이나 귀고리도 마취시키거나 죽일 수 있는 저 여자만의 비밀을 가지고 있답니다. 그러나 사용하지 않은 것은 흑장미와의 약속을 지키기 위해서랍니다. 그러니 이쯤 해두고 타협점을 찾자는 겁니다. 솔직하게 말하자면 무전 연락도 안 되고 해서 선장에게 부탁하여 암호를 띄웠기 때문에 이 배는 사실상 포위된 거나 마찬가지랍니다. 물론 오사카는 나가시마의 본거지가 아니지만 도와줄 사람이 얼마든지 나설 거랍니다. 어떠한 일이 있더라도 흑장미와의 약속은 나가시마와도 영원히 비밀을 지키겠답니다. 여자지만 한번 하겠다고 했으면 약속을 지킬 수 있답니다. 믿어보면 알게 될 거랍니다."

그녀의 길고 긴 얘기를 병규는 조리 있게 설명하기 위해 가끔 메모를 하기도 했었다.

"내 요구 조건은 까다롭다."

"안답니다. 타협점은 있을 거랍니다."

"나는 한국에서 여자를 속여 데리고 오는 건 무슨 짓을 하든 막고 싶다. 내 힘으로는 어쩔 수 없지만 자진해서 흘러들어오는 여자들이라도 여기서 그렇게 무참한 꼴을 당하고 있는 걸 두고 볼 수가 없다. 내가 막을 수 없다면 적어도 속거나 학대를 당하거나 정당한 대가를 받지 못하는 일만이라도 사라졌으면 한다. 하카다의 두목이라면 그 정도는 할 수 있다고 생각한다. 내가 만약 돌아간 뒤에 다시 그런 일이 일어난다면 그땐 정말 단숨에 목줄을 눌러 죽여도 좋다면 이번 일은 없었던 걸로 해둘 수가 있다. 내가 알 수 있도록 한국 여자들 대우가 나아져야 하고 마약이나 혹독한 짓으로 수모를 당하는 게 중지되어야 한다."

내 말을 전해 들은 세쓰코가 고개를 끄덕였다.

"나가시마에게서 다짐을 받되 저렇게 꼼짝 못하는 몸이 꼭 일주일이나 닷새가 되어야 풀리게 계획적으로 만들어달라고 합니다. 그래서 얼마나 무서운지 그리고 얼마나 약속을 철저하게 지켜야 하는지를 설명할 수 있게 해달랍니다."

"좋다."

나는 흔쾌하게 대답했다. 나는 그녀를 믿고 싶었다. 경찰에 인계하는 과정도 복잡할 뿐 아니라 그렇게 한다고 해서 억울한 한국 여인들의 문제가 해결되지 않는다는 걸 알고 있었다. 오히려 더 지하로 숨어들어 더 참혹한 꼴을 당할지도 모른다. 차라리 나가시마와 타협을 한다면 훨씬 바람직한 일이 생길 가능성이 많았다.

그녀가 옷을 벗는 순간부터 내가 흔들린 셈이다. 그런 여자를 구해줄 수 있는 의기가 있는 사내라면 나와 통할 수도 있을 것 같았다.

여러 가지 약속을 한 뒤에 그녀와 나는 굳게 악수를 했다.

나는 나가시마의 혈을 풀어준 뒤에 그녀의 중재로 협상을 시작했다. 워낙 혈을 깊게 짚여서 의식만 있지 말 한마디, 숨 한번 제대로 쉴 수 없었던 나가시마는 내 제안이 무리한 것이 아니라는 걸 인정했다. 그동안 나를 집요하게 쫓은 것은 그의 자존심이었다는 것도 털어놓았다.

"이왕 이렇게 된 마당인데 손잡고 같이 야마구치 조직과 붙어볼 용의가 없냐고 합니다."

"없다고 해라."

모든 암흑가 조직들이 야마구치 조직과 일전을 불사하고 있다는 걸 알 수 있었다. 암흑가의 전쟁이 임박했다는 것도 느낄 수 있었다.

"워낙 혈을 깊게 짚여서 닷새나 돼야 몸이 풀릴 테니 병원이나 약 같은 것은 먹지 말고 기다려보라고 일러라."

얘기가 끝난 뒤에 나는 혈을 다 풀어주었지만 내장기의 혈은 풀어주지 않았다.

그의 부하들도 모두 혈을 풀어주었다.

"이번에도 약속을 지키지 않으면 그땐 자기를 죽여달랍니다."

"알았다. 축배나 들자고 해라."

"세쓰코가 내겠답니다."

우리는 뒤엉켜 악수를 나누고 세쓰코가 마련해 온 술잔을 높이 들었다. 밤은 이미 깊어 새벽이었다.

타협 43

악마의 손길

페리호가 도착하자 나가시마의 부하들이 배 안까지 들어와 나가시마 두목을 호위했다.

그는 사내였다. 나를 어떠한 경우라도 보호하라는 명령을 내렸다. 나는 간섭만 하지 말아달라고 부탁했다.

나가시마와 세쓰코가 안내하겠다고 자청하고 나섰지만 나는 정중하게 거절했다. 아쉬움을 남긴 채 그들 일행은 떠났다. 나는 그들이 바다에 내던진 표창과 쇠구슬 대신 동전을 한 주먹 바꾸어가지고 배 턱을 나섰다.

"어디로 갈 거죠?"

병규가 뒤따라오며 물었다.

"니시나리[西成]로 가자. 일본에 와서 너무 화려한 무대만 봤어. 형편없는 할렘 거리, 도둑놈과 강도가 득시글거리는 왜놈들의 치부를 눈앞에 두고 그냥 갈 순 없잖아."

"기분 나쁜 곳인데요. 그리고 이대로 가면 시비거리가 돼요."

깔끔한 복장과 단정한 차림새로 니시나리로 들어서면 대뜸 이방인이라는 걸 알고 소매치기가 달라붙거나 시비를 걸어오는 사람들이 생긴다고 했다. 우리는 택시 속에서 아주 편한 차림으로 바꾸어 입었다.

니시나리는 노동자 거리라고도 불리지만 옛날부터 지독한 할렘가로 소문난 곳이었다. 일본의 화려한 무대 뒤에는 이렇게 처절한 곳이 숨겨져 있었다. 범죄자가 숨는 곳이기도 했다. 지금은 많이 나아졌다는 얘기도 있었다. 깡패와 범죄자들과 창부와 시모라고 하는 깡패의 앞잡이들이 뒤엉켜 사는 곳이었다.

범죄자들의 은신처가 될 수 있는 건 일본 사회의 특징 같은 것이었다. 아무 일을 하지 않아도 국고에서 하루에 이천 엔이라는 돈을 꿔주기 때문에 알코올 중독자가 끼어들고 얼굴 내밀고 살 수 없는 부류들이 끼어들어 숙박비와 밥을 사먹으며 가까스로 생계를 유지하는 지역이었다.

도둑놈들이 몰려들어 공공연하게 도둑질한 물건을 파는 도둑 시장도 형성되어 있고 노동자나 무위도식하는 사람들 등을 쳐서 먹고사는 조무래기 깡패까지 그 속에 기생하는 곳이었다.

일본의 그 화려한 무대 뒤에 이런 치부를 어쩌지 못하는 건 일본의 이기주의인지도 모른다.

몇 년 전까지만 해도 그 근처엔 보통 사람들이 지나다니지 못했다고 한다. 여자들을 길거리에서 심하게 희롱하고 자동차 같으면 돌을 던져 유리를 박살내는 횡포가 그치지 않는 곳이었다. 이곳에 들어와 노동자 수첩만 발급받으면 하루 종일 술 취해 빈들거려도 이천 엔에서 삼천 엔 정도의 일당을 받는다고 했다.

오전인데도 술 취한 사람들이 비틀걸음으로 우리가 탄 택시의 방향을 방해하고 있었다.

"운전사가 안 들어갔으면 좋겠답니다. 골치 아픈 곳이라고 다른 데로 가자는 데요."

"시간당 삼천이백 엔씩 대절한 건데 왜 이래?"

"니시나리는 위험한 곳이라고 다른 곳을 안내하겠대요. 오사카 성이나 쓰루바시[鶴橋] 구역 같은 곳을 차라리 보랍니다."

"그냥 가자고 해. 위험하지 않은 곳에 차를 세우고 기다리면 되잖아."

병규가 내 말을 받아 설명하자 운전사는 할 수 없었던지 니시나리의 복잡한 구역을 통과했다. 허름한 차림새와 피곤한 기색이 역력한 사람들이 눈에 많이 띄었다.

"이쯤 내리자."

우리는 택시를 안전하다고 생각되는 곳에 세워두고 간편한 차림대로 니시나리로 향했다.

도둑 시장이라고 불리는 골목길엔 일요일 아침인데도 사람들이 많았다. 싸구려 물건과 중고품으로 시장이 형성되고 있었고 가장 지저분하며 노동자들의 집회 장소나 싸움판으로 알려진 삼각공원 옆에는 바닥에 비닐을 깐 좌판 시장이 형성되어 있었다.

"어떤 게 나와 있는지 좀 보자."

만물상을 차려도 될 만큼 갖가지 물건이 골목 가득하게 쌓여 있었다.

"이게 다 훔쳐온 물건은 아니겠지."

"그럴 거예요. 상당수는 훔쳐온 거겠지만."

"싸구려 시계 하나 사야겠다."

세쓰코가 내 몸에 붙은 건 죄 빼다가 바다에 내던져버려서 당장 시간을 보려면 갑갑했다. 시계 종류만 늘어놓고 파는 좌판에는 먼지와 때를 그대로 뒤집어쓴 시계가 삼백여 개쯤 놓여 있었다. 새것처럼 보이는 포장된 시계도 있었지만 진품 여부를 알 수 없었다.

"이거 얼만지 물어봐라."

"이천 엔이래요."

"천 엔 준다고 해라."

"천삼백 엔 달래요."

"에누리해 봐."

우리가 흥정을 하다가 일어서자 늙은이는 손바닥을 펼쳤다. 나는 천 엔짜리 한 장을 내밀고 시계를 받았다. 초침이 어쩐지

느리게 가는 기분을 느꼈다.

"속아봤자 천 엔이다."

내가 시계를 차며 이렇게 말하자 병규 녀석이 씩 웃었다. 그 옆에는 오급딸랑이라고 하는 노름판이 벌어져 있었고 그 앞에는 화투판이 벌어져 있었다. 노름꾼들은 핏발 선 모습으로 둘러서서 잔돈푼을 걸고 으르렁거리고 있었다.

한바퀴 휘둘러보고 쓰텐카쿠[通天閣] 쪽으로 걸어 나왔다. 그들의 비참한 생활을 더는 보고 싶지 않았다.

도색영화를 세 편씩이나 상영하고 있는 극장이 여러 개 눈에 띄었다. 입장료는 삼백 엔씩으로 다른 지역에 비해 엄청나게 싼 편이었다.

노동자들이 일 없는 날이면 하루 종일 그 영화관에서 소일한다고 했다. 영화관 이름은 그럴 듯하게 '신세계(新世界)'란 간판을 달고 있었다.

택시를 세워두었던 곳엔 운전사도 택시도 없었다.

"이새끼 짐 싣고 튄 거 아냐?"

"그럴 리가 없을 텐데……."

병규는 골목길을 뛰어다니며 택시를 찾았다. 숨차게 한 바퀴 돌아본 병규가 니시나리 쪽을 한 번 더 훑어보았지만 택시를 찾아낼 수는 없었다.

"분명히 여기지?"

"그래요."

"그럼 튄 거다. 가방이 먹음직스러웠던 모양이다."
"여권 같은 건 가지고 있죠?"
"있다."
"개새끼……."

병규가 이렇게 욕지거리를 시작했다. 병규와 내 가방 속엔 큰돈이 될 만한 물건은 없었지만 시간당 삼천이백 엔씩 계약한 택시를 며칠 동안 전세 내서 타고 다닐 만큼의 가치가 있는 것들이 들어 있었다. 약이 바싹 치밀어 올랐다. 택시의 번호를 기억해 두지 않은 우리의 경솔함을 탓할 수밖에 없는 입장이었지만 설사 번호를 안다고 해도 쉽게 잃어버린 두 개의 가방을 찾게 될지는 의문이었다.

나는 여권이나 지갑은 안주머니에 넣었지만 옷가지나 면도기 따위의 필수품이 순식간에 사라진 셈이었다.

병규도 지갑을 뺀 전재산을 잃어버렸다.

"내가 일본 놈이 아니라는 걸 알고 그랬겠지. 여행객이니까 돈푼이나 있겠다 싶어서."
"그랬겠죠."
"그 물건들이 도둑 시장으로 나오는 거나 아닌지 모르겠다."
"잊어버려요. 찾기는 틀렸으니까."
"잡히면 모가지를 비틀어놓겠다."
"쉽게 잡히진 않습니다. 이 넓은 천지에 어디 가서 잡아요."
"당장 바꿔 입을 옷도 없잖아."

"가방하고 두어 벌 사죠."

나는 그 조그만 일본 운전사 녀석에게 당한 것이 못내 아쉬웠다. 값으로 칠 수 없는 내 물건들이 도둑 시장에 나가 헐값에 팔리게 된다는 것도 약 오르는 일이었다.

우리는 어이가 없어서 터덜거리며 걸었다. 지나가는 택시들을 유심히 보았지만 짧은 머리에 땅딸한 그 녀석은 아니었다. 멀찍이 도망쳤을 게 분명했다. 미사코가 벗어 주고 간 목걸이나 흑장미 도모코 자매가 정성스럽게 준 물건들을 잃어버린 것은 그래도 참을 수 있었는데 다혜가 남기고 간 물건들을 잃어버린 건 견디기 어려웠다. 내가 너무 억울해하자 병규는 귀중한 물건이 가방 속에 있었느냐고 물었다.

"값으로 따질 수 없는 물건들이다. 더 기분 나쁜 것은 왜놈한테 당했다는 거다."

"형님 심정은 압니다. 그렇다고 이제 와서 어쩔 겁니까? 그 자식 찾으려면 택시란 택시를 죄다 뒤져야 하는 걸요."

"봐라. 내가 기어이 찾아낼 테니까."

나는 이렇게 웅어리진 소리를 했다. 병규가 대꾸 없이 성큼성큼 걸어가 차를 세웠다.

우리는 쓰루바시 구역에서 내렸다. 좁은 길을 사이에 두고 왠지 음울해 보이고 낡아 보이는 시장통이 늘어서 있었다. 운전사 녀석이 일본말로 지껄이는 소리를 들었는데 조센진이 어떻고 하는 낱말이 귀에 거슬려 악을 썼다. 병규가 재빨리 내 팔을 잡았다.

"여기 사람들은 그냥 쓰는 말입니다. 우리나라에서 왜구라고 하듯 말입니다. 그게 입에 붙어서 금방은 안 고쳐져요. 습관적으로 쓰고 있는 저 녀석 하나를 팬다고 해결되는 건 아닙니다."

녀석의 말이 틀린 것은 아니었지만 괜히 쥐어박고 싶은 마음을 감출 수 없었다.

쓰루바시를 흔히 한인 거리라고도 부른다. 일본 애들 표현대로라면 조센진 거리인 것이다. 시장통엔 우리나라 시장에서 흔히 볼 수 있는 것들이 많았다. 일본인들도 더러 사가긴 하지만 주로 한인들을 상대로 장사를 하는 곳이었다. 갖가지 젓갈과 고추가루나 된장 같은 고유의 음식물에서 선지와 내장류를 파는 곳도 있었다. 시장통을 빠져나와 뒷골목으로 나가자 한국계 학교인 건국고등학교와 금강학원을 소개하는 벽보가 곳곳에 붙어 있었다. 빈대떡 구워 파는 아주머니는 서울 시장에 나앉은 장사하는 아주머니와 별로 다를 게 없었고 마늘과 고추를 더미로 모아놓고 파는 것도 늘 보아오던 것이었다. 떡 파는 아주머니도 왠지 낯설지 않았다. 어딜 가나 어려서부터 길들여진 입맛을 감출 수는 없는 모양이었다.

"여긴 훤한 곳이지?"

병규는 고개를 끄덕였다. 한때는 이곳에서 공부한 적이 있었다고 한다. 그러나 한국계 학교를 다니면 그 졸업장 가지고 취직하기도 어렵고 상급학교에 진학하거나 다른 사회 활동을 하려고 해도 힘겹기 때문에 많은 한국계 사람들은 일본인들이 다니는 학교를 다니고 있다고 했다.

"오랜만에 우리 음식 좀 먹어보자. 이놈의 입이 달착지근해져서 못 견디겠다."

"조금 더 가면 한국 음식점하고 술집이 있어요."

"난 촌놈이라, 이게 어울려. 내가 폼 재러 온 놈이라면 벌써 술집에 가서 한판 두들겼을 거다."

우리는 허름한 나무 의자에 걸터앉았다. 먹음직스러운 순대와 떡을 우선 집어 먹었다.

"서울서 오셨수?"

나이 지긋한 아주머니가 물었다.

"예, 잘 되세요?"

"그럭저럭 밥은 먹지요만."

"우리말 잘하시는데요?"

"잊어버릴 수가 있겠수?"

병규 녀석도 오랜만에 통역하지 않아도 내가 마음 놓고 얘기하는 걸 보더니 순대와 떡을 정신 없이 집어 먹었다.

"놀러오셨수?"

"그냥 두루두루 구경 좀 하려고요."

"구경할 데 놔두고 이런 델 들어왔수? 보이기 싫은데."

"어때요, 아주머니. 이렇게 열심히 사시는 거 보니까 기분 좋은데요. 일본 사람들에게 치여서 고생하는 분이 많다는 얘기도 있었지만…… 뭐든 열심히 해서 사시면 됐죠, 뭐."

"글쎄, 그렇게 쉽지 않은 거라우. 까짓 거 이렇게 사는 거야 다 팔자려니 치부하면 그만이지만 새끼들 가르쳐 그눔들 잘되는 거 보는 게 소원 아니겠수. 걔들이 무슨 죄가 있겠수. 못된 놈들이 괴롭히지나 않았으면 싶은데…… 이눔의 나라엔 법도 절도 없는지……."

한숨을 쉬며 국밥을 말고 있었다.

"무슨 일이 있으신가 보죠?"

"무슨 일이나마나 떠나고 싶어도 뭐가 잘 안 된다우. 나라 떠나면 이 고생한다는 걸 모르는 바 아니지만서두……."

암담한 사연이 있거나 짙은 향수 때문에 그러는 것인지 모른다는 생각이 들었다. 몇 번을 더 물어봐도 주인 여자는 가볍게 웃어넘겼다.

우리는 국밥을 열심히 퍼먹으며 오랜만에 푸짐하고 걸쩍한 총각김치를 맘껏 먹었다. 우리가 게걸스럽게 먹는 걸 물끄러미 쳐다보던 주인 여자가 김치 뚜껑을 열어 한 주먹 듬뿍 내주었다.

"하두 오랜만이라 정신없이 먹습니다. 아주머니 김치 솜씨가 그만인데요."

"솜씨 좋으면 뭘 하겠수. 어서 가야지. 죽어도 내 땅에 가서 죽어야지."

"여기서 돈 많이 버셔서 편히 사실 만큼 벌어가지고 오시면 되잖아요."

"쳐 죽여도 시원찮은 그놈들만 아녔으면 벌써 갔을 텐데……."

혼잣소리처럼 이렇게 말하고 떡함지를 열어 콩고물을 한 주먹 내주었다.

나는 그 순간에 이 아주머니가 한 많은 사연을 지니고 있다는 걸 짐작했다.

"여기도 깡패가 많냐?"

나는 살며시 병규에게 물었다. 이 지역 문제라면 훤하게 알고 있는 병규였다.

"좀 있죠. 일본 천지 어딜 가나 그런 건 있으니까요."

"애들은 어때?"

"여러 질이죠. 링컨 콘티넨털이나 롤스로이스나 벤츠 따위를 타고 다니며 거들먹거리는 애들부터 오토바이나 타고 다니며 잔돈푼 해먹는 애들까지 다양해요."

"여기 있는 한국인들만 전문적으로 등쳐먹는 애들도 있냐?"

"한국인만 전문적으로 못살게 구는 게 아니라, 닥치는 대로 해먹고 사는 애들이죠."

"뒷줄은 든든한 애들이냐?"

"그런 애들도 있지요. 아마 여기 있는 한국인들은 약자에 속할 거예요. 일본 애들이 그런 걸 노리죠. 현행범이거나 구체적 증거가 있어야만 잡아들이니까 그런 약점을 이용하면 잡힐 염려도 없겠죠. 일본 경찰도 아무려면 일본 애들 편이죠. 귀화한 사람도 마찬가질 거예요. 애들이 교묘하게 등쳐먹기 때문에 쉽게 노출되지도 않아요. 제일 악질적인 애들은 학생들을 괴롭히는 경우도 있다고 들었어요. 꼬드겨서 범죄행위에 가담시키곤 그걸 미끼로 괴롭히는 거죠. 말을 안 들으면 폭로해서 결국 한국계 학생만 범죄자의 누명을 쓰게 만들어요."

병규가 이쪽 사정을 꽤 아는지 이렇게 이곳 깡패들이 한인 사회를 좀먹는 행위를 꼬집어 얘기했다. 병규 얘기를 귀담아듣던 주인 여자가 고개를 끄덕이더니 한마디 거들었다.

"젊은이는 어디서 왔는데 그런 걸 그렇게 훤히 아우?"
"얘도 나쁜 짓 좀 하고 돌아다녔나 보죠."
"아주 참하게 생겼는데……."
"농담예요."

병규는 멋쩍은 듯 재빨리 말을 받아넘겼다.

"우리 아들놈이 바로 그 짝이라우. 속상해서 칵 죽어버릴까도 생각했지만 그놈 하나 믿구 사는 년이라 이 꼴로라도 살아 있다우. 내 얘길 엮으면 실히 한 권의 소설은 될 거유."

"소설 한번 써보시죠."
"글 재주가 있어야 쓸 거 아니우."

우리는 얘기가 나온 김에 바싹 붙어 앉아 자꾸 이야기를 캐들어가보았다. 처음에는 별로 내키지 않는 듯이 말을 꺼내지 않더니 동족을 만났다는 기쁨 때문인지 아니면 병규가 이곳

사정을 너무 환하게 꿰뚫어보고 있으니까 그런 건지 술술 신세 한탄하듯 털어놓았다.

"우리 아들눔도 잘한 건 아니지만 그눔들이 말 안 들으면 죽여 없애겠다니까 어쩔 수 없었을 거 아니겠수. 처음엔 물론 모르고 시키는 대로 했다나 보우. 여기선 교복 입고 다니니까 학생이 가방 속에다 마약을 담아가지고 다니는지 책을 넣어가지고 다니는지 모르는 걸 이용하지 않겠수. 이거 어디다 하소연할 데가 없으니 답답해서 그냥 해보는 소리우."

"괜찮아요, 아주머니. 이 친구가 그런 일을 잘 알고 해결해 줄 방법도 알고 있으니까요."

"그런 것도 같구! 세상이 하두 험하니까 누구를 믿을까마는……."

주인 여자는 답답한 마음 때문인지 이렇게 말하곤 자초지종을 죄다 얘기했다.

"맨 처음엔 여자 있는 데 데리고 갔나 봅디다. 어린 게 호기심은 있어서 그눔들이 시키는 대로 어울려 놀다 보니 그눔들과 한패거리인 계집애들이 짜고 시켰잖겠수. 임신을 했는데 책임지라거나, 뭐 그렇게 겁을 주다가 나중엔 책가방 심부름 시킨 거 아니겠수. 아들눔이 급하긴 하고 하니까 빠져들었는데…… 집에다 얘기하면 큰일 나겠고 하니 말이우. 한번 한 일이라 계속 따라가게 되고 나중엔 발을 못 빼고 엉뚱한 짓까지 하고 있나 봅디다."

주인 여자는 대번에 눈시울이 뜨거운지 앞치마로 눈물을 찍어냈다. 과부댁으로 아들 하나 믿고 사는 설움이 그렇게 철철 눈물을 만드는지도 모른다.

고향을 등지고 타국에 사는 것도 서러운 여인에게 의지하는 아들에게 뻗친 악마의 손길은 참기 어려운 회한일 것 같았다.

"자세히 얘기해 주실 수 있어요?"

"못할 것두 없수. 기왕 버린 자식인데. 그눔이 어쩌다가……."

일본 애들은 범죄 조직을 활용하면서 한국인이나 한국계 학생을 교묘하게 끌어들여 함정을 만든 뒤에 문제가 생기면 앞잡이나 방패막이로 내세운다는 얘기는 심심찮게 들어온 터였다. 그래서 일본에 살고 있는 한국인들을 마치 준범죄자로 취급하는 사람도 있다는 얘기를 들었다. 일본의 유명한 텔레비전 방송국에선 그러한 실상을 겉으로 나타난 그대로 보도하여 마치 한국인들이 일본에 와서 잦은 범법 행위를 하는 것처럼 선전하는 경우도 있었다.

일본 범죄 조직이나 조작자 문제는 언제나 가려버린 이 편파적 보도의 뒤엔 그들의 간계가 숨어 있었다.

캐내고야 말겠다.

나는 끝까지 이런 사실을 밝힐 결심을 했다.

"아드님을 만날 수 있을까요?"

"밤이나 돼야 기어들어온다우."

"아주머니 말고도 그런 일 당한 분이 많겠네요."

"쉬쉬하니까 그렇지, 많긴 많을 거요. 지난 달엔 저 건너 오복집 딸이 나쁜 애들한테 벌건 대낮에 잡혀갔는데 여태 안 왔다우. 그 양반, 착한 양반이 다 죽게 됐지요."

"대개 어떤 부류의 깡패들인가요?"

"보나 마나 아니겠수? 이 근처에서 빈둥빈둥하며 먹고사는 애들이지. 작년에 우리 한국 학생이 그 애들하고 싸우다가 병신만 됐수. 태권도도 잘하고 유도도 잘하고 공부도 잘하던 앤데 정말 아까워죽겠어요. 범죄 소굴에 안 들어간다고 버티다 그 지경이 됐는데 사건이 터지자 그놈들은 도망가고 시내에 있던 깡패 두목인지 하는 사람이 찾아와 협박하는 바람에 합의서까지 써 줬답니다."

기반이 약한 외국인을 등쳐먹는 부류들의 속셈은 빤한 것이었다. 위험 부담도 줄이고 범죄행위도 감추면서 최대의 이득을 얻자는 계획인 것이다.

"지난번에 텔레비전으로 방송된 '일본 속의 한국인'이란 프로그램을 보셨나요? 그때 한국에서 온 위장 결혼의 피해자며 이곳의 범죄며 한국인들의 파렴치한 행위를 낱낱이 고발한 게 있었죠."

"봤다우."

시큰둥하게 대답했다.

"그게 사실인가요?"

"사실이니까 했겠지만 해도 너무했다우. 일본인들의 행위는 어쩔 수 없는 정당성이 부여되었고 얼굴도 감추어주면서 한국인은 그대로 얼굴까지 내보낸 데다가 일본 폭력배를 두둔해 준 거 아니겠수. 사람들이 항의한다고 얘길 하기도 한 모양인데 얼렁뚱땅 끝나버렸수. 설움설움 이런 서러움이 어디 있겠수."

아주머니는 차근차근 얘기를 풀어나갔다.

한국 여자가 일본의 늙은이와 결혼하겠다고 해서 서류와 비행기 값까지 다해서 보낸 뒤에 아무리 기다려도 오지 않자 소개소를 통해 확인한 결과 일본의 술집에서 호스티스로 일하고 있더라는 내용이 아주 적나라하게 방영되어 한국인들의 죄악상을 폭로한 적이 있었다.

그런데 사실은 그 모든 태후의 조종과 돈을 가로챈 사람은 일본의 폭력배들이며 한국 여인은 속아서 팔려간 신세일 뿐 돈 한 푼 쥐어보지 못한 가련한 여인이었다. 그 사실을 모를 리 없는 텔레비전 방송기자가 의도적으로 한국 여인에게 당한 일본의 늙은이 입장만 강조하여 사건을 꾸민 것이었다.

또 비슷한 보도 특집에서도 한국계 학생이 마약 밀매를 하는 과정이나 한국계 여학생이 음란한 장소에서 아르바이트를 하는 장면, 한국인끼리의 범죄 조직 결성 과정과 일본인에게 피해를 주는 파렴치한 행위를 방영한 적이 있는데 그것도 일본 폭력단의 강압에 의한 행위이며 한국인이 피해자임에도 거꾸로 사건을 설정하여 공신력 제일을 주장하는 텔레비전 방송국이 특집을 일부러 만들었다는 건 그들의 얄팍한 술수라는 걸 의심치 않을 수 없었다.

특종을 뽑아내기 위한 텔레비전 방송국의 기자와 폭력단 사이의 흥정이 개입될 수도 있다는 생각이 들었다.

조작극의 명수라는 건 여러 가지 과거의 사례에서 볼 수가 있었다.

"그 친구들 만날 수 있을까요?"

내가 넌지시 물었다.

"모이는 데야 빤하지만 뭐러 만나려고 그러우? 흉한 패거리라 큰일 나우. 못하는 짓이 없는 깡패들인걸."

"저희들도 만나야 할 일이 있어요."

"무슨?"

"그럴 사정이 있습니다."

"이해를 못하겠수. 차라리 짐승을 만나는 게 낫지."

내 완강한 태도를 이상하게 생각하는 아주머니에게 내가 일본에 오게 된 것이 그런 꼴을 눈여겨보기 위해서라고 설명할 수는 없었다. 아주머니는 답답해서인지 그동안 깡패들이 못살게 군 사연들을 아는 대로 얘기해 주었다. 상당히 오래전부터 이 지역의 폭력배들은 한국인들을 못살게 굴어왔다는 걸 알 수 있었다. 더러는 행방불명이 된 한국인도 있었고 병신이 되거나 폐인이 되어 일생을 망친 사람도 있었다. 예쁜 여자들은 폭력배들의 횡포를 피해 다른 곳으로 이주하는 경우가 있을 만큼 일본 폭력배들의 횡포는 극심한 편이었다.

"다른 대책이 없나요?"

"있을 턱이 있겠수?"

짐작이 가는 얘기였다. 어려운 타국살이에서 거처를 마음대로 옮기는 일이 쉬울 수는 없었다. 오사카의 일본인들은 그래서 한국인들을 대개 무서운 사람이라고 생각한다는 것이었다. 싸움이 벌어지면 집단적으로 뭉쳐 덤비기 때문에 겁이 난다고 실토하는 사람도 있으며 텔레비전의 특집 프로그램을 본 뒤에 한국인 거리 근처에 살던 일본인들이 다른 곳으로 이사를 가는 경우도 있다고 했다.

"저녁 무렵에 다시 오겠습니다."

"갈 곳이 마땅찮으면 우리 집에 방이 있으니 걱정은 말아요."

아주머니가 그 사이에 정이 들었는지 이렇게 말했다. 우리의 행색이 초라해 보였던 모양이었다. 가방 한 개 들지 않은 데다 여행객이라면 이런 시장 골목을 구경하러 다니지 않는 게 상식이기 때문이었다.

"되도록 그러겠습니다."

우리는 그렇게 얘기하고 쓰루바시의 한국인 거리를 나섰다.

"어디 가서든 전화부터 걸자."

"어디 거시게요."

"서울에 연락도 해야겠고."

"무슨 일이 있어요?"

"연락 안 했더니 궁금해서 그런다."

악마의 손길 61

"내가 아는 데가 있어요."

택시를 타고 병규 녀석이 자주 다녔던 찻집으로 갔다. 널찍한 정원을 개조하여 만든 것 같은 그 찻집 여주인은 한국 사람이었다.

"재미가 좋으니? 연락두 않는 걸 보니 퍽 재미가 있나 보구나."

은주 누나는 연락이 뜸한 나를 이렇게 책망부터 했다.

"재미는 무슨 재미, 힘들고 고달픈 게 여행인데. 연락 온 거 없어?"

"그래서 전화한 줄 안다. 다혜한테 연락 왔었다. 방학하면 오겠다고. 자세한 날짜는 바로 편지로 하겠다고 하더라. 거긴 방학이 이른 모양이야."

"다른 얘기는 없었어?"

"유학생이 오래 전화 걸 여유가 있겠니? 왜 일본에 갔느냐고 묻길래 네가 시킨 대로 친구가 놀러 오라고 해서 갔다고 했다. 별로 믿는 것 같지 않더라. 네 편지 받고 일본에 있는 줄은 알았지만 왜 갔는지가 궁금한 모양이더라. 그리고 미나가 요즘 우리 집에 와 있다. 집이 텅 빈 것 같애서…… 가게 일도 도와주고. 바꿔주래?"

"됐어."

"언제 올래?"

"일 끝나는 대로 바로 갈게."

"다혜 올 때까진 안 오곤 못 배기겠지만 네가 없으니까 심심해 죽겠다."

"내가 심심풀이야?"

"좌우간 후딱 와라."

"다른 연락은?"

"김포에서도 궁금한지 여러 번 연락이 왔었고 여기저기서 왔었다. 다 메모해 뒀다. 미나가 바꿔달랜다."

"시간이 다 됐어. 다시 연락할게."

나는 재빨리 전화를 끊었다. 은주 누나는 다혜보다는 미나를 훨씬 좋아하는 편이었다. 미나를 아예 집 안으로 끌어들인 것도 은주 누나의 속셈인지 모른다. 다혜가 그런 우여곡절로 떠난 걸 알기 때문에 은주 누나는 속이 편치 않은 모양이었다. 다혜 아버지가 나를 별로 좋아하지 않는 것에 부아가 솟은 것이었다. 또 다혜는 조금 뻣뻣한 느낌이 들고 너무 깔끔한 성미여서 은주 누나가 부담스러워하는 편인 데 비해 미나는 천성적으로 사근사근하고 귀여움 받을 만큼 계집애답기 때문에 은주 누나 마음에 쏙 들었을 것 같았다. 은주 누나는 아예 내놓고 미나 편을 들기도 했었다.

다혜는 너무 콧대가 셀 거라는 기우를 지니고 있었다. 여자 콧대가 세면 남자가 피곤한 법이라고 얘기하기도 했었다. 적적해서 데려다 놨지만 다혜가 방학해서 돌아오면 퍽 서먹서먹한 분위기가 될 것 같았다.

그걸 노린 것이 아닌지 모른다.

악마의 손길 63

"형님하고 우리 누나하고 붙으면 꽤 친해질 수 있을 것 같아서 일부러 이리 왔어요. 내가 제일 좋아하는 누나예요. 아직 처녀인데 이곳에선 꽤 알아주는 여자죠. 돈도 좀 벌었고 좋은 일도 많이 하는 여자라, 여기 사교계에서 폼 좀 재죠."

"그러다 네 누나를 나한테 빼앗기면 어쩌려고 그래?"

"으흐흐흐……."

병규 녀석은 재미있다는 듯이 웃었다. 정원 쪽으로 앉아 있는 주인 여자는 귀티가 흐르고 이지적인 얼굴을 소유한 여자라는 걸 담박에 알 수 있었다.

"형님이 저 여자를 꼬시면 천하를 얻는 거나 마찬가집니다. 일본에서 난다 긴다 하는 재벌 자식들이 두 손 들고 도망갈 정돕니다."

"뻥치지 말고 오라고 해."

"그러죠."

병규가 자리를 뜨고 나서 한참 만에 주인 여자가 밝게 웃으며 걸어왔다. 병규 녀석이 침이 마르도록 칭찬할 만한 여자라는 생각이 들었다.

"어디서 많이 뵌 듯합니다."

내 첫마디였다.

"너무 평범하게 생겨두 그런 소리를 듣죠. 평범하게 생겨서 죄송합니다."

손미라. 뛰어난 미모. 어디선가 많이 본 얼굴.

"병규가 우리 두 사람이 어울리면 죽이 맞을 거라고, 나더러 꼬셔보랍니다. 그래서 오시라고 했습니다."

나는 아예 이렇게 깔고 나갔다.

"저두 같은 얘길 들었어요. 전 이미 소문 들어서 압니다."

"내 얘기를 들었다뇨?"

"한국에서 알 만한 사람들은 장총찬 씨 다 알죠. 일본에 오셨다는 소문이 있더니 금세 여러 사람 잡아놨더군요. 그렇지 않아도 한번 뵀으면 했었죠, 어떤 분인가 하고."

"보니까 어떻습니까?"

"우락부락하고 험악하게 생긴 분인 줄 알았어요. 꽤 미남이란 소문도 없는 건 아니지만 그렇게 무섭다는 분이 미남일 턱이 없다고 믿었죠."

"내 소문이 여기까지 퍼진 줄은 미처 몰랐습니다."

"보슬비 아시죠?"

"알죠."

"여기 있을 때 제가 데리고 있었어요. 걔들도 어찌나 장총찬 씨를 좋아하던지 질투 나던데요."

보슬비라면 운우의 정을 나눈 여가수 자매의 이름이었다.

"그럼, 혹시……."

그녀는 고개를 끄덕였다. 살포시 웃는 그녀의 미소 속엔 그녀의 과거를 숨기려고 하는 의지 같은 게 들어 있었다. 손미라는 영화계에 진출했다가 혹독한 비판과 이른바 망나니들의 덫에 걸려 시끄러운 파문을 일으키고 잠적했던 여자라는 걸 알았다.

"어디 숨어 있나 했더니 여기 숨어 계셨군요. 아무튼 반갑습니다."

손미라는 갑자기 수줍음을 탔다. 아마 내가 그녀의 과거를 줄줄 알고 있는 데다가 언젠가 한두 번 스쳐 지난 적이 있다는 걸 알았기 때문이었다.

그때는 물불을 가리지 않고 설쳐대던 때여서 재벌 아들이라고 힘주고 다니던 녀석들을 늘씬하게 갈겨주던 시절이었다. 망나니 녀석들은 아버지를 잘 둔 덕에 실력파 보디가드까지 거느린 채 별의별 해괴한 짓을 다하고 다녔었다. 여자 탤런트나 배우, 미녀들이나 여대생들, 여자대학에서 미녀로 선발된 학생이나 소문난 여자들을 강제로라도 후려내는 짓을 하고 다녔었다.

나는 어렸지만 망나니 녀석들을 한 녀석씩 물고를 내고 돌아다녔다.

아마 그 무렵에 어떤 묘한 장소에서 얼굴 붉힌 적이 있었는지도 모른다. 그런데 손미라는 지금 일본에서 제대로 자리 잡은 여인으로 아주 건실한 생활을 하고 있다는 것이었다.

"인연이 참 묘합니다."

"그런 것 같애요. 택시가 짐 싣고 뺑소니쳤다니 여행하시기 어려우시겠어요. 여기 계시는 동안 제 집에서 계시는 게 어때요? 괜찮으시다면……."

아주 정색을 한 채 말했다.

"돈이야 나가서 벌죠, 뭐."

"뭐해서 돈을 버시려고요?"

"호텔에 가서 손잡이 한번 당기면 먹을 건 만들지 않겠습니까."

"그 실력 여전하시군요."

"우리나라에선 안 써먹습니다. 모처럼 왔는데 택시 운전사 녀석이 내 짐을 챙겼으니 그만큼은 나도 챙겨야죠."

손미라는 기분 좋게 웃었다.

"오늘 밤은 쓰루바시에서 자기로 했어요. 내일부터는 여기서 신세 좀 지겠습니다."

"대환영입니다. 저쪽 건너가 안채니까 서슴지 마시고 오세요. 대접 잘해 드릴게요."

"그러죠. 그러다가 저 녀석이 주문한 대로 내가 손미라 씨와 사고라도 내면 어쩌죠?"

"저도 그 걱정입니다. 장총찬 씨와 사고 내면 놀림받겠죠."

"저 녀석 괜찮습니다. 데리고 다녀보니 눈썰미도 있고…… 특히 손미라 씨를 꼭 꼬셔보라니 말입니다. 내가 꼬시더라도 가능하면 쉽게 좀 넘어가주십쇼. 나이 먹으니까 여자 꼬시는 데 거짓말을 그럴듯하게 늘어놓기도 귀찮고 힘겨워집디다. 겁도 나고 용기도 줄고 말이죠."

"혹시 제가 프로포즈하더라도 마찬가지로 쉽게 넘어가주실

래요?"

"그럽시다 까짓 거."

우리는 마음이 통한 것 같았다.

"오늘 관광 안내는 제가 맡죠."

"바쁜 양반을 괴롭히고 싶진 않아요."

"아녜요. 병규도 모처럼 왔기 때문에 볼일도 많을 거예요. 제 일 보게 내버려두고 우리끼리 다니죠."

"저 녀석 질투할 텐데."

"할 수 없죠, 뭐."

병규가 이곳 저곳에 전화를 걸어 내가 부탁한 표창을 밤까지 만들어 오도록 지시하고는 개인 시간을 좀 달라고 떼를 썼다.

"그렇지 않아도 우리 두 사람이 뭉치기로 해서 너를 빼놓을 참이다. 가능하면 며칠 안 보여도 되니까 걱정 말고 일 봐라."

내가 약 올리듯 이렇게 말하자 병규 녀석은 괜히 어금니를 물었다.

"그렇다면 개인 시간 취소합니다. 악착같이 따라다니며 방해해야겠어요."

"좀 봐주라. 모처럼 말 통하는 여자 만났다."

"그럼 폭로하겠습니다."

"뭘?"

"형님이 별로 외롭지 않게 일본 여행을 했다는 걸 말입니다."

"남이 들으면 진짜인 줄 알겠다."

나는 얼른 이렇게 말을 받았다. 녀석이 일부러 심통을 보여주는 것 같았다. 그래도 밉지 않은 녀석이었다. 그만큼 재치가 있고 의리가 있는 사내였다.

"남이 들으면 거짓말인 줄 진짜 알겠네요. 그럼 갈랍니다. 연락 없으면 질투의, 타는 가슴의, 분노로 일그러진 한 젊은 혈기로 도망친 줄 아세요. 두 분의 행복을 빌면서 말이죠."

우리는 녀석의 말에 신바람 나도록 웃었다.

병규가 나가고 나자 손미라는 안채로 안내하여 면도와 샤워를 하게 해주었다. 꽤 돈이 들었을 것 같은 집을 갖고 있었다. 실내장식은 거의 모두가 한식이었고 장식품도 골동품 같은 것이 많았다.

"왜 여태 혼자 삽니까?"

내가 물었다.

"총찬 씨 같은 남자를 못 만나서죠. 그럴 자신도 없구요. 제 과거 아시잖아요? 어려서 정말 아무것도 모른 채 그런 소문난 여자가 됐었어요. 앞으로의 삶이 중요한 거니까 열심히 살아볼래요."

나는 손미라의 그런 태도에 왠지 마음이 푸근해졌다. 마음 한쪽은 쓰루바시의 아주머니에게 자꾸 가 있었고 또 한쪽은 다혜 생각으로 꽉 차 있었다.

요도가와[淀川] 강을 끼고 펼쳐진 대도시 오사카의 한편엔 오사카 성이 우뚝 솟아 있었다.

"풍신수길이 천하통일 근거지로 만들었다는 성이죠."

인공으로 만든 강으로 둘러싸여 적으로부터 성을 보호하려는 대단위 공사를 했다고 했다. 호리[堀]라고 하는 인공 강은 습기 찬 계곡 같았다. 어디서 돌을 가져왔는지 큰 돌을 쌓아 성벽을 만들었는데 돌마다 새겨놓았고 총 쏘는 구멍까지 만들어놓았다. 층층마다 풍신수길 시대의 유물을 전시해 놓았는데 일본인들을 우리가 왜놈이라고 부를 만큼 작은 체구라는 게 보였다. 욕심나는 건 칼이었다. 오랜 세월이 흘렀는데도 보존 상태가 좋아서 그런지 일본도의 백동빛 나는 상태는 내 구미를 상당히 자극했다.

"저 일본도를 하나 훔쳐버리면 어떨까요?"

"괜찮죠. 장총찬 씨라면 저까짓 거 하나 못 빼내겠어요?"

손미라는 이렇게 말했다.

"여기 물건들은 아무리 보아도 우리나라에서 훔쳐갔거나 모방한 게 꽤 많은 것 같애요. 성의 형태나 탑의 형태도 말입니다."

"일부 양심적인 학자들은 인정하잖아요. 여기 살면서 느낀 건 일본이란 남의 걸 금방 제 것처럼 위장하는 기술이 뛰어나다는 걸 알게 됐어요."

풍신수길이라면 임진왜란의 주인공인 셈이었다. 나는 그의 유물들을 훑어보며 당시에 내가 생존했더라면 멋지게 한판 붙어 늘씬하게 두들겨 패서 다시는 칼을 잡지 못하도록 치도곤을 냈을 것 같았다. 단 한 방에 이마에 구멍을 내버렸을 텐데…….

내가 그런 얘기를 장난처럼 말하자 손미라는 배를 쥐고 웃었다.

"지금이라도 1대 1로만 붙으면 일본쯤 못 먹겠어요?"

"먹죠. 맨주먹으로만 붙으면. 그래서 총독부를 세우는 거죠. 그러나 왜놈들처럼 남의 나라 사람을 못살게 굴고 고문을 하진 않을 겁니다. 다만 일본 황손인가 하는 친구를 잡아다가 베트콩이거나 양코배기하고 교배종을 만들어버려야겠죠. 남의 왕손의 씨를 말려버리는 이런 독종들에겐 나도 마찬가지의 악랄한 짓을 해보고 싶어요. 등물에게 교미시키듯 말이죠. 천황이라는 작자가 실질적인 전정 원흉이고 우리나라 사람을 못살게 군 친구인데도 아직까지 존경받고 있는 걸 보면 천벌이란 너무나 불공평해요. 언젠가는 천벌을 받겠죠."

"맞아요. 사실은 전범 제1호인데도 살아 있고 남의 나라 사람 그렇게 못살게 굴어놓고 얼굴 두껍게 살아 있죠."

"사람 같으면 왜놈들이 항상 주장하는 사무라이 정신으로 칼을 물고 스스로 죽었어야죠. 하늘도 무심하고 천벌도 무심한 거죠."

우린 혓바닥으로만이지만 늘씬하게 풍신수길이란 녀석하고 천황인지 천벌받을 친구인지를 싸잡아 두들겨 패며 오사카 성을 내려왔다.

오사카 성 아래의 넓은 길과 잔디밭엔 현란한 옷차림의 사내 녀석들과 계집애들이 오디오 세트를 설치해 놓고 신바람 나게 춤을 추고 있었다.

"다케노고 족[竹族]예요."

"말은 많이 들었죠. 왜놈들은 남의 자식이 무슨 지랄하고 다니든지 상관 않는 놈들이니까, 저 정도라면 손뼉 쳐주겠군요."

"그렇진 않은 것 같애요. 시끄럽게 비판도 하고 우려도 표명하고 했었지만 늘면 늘었지 줄진 않는 모양예요."

사내 녀석들은 잔뜩 기름 발라 머리 형태를 투구 쓴 것처럼 만든 데다 까만 가죽옷 아니면 스포츠형 머리에 경쾌한 차림이었다. 계집애들은 기기묘묘한 복장이었는데 가장 눈에 띄는 것은 짧고 새빨간 원피스에 속치마가 훨씬 긴 옷에다 빨간 리본으로 머리를 묶고 속옷이 펄렁펄렁 보이게 흔들어대는 것이었다. 더러는 까만 가죽치마와 점퍼 차림도 있었고 가슴을 반쯤 내놓고 잘 처먹었다는 걸 자랑이라도 하려는 듯이 온몸을 흔드는 애들도 있었다.

춤사위는 급했다. 트위스트와 고고, 림보와 아프리카 토인들의 춤을 섞은 것 같았다. 이런 다케노고 족은 공원이면 어디든 모여들어 눈요깃거리를 제공한다고 했다.

오토바이를 몰고 달려오는 녀석들이 계속 늘어났고 현장에서 책가방을 열고 새빨간 원피스로 갈아입고 춤을 추는 계집애들도 많았다.

"쟤들 모두 어린 것 같죠?"

내가 애들을 가리키며 물었다.

"그럼요. 대개 중고생들예요. 열댓 살 아니면 고작해야 열여덟이죠."

나는 그들의 인사법이 악수를 세 번씩이나 하며 끌어안고 흔드는 걸 쳐다보며 이상스런 통쾌감을 맛보았다.

그래, 즐기는 일에 얼빠진 녀석들이 일본 천지를 빨리 메우거라. 실컷 즐겨라. 밤낮없이 즐겨라. 그래서 배배 꼬인 녀석들과 안경 쓴 녀석들과 신나게 붙어라.

다케노고 족이 흔들어대는 바로 맞은편 건물은 도경찰부였다. 도경찰부 앞에서 마음 놓고 흔들어대는 녀석들이 왠지 좀 부러운 생각도 들었다.

"한번 겨뤄보시죠?"

손미라가 이렇게 말했다.

"저 애숭이들하고 말입니까?"

"어때요? 장총찬 씨 춤 솜씨는 여기까지 소문났던데요."

"정력이 아까워서 참을랍니다."

우리는 광장을 빠져나와 고라이바시[高麗橋] 쪽으로 차를 몰았다. 오사카 시내를 한 바퀴 돌아 들어가자는 손미라의 제안이었다.

"여기 있는 재일교포들이 왜놈들한테 꽤 당하는 모양인데 손미라 씨는 괜찮았어요?"

"저도 첨엔 혼 좀 났어요."

"그놈들 버르장머리 좀 고쳐놔야겠어요. 손목을 못 쓰게 하든지……."

"얘길 들으신 모양이죠?"

"대충요."

"아마 들으신 건 빙산의 일각일 거예요. 겉으로 드러나지 않지만 속으로는 더 심해요. 그런 데다가 일본 텔레비전이나 신문사가 의도적으로 재일교포에게 불리한 보도를 하고 있어요. 심한 경우엔 재일교포 사진이나 가족까지 공개하는 데다 한국인이 조그만 잘못이라도 있으면 대서특필해 대고 일본인은 감추어버리는 짓까지도 해요. 한국인이 일본에 와서 나쁜 짓을 하면 얼마나 하며 무슨 힘이 있다고 그런 짓을 하겠어요."

손미라가 말문을 열기 시작했다.

"우리나라에서 어쨌거나 제일 예쁜 여자였는데 일본 놈들이 꽤 못살게 굴었다는 건 짐작이 가요."

"제일 예쁜 건 사실 아니죠. 출전한 여자들 중에서 뽑혔다는 것뿐이죠. 정말 예쁜 여자들은 나오지도 않아요. 저도 우연히 나갔다가 뽑혔지만 그게 중요한 게 아니죠. 어떻게 사느냐는 문젠데……."

"그건 그렇다치고 손미라 씨가 나를 좀 도와줘야겠어요. 사건을 캐는 데 이 녀석 저 녀석 건드릴 시간도 없고 단칼에 왕초놈을 잡고 싶은데 말예요. 그래서 물고를 낼 작정입니다."

"어려운 문제는 아니지만 쉽지도 않아요. 벌써 여기에 소문이 퍼졌을 거고 장총찬 씨가 쓰루바시에 머물게 되면 증거를 대번에 없앨 거니까요. 그리고 여기 야쿠자들 가운데 신사도 있지만 잔악하고 더러운 무리도 많아요. 장총찬 씨가 그 사건을 캐나가다가 그들 일당과 붙는다면 돌아간 뒤에 이곳 한국인들이 더 큰 보복을 당할 수도 있죠."

"보복요?"

"그래요. 장총찬 씨는 일을 해결하고 돌아갈 거 아녜요. 그럼 여기 남아 있는 한국인들은 짐을 싸거나 앉아서 계획적인 보복을 당하게 되죠."

"그 생각까진 못했어요."

"경찰에 고발하지 못하는 것도 그런 사연 때문이죠. 고발했다가 큰 보복을 당한 사람이 얼마나 많은 줄 아세요? 저도 그런 피해자 가운데 한 사람예요. 그러니까 요즘은 아예 마음 놓고 한국인이나 학생들을 범죄 속에 끌어넣어가지고 사건이 터지면 덮어씌우고 저희들은 도주하거나 숨어버려요. 필로폰 밀조나 운반이나 밀매에 한국인을 끌어들여 엉뚱한 피해를 보게 하고 그들은 잘 먹고 잘 사는 경우도 허다하죠."

"손미라 씨는 그럼 어떻게 견뎠습니까?"

나는 갑자기 손미라가 이런 곳에서 자리 잡고 버티는 배경에는 묘한 흥정이나 불결한 상상력의 일들이 벌어졌지 않을까 하는 생각을 떠올렸다.

"운이 좋았던 거죠."

그 이상은 말하려고 하지 않았다. 병규 얘기로는 아주 순탄하게 자리 잡은 여자 가운데 한 사람이라고 했다. 얼굴 예쁜 것에 비하면 억척스러운 게 이상할 정도로 집요한 성격이며 얼굴 팔아 돈 번 여자가 아니라고 했다.

"도와주실 수 있겠네요. 그런 내용까지 안다면 말입니다."

"도와드릴 수 있어요. 제 청을 들어주신다면."

"무슨 청입니까?"

"나중에 말씀 드릴게요. 무조건 들어주신다고 약속하세요. 장총찬 씨를 곤란하게 해드리진 않아요."

"좋습니다."

"쓰루바시에는 가능하면 가지 마세요. 필요하시면 그 학생을 데리고 올 수도 있어요. 그리고 쓰루바시의 한국인들과는 별개의 사건을 찾아서 엉뚱한 곳에서 치고 들어가야 돼요. 한국인들에게 조금이라도 피해를 줘선 안 되니까요. 그리고 방송국 기자와 프로듀서를 같이 엮어 들어갈 수 있게 해야 돼요. 그 친구들은 말로는 한국통이니 하지만 실제로 지나친 국수주의자들이라, 계획적으로 그런 사건 현장에 뛰어들어가서 한국인을 골탕 먹이는 패들예요. 얘길 들으셨는지 모르지만 지난번에 방영된, 한국 처녀가 일본인에게 사기를 쳤다는 것도 사실은 엉뚱한 피해예요. 일본 지하조직의 장삿속에 한국 처녀가 속은 것인 줄 빤히 알면서, 말하자면 더 큰 피해자인데도 텔레비전에선 한국 처녀가 결혼을 빙자한 사기로 경제적 손실을 입히고 계획적으로 농락한 거라고 꾸며냈어요. 그 친구들은 계속 그런 식의 보도를 하고 다녀요. 또 그들 뒤엔 자료를 제공해 준다는 명목으로 지하조직과 손이 닿아 있어요."

"그러니까 방법이 달리 있다, 이거 아닙니까?"

"그렇죠. 제가 가진 정보에 의하면 지금 일본의 어린 여학생들을 납치해다가 다른 지역으로 팔아넘기는 대단위 장사가 시작됐어요. 또 필로폰 밀매와 제조 작업 때문에 두목은 항상 본부를 지키고 있어요. 차라리 그 사건 쪽으로 치고 들어가는 게 좋다는 생각예요. 정보 제공은 그 지하조직과 결별하고 일전도 불사하겠다는 구(舊) 요도가와 파에게서 나온 거니까 정확할 거고 처음엔 구 요도가와 파의 사주를 받은 것처럼 루머를 퍼뜨리는 거예요."

"난 자신 없는 것들뿐이군요."

"제가 알아서 할 테니까 걱정 마세요."

나는 한참 동안 요도가와 파와 구 요도가와 파의 내력이나 분열에 관한 얘기를 들었다. 기타노신지 지역의 상업지역을 둘러싼 분배에서 결별을 선언한 그룹들이었다. 쓰루바시의 잔챙이들은 결국 요도가와 파의 일원이며 지역 책임자는 바로 요도가와 파의 부두목이 겸직하고 있었다.

작전은 급습과 우회 전술 두 가지였다. 급습이라면 무조건 뛰어들어 붕괴 작전을 쓰는 거였고 우회 전술이라면 계획적으로 쓰루바시 지역의 잔챙이들을 건드려 공개적인 도전을 받은 뒤에 결투를 하는 거였다. 그러나 결투란 결국 그들에게 충분한 무기 제공과 잔악하고 비열한 행동까지 불사하는 구실을 주게 된다는 것도 잊지 않았다.

"아무리 악당들이라도 명분 없이 급습할 순 없잖아요? 난 결코 뒤통수를 쳐본 적은 없어요. 더구나 아무리 명분이 그럴 듯해도 왜놈 야쿠자의 편이 되어 내 주먹을 쓸 순 없지요."

내 말에 당혹감을 감추지 못하던 손미라가 궁리 끝에 말했다.

"그렇다면 사사로운 제 사연을 얘기해야겠네요. 전 여길 떠나야 돼요. 그렇지 않으면 언제 무슨 일을 당할지 모르는 입장예요. 제가 이만큼이라도 재산을 늘리고 탈 없이 살 수 있었던 건 사실 구 요도가와 파의 두목 다나카[田中]의 후원 때문였어요. 다나카는 암흑가에서 불려지는 이름이고 본명은 김인식(金仁植)예요."

"그럼, 한국인이란 말입니까?"

"그래요. 제가 여기 오게 된 것도 그분 덕이고 가난한 저를 뒷바라지하며 나쁜 길로 빠져들지 않게 한 것도 그분입니다. 그런데 그가 한국인이라는 사실 때문에, 또 한국인을 못살게 구는 야쿠자와의 잦은 결투 때문에, 토박이 야쿠자와 다른 야쿠자 조직에서 충동질해서 분열시킨 거죠. 그분은 한국인을 결코 괴롭히지 않아요. 한국인을 보호하기 때문에 지금 곤경에 빠져 있어요. 반대파들은 그분을 아주 없애기 위해 한국인을 더 괴롭히고 있고 텔레비전이나 신문기자를 동원하여 역으로 다나카를 궁지에 몰아넣고 있어요."

"그 사람이 아무리 한국인을 보호한다지만 난 편을 들 수는 없습니다. 그가 야쿠자 두목이란 사실은 내 비위에 안 맞아요."

"그러니까 제 사정을 말씀 드리는 거예요."

"해보세요."

"전 반대파 사람들에게 둘러싸여 있어요. 다나카 주변의 사람을 하나씩 제거해 나가고 있는데 저도 해당자죠. 한국인이라는 사실 하나 때문에 그들은 저를 납치하여 공개적인 집단 윤간을 하겠대요. 그래서 여기서 더 살 수 없게 만들 작정이죠. 더구나 제가 하는 사업에 방해 공작이 심해요. 앞으로 한 달 안에 이 사업체를 팔지 않으면 폭파하겠다는 협박을 받고 있어요. 더구나 그걸 사려는 사람은 그들의 패거리와 손이 닿아서 헐값에 사겠다는 작전이죠. 그런 식으로 사업을 하다 망해서 이사 간 사람이 여러 명이나 돼요. 한국인이 사업 잘되는 꼴을 못 보겠다는 거예요."

"그래서 어떻게 진행됩니까?"

"안 되면 헐값에 팔 수밖에 없는 입장이지요. 다나카도 더 이상 보살필 수가 없으니까 그렇게라도 빼가지고 한국으로 돌아가라는 겁니다. 그 사람이 불쌍해요. 남의 나라에 산다는 게 이처럼 서러울 수가 있겠어요? 저도 어차피 돌아갈 작정입니다. 그러나 내 피와 땀으로 만든 이 사업체를 헐값에 왜놈에게 빼앗길 순 없어요. 차라리 내 손으로 불을 질러버리고 보험금이나 타가지고 떠날까도 생각했었어요."

"좋아요, 그 일이라면 나서죠. 뿌리를 캐보죠."

"저는 그사이에 다른 사람에게 팔 수 있어요. 그리고 떠나겠어요."

"그렇다면 김인식인가 다나카인가 하는 사람은요?"

"걱정이지만 그 나름대로 살아갈 수 있는 사람예요. 한국인을 보호하는 일만 중지해 버리면 말이죠."

"그건 안 되죠."

"물론 그 사람은 결코 물러나거나 좌절할 사람은 아닙니다. 죽을 때까지 한국인을 위해 싸울 사람예요."

"우리나라에선 일본 사람을 못살게 굴지 않는데 어째서 이놈들은 그 지랄이죠? 그리고 그 기자란 자식들은 어떻게 잡아야죠?"

"시끄러워지면 보나 마나 나설 겁니다. 또 일본인을 보호하고 한국인만 범죄자로 몰아붙이겠죠."

우리는 쓰루바시에서 잠깐 머물며 아주머니의 하소연을 더 들어야만 했다. 나는 빈주먹을 쥐었다 펴는 울화를 삭이지 못한 채 쓰루바시를 나왔다. 요절을 내고 말리라.

하느님.

당신은 도대체 누구의 편입니까? 많은 사람들은 당신을 하늘에 계신 정의의 주인이라고 믿습니다. 그런데 왜놈들의 저런 소행을 보고도 침묵으로, 다니 오히려 그들 편이 되어 악마 짓을 하는 겁니까?

당신은 정말 하늘의 주인이며 진실을 지키는 자가 맞습니까?

여보쇼, 하느님.

그런 하느님이라면 누군들 못해먹겠습니까? 사후의 심판이 어쩌고 하늘의 정의가 어쩌고 천당이 어쩌고 하면서 사람들에게 겁이나 주지 마쇼. 세 살 먹은 꼬맹이가 하느님 해먹는 게 훨씬 낫겠소.

당신, 혹시 악마의 앞잡이 된 거 아뇨?

그렇지 않고서야 천벌을 받아야 할 일본 천황이란 늙은이가 저렇게 힘주며 살아 있어야 할 이유도 없고 아직도 한국인을 괴롭히는 악독한 무리가 저렇게 살아갈 순 없잖습니까?

하느님, 당신은 언제까지 그렇게 사람을 가지고 놀 거요? 착한 사람들에게 귀싸대기 맞을 짓만 골라가며 하는 그놈의 심보는 도대체 뭐요? 우리나라 고전인 흥부전을 보면 놀부가 오장칠부라 심통이 하나 더 붙어 개차반이었다는 걸 알 거요. 당신 하는 짓이 꼭 그따위올시다.

흥부전이나 좀 읽으슈, 개차반 양반아.

악마의 손길 81

음모의 천재

 손미라의 계획은 내가 생각해도 치밀하고 잘 짜여진 작전표였다. 쓰루바시의 한국인에게 피해를 주지 않으면서 그 일당에게 치명타를 주는 사이에 손미라는 재산을 정당하게 처분한 뒤에 우리나라로 무사히 돌아갈 수 있었다. 암흑가에서 손미라의 행적을 추적할 때쯤이면 나도 돌아간 뒤일 것이다.
 마약 밀매 현장에는 두목이 결코 나타나지 않는 게 상식이었다. 잔챙이의 행동을 주시할 필요는 없었다. 일본 소녀들을 밀매하는 현장도 마찬가지라고 했다.
 "왕초 녀석을 어떻게 끌어내죠?"
 "밀매 루트에 끼어드는 거예요."
 "어떻게요?"

"밀매 현장을 덮치면 연락병이 재빨리 보고를 할 거고 그러면 당연히 수습하기 위해 두목이 나서게 되죠. 물량을 확보했기 때문에 쉽게 만나서 흥정을 할 수 있죠."

"그러나 한국인을 괴롭히는 부분을 해결할 순 없잖아요?"

"그것도 방법이 있어요. 경찰에선 지금 소탕령이 떨어져 증거만 잡히면 그들을 모두 졸아넣으려고 별러요. 총찬 씨가 일을 처리한 뒤에 경찰이 개입하도록 하면 되잖아요. 총찬 씨는 감쪽같이 뒤에 숨는 거예요."

"그렇다면 텔레비전 그 기자 녀석은 어떻게 됩니까?"

"빤하죠. 한국인이 일본 소녀를 구했는데 그것은 다른 목적이 있었을 것이며 한국 여자들이 일본 내에서 어떤 일을 하며 한국인의 폭력 행위와 범죄 발생률과 배경, 일본인을 괴롭히는 방법과 일본 암흑가 조직이 한국인을 괴롭힐 수밖에 없는 이유 등을 늘어놓겠죠."

"도대체 상식을 벗어난 그런 짓을 할 수 있을까요?"

나는 속이 빤히 보이는 그런 행위가 통할 수 있는지 궁금했다.

"일본인 가운데엔 아직도 국수주의자가 많아요. 아직도 옛날처럼 한국을 통치하기 바라고 영토 확장이란 말만 나오면 제일 먼저 한국을 생각하는 사람도 많지요. TV 방송국의 고바야시[小林 正] 국장 같은 사람은 알려진 사람예요. 그러니까 그 부하들도 그 지경이죠. 물론 안 그런 사람도 많아요."

"한국 사람에게 제일 악독한 녀석은 어떤 놈입니까?"

"도오야마[遠山]라고, 독종이죠. 고바야시의 동경대 후배로 TV 방송국에서 가장 똘똘하다는 평도 듣고 진급도 제일 빠르죠. 우리가 조사해 본 바에 따르면 도오야마 어머니가 한국인이란 얘기도 있어요. 지금 어머니는 물론 일본 여자예요. 친어머니가 일찍 죽었는데…… 아무래도 정통 일본인이라는 걸 강조하려는 몸부림이 아닐지 모르겠어요."

"그럴 수도 있죠."

손미라와 나는 밤 이슥도록 쓰루바시의 한국인을 괴롭히는 암흑가의 내막과 내가 돌아간 뒤에라도 전혀 피해를 입지 않도록 작전을 짰고, TV 방송국의 고바야시 국장과 도오야마 프로듀서를 잡을 계획도 세웠다.

인신매매와 마약 밀매의 현장에 뛰어들기 위해 여러 날을 기다려야만 했다. 내 초조한 마음을 아는 듯 밀매 현장은 그렇게 쉽사리 드러내지 않았다. 병규와 손미라가 뛰어다니는 사이에 나는 내 손에 맞는 표창을 만들어두었다. 파리에서 다혜가 돌아오는 것보다 내가 먼저 서울에 가려면 이 일을 서둘러야 할 판이었다. 나는 여러 번 도이미쓰로[土居支郎] 두목을 습격할까 망설였다. 미쓰로 두목은 기타노신지 한복판에 빌딩을 소유하고 그곳을 본거지로 해서 상권을 쥐고 있는 부자 녀석이었다.

다혜는 어떻게 변했을까?

어쩌면 전혀 변하지 않았을지도 모른다. 외국물 좀 먹었다고

혀 꼬부라지는 그런 소갈머리 없는 계집애는 아니었다. 그녀와 헤어져 있던 시간은 참으로 괴로운 시간이었다. 나 같은 사내를 사위로 맞을 수 없다는 집안의 분위기를 이제는 조금씩 이해할 것도 같았다.

햇살이 몹시 따가운 어느 날이었다. 수영장에서 돌아오자 병규 녀석의 급한 전갈이 도착해 있었다. 오사카에서는 혼자 일을 추스릴 만큼 발이 넓은 녀석이었다. 나를 손미라에게 맡기다시피 하고는 저대로 돌아다니며 정보를 캐곤 했다.

"오늘 밤예요."

손미라가 흥분을 감추지 못했다.

"이 약도를 더 정확히 그릴 수 있겠죠?"

"그럼요."

손미라는 밀매 현장의 약도와 건물의 규모와 도주, 수송 루트 가능 지역을 도면 위에 상세하게 그려나갔다.

"사업체는 정리되겠죠?"

"조금 손해는 보겠지만 완벽하게 넘길 수 있게 됐어요. 금융 기관에서 처리하는 거니까 안심해도 돼요."

"다나카는 만났겠죠?"

"얘기가 다 끝났어요. 그에게도 소망이 있다면 우리나라로 돌아가는 거예요. 그래서 우리 땅에 묻히는 것이 소망이죠."

"이번 기회에 정리하고 돌아가자고 그러지 그랬어요."

"정리할 게 너무 많아요."

"그렇긴 하겠지만."

"아마 몇 년 걸릴지도 몰라요. 데리고 있던 사람을 다 뒷바라지해 줄 수 있을 때까진 떠나지 않을 테니까요."

우리는 밀매 현장 근처로 일찌감치 자리를 옮겼다. 대형 창고와 배 턱이 마주 보이는 전망 좋은 곳에 자리를 잡고 앉아서 지역 여건이 우리에게 유리하도록 도주로를 차단하는 방법을 생각해 보았다.

"모터보트 서너 대를 준비해 두고 대형 트럭으로 길을 막아 버리면 우선은 되겠네요. 그리고 일이 끝나는 대로 난 여길 떠나겠어요."

"모터보트로 가시게요?"

"보트로 부산이나 인천까지 갈 순 없잖아요?"

"그럼 바로 한국으로 가실 참예요?"

"날 기다리는 사람이 있어요."

"여잔가 보죠?"

"아무렇게나 생각하십쇼."

"부럽군요. 장총찬 씨 같은 남자가 달려갈 수 있는 여자라면 어떤 여잘까요?"

손미라의 눈빛은 어쩐지 애잔해 보였다.

바닷가가 잘 내려다보이는 창가에서 망원경으로 주위를 점검해 보았지만 아무런 변화나 움직임이 없었다. 야간에도 사용할 수 있는 적외선 망원경을 준비할 정도로 손미라는 치밀한 여자였다. 선창 옆에 몇 대의 모터보트가 들어와 배 턱에 기대어 있는 모습도 보였고 냉동차처럼 생긴 대형 트럭이 공터에서 대기하는 모습도 보였다. 손미라는 전화기 한 대로 모든 지시를 신속하게 하고 있었다.

밤이 깊어지자 다른 지역과 달리 어둠을 빨리 빨아들였다. 넓은 공터와 음산한 바닷바람 때문인지도 모른다. 바다 위에 정박해 있는 덩치 큰 배의 불빛도 어둠을 한껏 빨아들이는 것 같았다. 병규가 길목을 지키고 있었지만 아무 소식이 없었다.

망원경을 한참이나 들여다보던 손미라가 나를 손짓으로 불렀다.

"창고 문이 열렸어요."

"병규 이 녀석은 왜 연락이 없죠?"

"모르겠어요."

"무슨 사고가 난 거 아닐까요?"

"조금 더 기다려보죠."

밤이 깊어지자 초조해지는 걸 감출 수가 없었다. 내겐 아무래도 낯선 땅이었다. 편하게 말이 통하지도 않았고 남의 도움 없이는 움직이기도 어려웠다. 간단한 인사말이나 대화를 할 수 있을 만큼은 되었지만 의사 소통엔 별로 도움을 주지 못했다.

전화벨 소리가 시끄럽게 울렸다. 손미라의 재빠른 모습을 보며 내가 이 여자의 술수에 말려들고 있는 것이나 아닌가 하는 생각을 했다.

"출발했대요."

전화를 끊으며 말했다.

"예정 시간보다 늦었어요. 이런 밀매엔 시간이 생명과 같은데 말예요."

나는 이상한 생각이 들어 이렇게 말했다.

"왜 그런지 모르겠어요."

"내려갑시다."

창고 문이 닫히는 걸 확인한 나는 건물을 내려와 지름길로 접근해 갔다. 손미라는 자동차로 배 턱을 돌아 창고 뒤켠으로 이동했다.

바람이 옷깃을 펄럭이도록 불어왔다. 후텁지근한 밤바람이었다. 집 떠난 지 여러 달이 되었지만 부딪치는 사건마다 마음이 별로 달갑지 않은 것들이었다. 창고 옆엔 장정 두 명이 담배를 피우고 있었다. 나는 모자를 눌러쓴 채 운전을 했다. 뭐라고 물었다. 나는 대꾸 없이 손을 들어 보였다. 한패거리라는 신호를 보냈다.

창고 문이 열렸다. 대형 트럭 한 대와 하얀 승용차 두 대가 입구 쪽에 세워져 있었다. 작업복 차림의 창고지기가 손짓을 했다.

나는 다짜고짜 대형 트럭의 뒷문을 열었다. 얼핏 보아도 스무 명이 넘는 계집애들이 빈사 상태처럼 흐트러진 채 누워 있었다. 마약이나 수면제를 투여해 의식이 바르지 못하게 해놓은 것 같았다. 문을 처닫고 돌아서자 승용차 옆에 기대섰던 사내가 손짓으로 나를 불렀다. 승용차 뒷자리에서 가방을 꺼내 내 앞에 펼쳐 보였다. 두꺼운 비닐봉지와 포장지가 차곡차곡 쌓여 있었다.

나는 들었던 가방을 바닥에 놓고 작은 비닐봉지 한 개를 열어 냄새를 맡는 시늉을 했다. 혀끝에 살짝 가루를 대보기도 했다. 나를 쳐다보는 여러 사람의 표정에 의심의 빛이 역력해졌다. 차 안에 그때까지 말없이 앉아 있던 회색 싱글 차림의 신사가 내가 내려놓은 가방을 가져오라는 시늉을 했다.

나는 가방을 들고 그쪽으로 갔다.

사내가 가방을 열었다. 나는 그 순간 일그러지는 사내의 턱을 가격했다. 내가 가져온 가방 속엔 신문지뿐이었다. 눈 깜짝할 사이에 일어난 일이어서 미처 무기를 빼지 못한 사내들을 향해 나는 표창을 날렸다.

쉭쉭쉭쉭.

나자빠진 사내들과 미처 피하지 못한 채 멍청하게 서 있는 사내들은 내 올려진 손을 쳐다보며 공포의 빛을 감추지 못했다.

창고 문이 다시 열리고 미니버스 한 대와 황병규 일행이 탄 차가 쏜살같이 들이닥쳤다. 손 빠른 애들이어서 금방 트럭 안에 갇혀 있던 계집애들을 미니버스에 옮겨 실었다. 사내들을 오라지어 승용차에 분승시킨 병규가 손을 털며 다가왔다.

"연락하게 할까요?"

"경찰보다 먼저 도착하게 해라."

"알았습니다."

병규는 회색 싱글 차림의 사내를 끌고 창고 안의 전화기가 있는 책상 앞으로 갔다.

다이얼을 돌리고 난 사내가 나를 올려다보았다.

"꼭 시키는 대로 하라고 일러라. 무기를 가지고 오면 경찰을 동시에 부르겠다고 해라. 빈 몸으로 몸값과 필로폰 값을 가지고 오라고 해라. 미쓰로 두목이 직접 오지 않으면 흥정을 하지 않겠다고 해."

"방송국 애들은요?"

"손미라가 조치할 거다."

사내가 미쓰로 두목과 통화를 끝내고 돌아앉았다.

"미쓰로 두목은 약속을 꼭 지킨답니다. 그러니 부하들을 풀어달랍니다."

"흥정이 끝나면 풀어준다고 해라."

"어느 단체 소속이냐고 묻는데요?"

"벼락대신이라고 해라."

"처음 듣는답니다."

"지옥에서 왔으니까 처음 듣겠지."

"혹시 요도가와 파가 아니냐고 물어요."

"한 번만 더 나불거리면 주둥아리를 못 쓰게 만들 테니까 얌전히 앉아 있으라고 해. 그 자식 되게 말 많네."

병규가 내 얘기를 전하자 사내는 고개를 숙인 채 깊은 생각을 하는 눈치였다.

"혹시 한국에서 온 벼락대신이냐고 묻는데요? 이 자식들한테까지 소문이 난 모양인데요. 형님 인상을 보니 그런 것 같대요."

"어떻게 소문 들었느냐고 물어라."

병규가 한참 동안 사내와 얘기를 주고받더니 이렇게 말했다.

"후쿠오카나 벳푸에서 그런 인물이 돌아다녔다는 소문을 들었답니다. 나가시마 두목이 현상금 천만 엔 걸었을 때 이쪽에서 움직이려고 했었답니다. 이곳 야마구치 조직에서 벼르고 있을 거랍니다. 더구나 이곳 기타[北] 파에서 정식으로 초청장을 보낼 거라는 소문도 있답니다. 기타 파엔 중국 정통파 무예가들을 고용하고 있어서 임자를 기다리고 있는 모양입니다. 차라리 이곳에서 한밑천 잡으려면 새로운 요도가와 파와 손잡는 게 낫답니다. 기타노신지를 주름잡고 있어서 살림이 넉넉하다는 자랑예요. 형님 같으면 제일 높은 보수를 받을 수 있답니다. 연봉 오억 엔에 특별수당까지 붙을 수 있답니다. 야마구치 조직도 요도가와는 건들지 않을 거랍니다."

병규의 설명을 들으며 나는 일본 내의 암흑가 전쟁이 멀지 않았다는 생각을 했다. 기타 파가 중국 무예가를 고용했다거나 대화단이 폭파 전문가를 규합한다거나 각 파벌 간에 마약이나 동남아권에서의 인신매매에 열을 올리는 것은 자금 확보를 통해 암흑가의 자리다툼을 유리하게 하려는 조짐으로 보였다. 한국에서 자취를 감춘 유기하 같은 고수가 일본의 어딘가에 숨어 있다는 것도 다 그런 맥락인 것 같았다.

암흑가의 전쟁은 인물과 자금 동원에서 판가름난다는 건 누구나 아는 사실이었다. 인물과 자금을 한없이 써도 일단 암흑가를 지배하게 되면 단시일 안에 본전을 찾을 뿐 아니라 암흑가의 지배자로 군림하면서 굉장한 이권을 얻을 수 있었다.

"임마, 내가 고작 연봉 오억 엔짜리밖에 안 되냐?"

구둣발로 사내의 옆구리를 걷어찼다. 사내가 비명을 지르며 뒹굴었다. 병규가 재빨리 사내를 일으켜 세웠다.

"형님, 일본에서 오억 엔짜리면 거의 최고 대접예요. 이 녀석을 살려둬야 말이 통할 거 아녜요."

"떡 줄 놈은 생각지도 않는데, 이 자식들이 저희들 맘대로 값 정하고 흥정하는 게 보기 싫어서 그런다. 세상에 무슨 짓을 못해서 일본 놈 앞잡이를 하란 말이냐."

"이놈들이 한국인을 그만큼이라도 인정해 주는 걸 다행이라고 생각하세요. 일본 놈들은 코 큰 놈들 이외엔 인정 않는 버르장머리를 가졌거든요."

애들이 부산하게 움직이고 있었다. 창고의 뒷문을 열어 승용차가 빠져나갈 만큼만 빼고 나머지는 길목을 막기도 했고 대형 트럭과 그 일당이 타고 온 차량의 바퀴 바람을 빼내어 기동력을 미리 막아버리기도 했다. 천장의 대들보에 최루가스통을 매달아 급박한 상황에 터뜨려버릴 계획도 세워놓았다.

"난 어떤 땐 이렇게 못 배우고 우락부락하지만 의리 있는 새끼들이 차라리 이뻐 보일 때가 있다."

"나도 그래요. 뭣 좀 배웠다고 떠드는 자식들, 뒤끝이 항상 개판이거든요."

"우리나라도 마찬가지야. 혼자만 애국자고 민중의 편이고 가난한 이들의 벗이며 옳은 소리 혼자 다 지껄여놓고 결국은 훼절해서 잘 처먹고 사는 자식들투성이니까. 목청 높여 떠는 놈들은 죄다 먹고살기 바빠 변절한 치들투성인데 그래도 기 안 죽고 꿋꿋하게 살던 말없는 사람들은 아직도 청정하게 살고 있잖아."

"목청 큰 놈치고 변변한 놈 없는 법 아녜요?"

사내로 태어나서 의리라도 지니고 있다가 죽는 녀석들이 차라리 고와 보이는 건 나 혼자만의 생각은 아닐 것 같았다.

"옵니다."

병규가 자리에서 벌떡 일어났다.

"각자 제 위치로 가라."

검정빛이 유난히 빛나는 신형 벤츠와 연녹색의 대형 승용차가 공터를 가로질러 창고 쪽으로 달려왔다.

자동차가 천천히 들어섰다. 단정한 차림의 신사가 내렸다.

"미쓰로 두목이 맞답니다."

자동차에서 내린 사내들은 모두 일곱 명이었다. 미쓰로 두목과 연녹색 대형 승용차에서 내린 사내를 빼곤 모두 간편한 차림새였다.

"누가 여기 책임자냐고 물어요."

"알려주고, 미쓰로 두목만 한복판으로 나서라고 해라."

병규가 내 말을 전하자 미쓰로 두목이 성큼성큼 앞으로 나섰다. 사내는 보통 일본 녀석들보다 한 뼘 가량이나 훤칠한 키에 인중이 길고 어깨가 벌어진 기형인 같은 모습을 하고 있었다. 한눈에도 힘깨나 써 보였다.

"먼저 누군지 밝힌 뒤에 흥정을 하잡니다."

"한국에서 온 벼락대신이라고 소개할 수밖에 없잖느냐."

"어떤 조건의 흥정이냐는 겁니다."

"우리가 짠 대로 얘길 해라."

병규는 능숙한 말로 미쓰로 두목에게 설명을 시작했다. 병규의 설명을 듣다가 미쓰로 두목은 가끔 질문을 던졌다.

"고의적으로 한국인을 괴롭힌 것도 아니고 손미라가 약혼자인 줄은 처음 알았답니다."

병규가 설명하며 싱긋 웃었다.

일부러 그랬겠지만 나보다 목이 하나씩 더 큰 사내들이 시멘트 바닥에 무릎 꿇은 채 미쓰로 두목의 명령만 기다리는 표정이었다. 병규가 눈짓으로 신호가 왔다는 걸 알려주었다.

"너희들은 한국인들을 괴롭히는 것도 부족해서 지금 일본 여고생들을 무더기로 팔아먹으려고 했다. 더구나 텔레비전 방송국의 고바야시 국장과 도오야마 프로듀서가 지금 이쪽으로 달려오고 있어. 이번 사건도, 알려지기 전에 교묘한 수단으로 한국인이 일본 여고생을 밀매하려고 했다는 식으로 조작할 준비가 완료된 걸로 안다. 내 말이 틀렸나?"

병규가 내 얘기를 전하자 미쓰로가 웃었다.

"결코 그런 일은 없답니다."

"그렇다면 지금 저 건물 위에서 망원렌즈로 여기를 촬영하고 있는 놈들은 누구냐?"

"모른답니다."

"좋다. 고바야시 국장의 멱살을 잡아채라고 해라."

병규가 들고 있던 무전기를 두드렸다. 저쪽에서도 신호가 왔다. 미쓰로는 여전히 능글맞게 웃고 있었다.

"난 능글맞게 웃는 놈을 보면 이빨을 모조리 부러뜨리는 게 특기라고 말해 줘라."

병규가 그대로 전한 모양이었다.

미쓰로가 입을 앙다물었다. 표정도 몹시 굳어졌다.

"어금니를 맞무는 놈도 나는 그냥 두는 성미가 아니라고 해라."

"이러지 말고 제발 말로 풀어나가잡니다. 원하는 게 있으면 얘길 해달랍니다. 어떤 조건이든 들어줄 만한 선에서 타협을 할 수 있기를 희망한답니다."

"이새끼들, 희망을 더럽게 좋아하는 놈들이구나. 그렇다면 먼저 흥정해 보라고 해라."

미쓰로는 잠깐 생각하는 눈치더니 이내 쫠쫠 지껄였다.

"이 일대는 이미 요도가와 충성스런 부하들이 포위했으며 저기 앉아 있는 거인들은 수류탄을 품고 있어서 여차하면 전부 폭사하게 된답니다. 또 오사카의 암흑가 조직 모두가 지금 한국에서 온 벼락대신을 혈안이 되어 찾고 있기 때문에 요도가와 파와 적절한 선에서 흥정하지 않으면 어떤 자객단의 손에 당할지 모른답니다."

"겁을 준다고 해서 손들 놈이 아니라는 건 네놈들도 알았지. 흥정부터 하라고 해라."

나는 미쓰로의 행동과 미쓰로의 졸개들 표정을 면밀히 관찰하며 미쓰로가 먼저 흥정해 줄 것을 요구했다.

"애들 부탁만 들어주면 약혼자인 손미라의 재산이나 그의 사업을 결코 방해하지 않을 것이며 일본계 여고생들의 밀매 조직을 해체하겠답니다. 또 쓰루바시의 한국인을 괴롭히는 조무래기들이나 한국인 남학생들에게 마약 밀매를 시키고 폭력 하수인으로 이용하던 것도 한마디만 하면 없어진답니다."

"부탁이 뭐냐고 물어봐."

"이번 일은 몰랐던 걸로 해주고 연봉 오억 엔에 계약을 하잡니다. 물론 수당도 있고 집과 자동차도 제공하겠답니다."

"내가 할 일이 뭐냐?"

"그건 여기서 밝힐 수 없답니다."

"그럼 내 입으로 말해 주지. 구 요도가와 파를 쓸어낸 뒤에 야마구치 조직을 없애러 가자 이거겠지? 몇 개의 제휴 조직과 함께 말이다. 다섯 개 조직에서 일언 엔씩 갹출해서 나를 사기로 했다는 것도 안다."

"조건은 더 좋게 해줄 수도 있답니다."

나는 빙긋이 웃었다. 그만한 돈이면 결코 적은 액수는 아니었다. 그러나 그만한 돈이 필요하다면 차라리 내가 일본의 은행을 털든가 할 일이지 암흑가의 돈을 받을 사내는 아니었다.

"오백억 엔이라면 생각해 볼 수 있다고 해라."

"놀라는데요."

병규 녀석도 의아한 눈초리로 말했다.

"놀랄 것 없다. 나는 이미 야마구치 조직에서 이놈들을 없애 달라는 부탁을 받았다."

미쓰로가 당혹스런 표정으로 주위를 둘러보았다. 그들도 웬만큼 정보를 가지고 있었을 것이다. 내가 야마구치 조직과 계약을 하거나 손이 닿지 않았다는 걸 알면서도 놀라고 있는 것이었다.

"야마구치보다 더 얹어 주겠습니다."

"그러니까 오백억 엔이다."

"무리들과 협의를 해보겠답니다."

"으흐흐흐……"

나는 꽤 음흉한 축이었다. 녀석이 그런 식으로 자리를 피하려고 해도 내가 놓아줄 리가 없었다. 우리는 십여 분 동안이나 미쓰로의 제안과 흥정을 놓고 입씨름을 하고 있었다. 그의 부하들이 이 근처에 잠복하고 있다는 것도 알았고 해상에도 몇

척의 모터보트가 대기하고 있다는 것도 짐작할 수 있었다.

"일단 너희들이 팔려고 하던 여고생들과 마약은 내 맘대로 처리하겠다. 그리고 한 가지 명심해 둘 것은 고바야시 국장 같은 군국주의자들을 동원해 한국인을 못살게 구는 일에서 손 떼지 않는 한 내가 모가지를 가져갈 거라고 얘기해라."

"여고생과 마약을 얼마면 돌려줄 수 있느냐는 겁니다."

"미쓰로 두목의 목과 바꾸자고 해라."

미쓰로 두목은 어이가 없는지 나를 노려보고 있었다. 아직도 무릎 꿇고 앉아 있는 놈들은 가슴에 손을 넣은 채 미쓰로 주위를 떠나지 않았다.

문이 열리고 미니버스 한 대와 TV 방송국 마크가 선명한 촬영차가 뒤따라 들어왔다. 손미라의 작전은 적중한 셈이었다. 한국인이 낀 범죄단이 일본 여고생을 밀매하는 현장으로, 또 한국인의 마약 밀매 조직의 현장으로 그들을 유도해 낸 것은 손미라와 구 요도가와 파가 파놓은 함정이었다. 마치 요도가와 파의 미쓰로 일당이 제보한 것처럼 작전을 짰기 때문에 고바야시 국장이 직접 현장을 확인하기 위해 나온 것이었다.

"전부 끌어내라. 고바야시 국장하고 도오야마 프로듀서 놈은 이쪽으로."

발버둥 치다 몇 대 얻어맞았는지 기가 죽은 두 사내가 내 앞으로 끌려 나왔다. 고바야시 국장은 미쓰로를 발견하고 뭐라고 떠들어댔다.

"두 사람이 친한 사이군요. 구해달라고, 속았다고 하는데요. 빨리 테이프를 없애야 한답니다."

"잘 됐다. 애들한테 필름이 든 테이프부터 빼내라고 해라."

"이미 빼낸 모양입니다. 현장 중계이기 때문에 국장하고 도오야마의 목소리가 직접 들어간 모양입니다. 중계차가 나갔다고 예고까지 한 모양인데요."

나는 국장과 담당 프로듀서를 족치기 시작했다. 미쓰로는 차마 말릴 생각을 못하고 있었다.

"미쓰로 두목, 잘 들어라. 이놈들은 너희가 팔아먹으려던 여고생과 마약 밀매 현장, 그리고 우리가 그 현장을 방해하는 모습을 다 찍었다. 그런데 문제는 밀매 조직은 한국인 범죄단체로 말했고 나중에 말리고 나선 우리는 일본의 의협단체로 그렸다. 그 필름과 테이프는 이미 내 수중에 있다. 우리가 일부러 창고 문을 활짝 열어둔 것은 저놈들의 카메라에 잘 찍히도록 도와준 것이다. 그동안 수도 없이 한국인을 편파적으로 그려 텔레비전에 내보낸 그 배경은 바로 암흑가 조직의 돈을 먹고 있었고 암흑가와 무서운 결탁을 해온 놈들이다. 저런 비열한 놈들이 일본의 양심이라고 떠받쳐지고 있다. 이 진상을 어떻게 생각하느냐? 너희들이 인간이라고 한다면……."

한참을 망설이던 미쓰로가 국장과 두런거린 끝에 말했다.

"유감으로 생각한답니다. 필름과 테이프를 돌려만 준다면 자술서를 쓰고 다시는 그런 짓을 하지 않겠답니다."

"유감은 좋다. 왜놈들은 그놈의 말이 입에 발린 걸 내가 아니까. 좀 맞춰줘야겠고 테이프와 필름도 찾으려면 내가 납득할 만한 네 노력도 보여줘야 할 것이다."

"어떤 조건이든 듣겠답니다."

"내주면 너희들은 금방 너희들이 유리하게 또 조작한다는 걸 안다. 미쓰로 두목, 말리면 너도 그냥 안 두겠다."

나는 병규의 통역이 끝나자마자 국장과 도오야마를 개 패듯 두들겨 패기 시작했다. 한 방이면 끝장낼 수 있지만 나는 녀석들을 죽일 수 없었다. 살려두고 괴롭힐 작정이었다. 그동안 한국인을 계획적으로 괴롭혀온 이 사내들을 한 방으로 끝낼 순 없었다.

시멘트 바닥에 나뒹굴리며 평생 동안 죄업을 생각하도록 지근지근 밟아놓았다.

아마 몇 년간은 몸뚱아리의 골병 때문에 고생을 할 것이다.

미쓰로 두목의 졸개들은 수류탄을 품 안에서 꺼내 안전핀을 이빨로 물었다. 더 이상은 견딜 수 없다고 판단한 것 같았다. 두서너 명이라면 안전핀을 뽑기 전에 해치울 수 있겠지만 상대는 미쓰로를 뺀 여섯 놈이었다. 그들은 지금까지 한마디도 하지 않은 채 무릎 꿇고 앉아 있었다. 벙어리이거나 기형아들인지도 모른다. 미쓰로의 명령대로만 사는 놈들인 것 같았다.

"미쓰로 두목, 너를 살려 보내는 마지막 제안을 하겠다. 방송국 차에다 수류탄을 던져라. 그리고 할 얘기가 있으면 내 약

혼자인 손미라에게 연락해라. 이것이 최후의 제안이다."

"좋답니다."

"우린 고바야시 국장과 도오야마를 데리고 간다. 너희들이 공격을 한다면 우린 즉시 경찰에 연락할 것이고 마약과 팔려 가던 여고생들을 증거물로 제공하겠다."

"결코 공격하지 않겠답니다."

"차후엔 신사답게 나서라고 일러라."

"알겠답니다."

자폭을 결심할 만큼 준비를 해온 미쓰로를 이 자리에서 잡으면 우리 쪽에도 큰 희생이 따를 수밖에 없었다. 그렇다면 그들 손으로 방송국 차를 공격하게 한 뒤에 일단은 보내주는 수밖에 없었다.

우리가 뒤로 물러났다. 미쓰로의 명령을 받은 졸개 녀석이 수류탄을 방송국 촬영차 안에 던졌다. 그리고 녀석은 철기둥 뒤에 재빨리 숨었다.

굉음이었다. 촬영차는 맹렬한 폭음과 함께 부서졌다. 고바야시 국장과 도오야마는 무릎을 꿇고 뭐라고 애원을 했다. 돌아가서 한국인 암흑가의 깡패 조직에게 폭파당하고 겨우 목숨만 건졌다고 얘기할 수도 없는 입장일 것이다. 내 수중에 테이프와 필름이 있는 한 그들은 폭파된 촬영차에 대한 핑계를 그럴듯하게 만들어내야 할 것이다.

미쓰로 두목은 이를 앙다문 채 돌아갔다. 그를 잡지 못한 것은 그가 수류탄으로 무장한 자폭단을 대동하고 나타날 것을 예측하지 못했기 때문이었다.

우리도 재빨리 창고를 빠져나와 바닷가 쪽으로 달렸다. 손미라가 준비해 놓은 모터보트는 바다 한가운데로 질주하듯 달렸다.

기타 거리의 호화판 술집 이층의 특실. 실히 30여 평쯤 되어 보이는 방은 연주할 수 있는 무대와 춤출 수 있는 공간까지 갖추어져 있는 곳이었다.

한편엔 기모노 차림의 여인들이 얌전하게 무릎 꿇고 앉아 있었다. 엷은 화장이지만 순백색의 새하얀 투피스와 깃털 달린 하얀 모자와 역시 하얀 색깔의 구두가 손미라를 한층 아름답게 보여주었다. 여인은, 젊은 여인은 옷이 천사의 날개일 수도 있는 것인지 모르겠다. 미인 대회에서 뽑힐 정도의 미모에 어울릴 만한 옷가지는 요도가와 파라는 암흑가의 거물들이 손미라에게 욕심을 부릴 만도 했다.

미쓰로 두목은 꼿꼿한 자세를 결코 허물어뜨리지 않을 것처럼 내 맞은편에 앉아 있었고 그의 주변에는 그의 보디가드로 보이는 정장의 신사들이 둘러앉았거나 출입구와 미쓰로의 등 뒤에 서 있었다. 요도가와 파의 두목다운 위용이라고 생각했다.

"장총찬 선생의 일본 체류를 환영한답니다. 그리고 오늘 얘기를 잘 풀어나가 쌍방의 우정을 돈독히 하잡니다."

손미라가 미쓰로의 말을 받아 나에게 전해주었다. 처음엔 손미라 대신 병규 녀석을 데리고 나설 생각이었는데 손미라의 고집을 꺾을 수가 없었다. 영악스런 그들이 손미라가 직접 나서지 않으면 무슨 함정을 팔지도 모르고 믿어주지도 않을 거라고 우겼다.

"별로 즐겁지 않지만 이 자식들이 환영하는 것까진 좋다고 해두죠."

"제가 알아서 적당히 대꾸할게요."

손미라가 엷게 웃으며 미쓰로에게 얘기했다. 아마 정중하게 인사를 한 것처럼 하겠지.

술잔이 한 순배 돌고 미쓰로 두목이 데리고 나온 졸개들이 차례로 인사를 했다. 그가 요도가와 파의 두목이라면 그가 데리고 나온 녀석들도 만만찮은 실력파라는 걸 의심할 여지가 없었다. 한 녀석씩 악수를 하며 손바닥과 눈매로 전해오는 상대의 실력을 읽어보려고 애를 썼다. 미쓰로 등 뒤에 버티고 서 있던 사내가 앞으로 나와 허리를 꺾었다. 그리고 손을 내밀었다. 순간적으로 이 사내가 요도가와 파에서 간판으로 내세우는 무술의 제일인자라는 걸 직감할 수 있었다.

손을 놓자마자 나는 녀석의 덜미를 잡아 앉은뱅이 술상 쪽으로 내던졌다. 녀석은 한 바퀴 회전하더니 그 자리에 꼿꼿하게 섰다. 녀석은 곧장 공격 자세를 취했다. 미쓰로가 손을 들어 녀석에서 움직이지 말라는 경고를 보냈다.

"봤겠지만, 저 정도 실력자들은 요도가와 파 안에 수두룩하답니다. 더구나 저 친구는 전국에서 제일급의 무술가랍니다. 잘못 손댄 거라며 야유하는데요."

손미라는 내 엉뚱한 행동 때문에 입장이 난처했는지 표정이 굳어졌다. 나를 믿었던 만큼 내 실력에 대한 걱정이 생긴 것 같았다. 이런 세계에선 실력의 차이가 눈에 뜨이기만 하면 갑자기 상대방이 고자세가 되는 게 상례였다. 미쓰로가 속으로 웃고 있는지 모른다.

"끝날 때가 중요한 거요. 마음 놓고 우리들이 계획한 대로 밀고 나가요. 저 녀석 눈동자를 잘 보고 있으슈. 내가 자리에서 일어나는 순간에 쓰러질 테니까."

손미라가 무술의 제일인자라는 사내의 얼굴을 유심히 쳐다보더니 약간 자신을 얻은 듯 술잔을 비웠다.

"장총찬 씨를 백만 엔에 사겠답니다."

"뭐라고?"

"조금 전에 실수한 것 때문에 갑자기 오만불손해진 것 같애요."

"전해요. 내 앞에서 오만불손하게 굴면 용서하지 않겠다고."

"웃잖아요."

미쓰로와 그의 졸개들은 정말 웃고 있었다. 웃고 있지 않은 녀석은 미쓰로 뒤에 서 있는 제일급의 실력자란 녀석 한 놈뿐이었다. 연봉 오억 엔을 제시했던 녀석들이고 손미라를 귀찮게 하지 않겠다며 술자리를 마련한 미쓰로의 변심을 느낄 수 있었다. 사내를 거꾸러뜨렸으면 아마 더 높은 연봉으로 나를 일본의 암흑가 전쟁에 끌어들이려고 했을 게 틀림없었다.

"내가 일어나면 저 녀석은 쓰러질 거라고 해요."

손미라가 내 얘기를 전했다. 미쓰로가 웃으며 돌아보았다. 나는 천천히 일어섰다. 제일급의 무술인이 앞으로 고꾸라졌다. 미쓰로 얼굴이 굳어졌다. 내던지는 순간에 혈을 죄어 겨우 버티게 만들었기 때문에 그는 내가 일어서는 순간에 쓰러질 수밖에 없었다.

"나는 오만불손한 놈은 용서하지 않는다고 했다."

손미라의 통역이 끝나자마자 나는 몸을 날려 미쓰로의 가슴을 걷어찼고 옆에 앉았던 두 녀석의 턱을 가격해 버렸다. 나머지 녀석들은 표창 세례를 받아 뻗어버렸다.

손미라가 핸드백에서 무전기를 꺼내 열심히 신호를 보냈다.

문이 열리고 경찰관이 뛰어들어왔다. 우리는 쓰러져 있는 녀석들을 가리켰다.

"손들엇! 움직이면 죽인다."

갑자기 내 등허리에 총신이 닿았다. 경찰관을 경계하지 않은 것은 내 불찰이었다. 나는 그 순간에 미쓰로 두목과 암흑가의 꾼들에게 속았다는 걸 알았다. 한국말을 하는 사내는 계속 지껄였다.

"움직이면 벌집을 만들겠다."

음모의 천재

"당신은 경찰인가?"

"오늘 하루만 경찰이다."

손미라는 이미 수갑이 채워져 끌려 내려가고 있었다.

"장총찬 씨, 속았어요. 이놈들은 경찰이 아녜요."

나는 짐작하고 있었다. 손미라를 따르던 어떤 녀석이 배반을 했고 경찰관 대신 경찰관 복장의 가짜들을 배치시켜 우리를 안심하게 했다는 것을.

미쓰로가 우리가 제안한 대로 순순하게 술집으로 나왔다는 것부터 의심했어야 옳았다. 고바야시 국장이나 미쓰로는 아마 목숨을 걸고 손미라의 주변 인물을 매수할 수밖에 없었을 것이다.

나는 수갑이 채워진 뒤에도 밧줄로 꽁꽁 묶여 술집 이층에서 끌려 내려왔다. 정문을 피해 뒷문으로 끌려가 냉동차에 실렸다. 손미라의 입엔 테이프가 붙여져 있었고 냉동차 바닥에 단단하게 붙여놓은 철제 의자에 꽁꽁 묶어놓아 꼼짝할 수 없게 해놓았다. 나도 별수 없이 같은 신세가 되었다. 눈앞이 아득해졌다. 살아날 수 있을까?

눈을 감았다. 미쓰로 두목의 함정에 빠진 이상 쉽게 살아날 방법이 있을 것 같지 않았다. 손미라는 눈짓으로 무슨 말인가를 하고 있었다. 절박한 상황에서도 그녀는 퍽 여유 있는 눈짓을 보내고 있었다.

무슨 얘길까?

그녀의 눈짓만으로는 무슨 얘기를 하려는 것인지 짐작할 수가 없었다. 다만 살아날 수 있다는, 그러니 마음을 놓으라는 그런 얘기일지 모른다고 생각해 보았다. 내 입에도 테이프가 붙여져 있어서 말 한마디 할 수가 없었다. 냉동차의 철제 의자에 단단히 묶어놓아서 조금치의 틈도 없었다.

손미라의 주변 인물 가운데 어떤 사람인지 모르지만, 손미라를 배반한 것만은 틀림없는 사실이었다. 손미라의 계획은 내가 미쓰로와 그 졸개들을 해치우면 즉시 경찰이 뛰어들어와 요도가와 파를 현장에서 체포하기로 약속이 되어 있었다. 이미 우리가 확보한 증거도 넘겨받기로 약속한 일이어서 경찰 내부에서도 치밀한 준비를 했다고 했다.

밀매하려던 마약과 인신매매의 제물이 될 뻔했던 여고생들, 또 한국인이 주도자라는 덤터기용 필름과 테이프가 우리 수중에 있기 때문에 경찰로선 달려들지 않고는 배길 수 없는 일이었다.

그렇다면 경찰관까지도 매수했는지 모른다.

나는 얼핏 스쳐가는 이런 의문점을 지울 수가 없었다.

나와 손미라만 감쪽같이 없앨 수 있다면, TV 방송국의 고바야시 국장이나 도오야마도 살아날 수 있고, 미쓰로 두목이나 그 파벌도 감옥살이를 하지 않을 수가 있었다. 경찰관은 몇억 엔쯤이라면 매수당할 수 있을 것 같았다.

그렇다면 결론은 빤한 것이었다. 손미라와 나는 물론이지만

음모의 천재 107

병규나 다나카 두목까지도 없앨 것이고, 암흑가의 생존을 위해 몇 개의 폭력단이 연합작전을 펼쳤을지도 모른다.

이 거대한 함정, 이 거대한 음모의 늪에서 내가 살아날 수 있을까? 냉동차에서 끌어내리는 순간 나를 죽인다면 방법 없이 죽을 수밖에 없을 것이고, 시간을 벌 수만 있다면 살아날 구멍을 찾을 수 있을지도 모른다. 죽음을 생각하기엔 너무나 억울한 시간이었다. 손미라는 체념한 듯 움직이지 않았다. 일본 녀석들이 가끔씩 묶인 것을 확인하거나 앞자리와 연결되는 구멍으로 얘기를 주고받았다.

천국직행교라는 사교 본부의 지하실에 잡혀 있을 때는 정말 죽음이라는 걸 뼈가 저리게 느꼈지만, 지금은 그렇지 않았다. 일본 놈에게 당하지는 않겠다고 결심했다. 자결을 하면 했지 일본 놈 손에 내 목숨을 내줄 생각은 없었다. 일본 암흑가는 지금 지하 전쟁으로 경황이 없는 판이었다. 나를 쉽게 없애지 않고 유리한 조건으로 흥정을 제시할 수도 있는 것이다. 그동안의 증거만 없앤다면 내가 아무리 날뛰어도 별수 없을 테니까.

자동차는 몹시 흔들렸다. 아스팔트 길을 벗어나 산으로 올라간다는 걸 알 수 있었다. 손미라는 묶인 손을 꿈틀거리며 손가락 글씨를 써 보였다.

안심. 흥정. 증거 인멸. 병규 당함.

손가락 글씨를 내 나름대로 분석한 건 그 정도였다. 단단하게 결박 지어놓아 그만큼 의사소통을 할 수 있기도 힘들었다. 그들이 지껄이는 얘기를 알아듣고 내게 전하는 말인지, 아니면 그녀에게 다른 계책이 있기 때문에 그러는 것인지조차 알 수 없었다. 한국말 할 줄 아는 녀석은 내 옆에 바싹 붙어 앉아서 도통 말을 하지 않았다. 나는 어깨로 녀석을 건드렸다. 녀석은 나를 노려보기만 했다.

우리가 갇힌 곳은 지하실이었다. 어딘지 가늠할 수 없는 산속이라는 것과 별장이나 도장 같은 곳의 지하실이라는 것만 짐작할 수 있었다. 우리는 묶여 있었지만 충분히 의사를 소통할 수가 있었다. 상대의 손바닥에 글씨를 쓸 수 있었기 때문이었다.

우리 뒤에서 우리가 끌려간 것을 알고 있는 실력자가 있기 때문에 함부로 죽이진 않을 거라고 했다. 손미라는 전혀 불안한 기색이 아니었다.

철문이 열리고 세 사내가 들어왔다.

"미리 말해 두겠다. 여기서 살아 나갈 방법은 없다. 너를 죽여 없애는 건 한 방이면 된다. 그러나 우린 그렇게 쉽게 죽이지 않는다."

녀석의 손엔 권총이, 아주 갖고 싶을 만큼 예쁜 권총이 들려져 있었다. 그거 한 방이면 내 목숨줄을 놓을 수밖에 없는 것이었다. 나와 손미라를 번갈아가며 겨누던 녀석은 테이프를 뜯

음모의 천재 109

어내주었다. 통역하는 녀석은 너무 유창한 한국말을 하고 있었다. 나머지 두 녀석은 생김새나 복장으로 미루어 잔챙이는 아닌 것 같았다.

"너, 한국 사람이냐?"

"그렇다."

"이 자식아, 왜놈 밑 닦아 처먹고 사는 게 재미있냐?"

"이걸 카악!"

녀석은 주먹을 치켜들었다. 옆에 있던 녀석들이 말리지 않으면 내 면상을 갈겼을지도 모른다.

"미쓰로를 만나게 해줘라. 할 얘기가 있다."

"헛소리 말고 얌전하게 앉아서 묻는 말에 대답이나 해라."

"물어라."

"야마구치 조직이 정말 너를 샀나?"

나는 잠시 망설였다.

"난 팔려 다니는 놈이 아니다. 다만 제안을 받았을 뿐이다."

"어떤 제안?"

"요도가와, 호리, 후지, 오사카 패들의 두목을 잡아달라는 거였다."

"얼마였나?"

"오억 엔이다."

"그렇다면 어째서 야마구치 조직에게 넘기지 않고 경찰에 넘기려 했나?"

"난 야마구치가 싫다."

"네가 확보한 증거는 이제 하나도 없다. 네가 야마구치 조직의 두목을 잡아준다면 우리도 오억 엔쯤은 내놓을 수 있다. 어때? 우리와 흥정할 수 있겠나?"

"그건 좀 생각해 봐야겠다."

"어쩌겠다는 거냐? 넌 한 방이면 죽을 텐데."

"날 쉽게 죽여선 안 될 텐데. 무술의 제일인자라는 친구가 혈을 짚여 꼼짝 못하고, 미쓰로도 마찬가지다."

"미안하지만 걱정 안 해줘도 된다. 네가 짚은 혈은 풀어줄 사람이 있으니까."

"그게 누군가?"

"차차 알게 될 거다."

내가 짚은 혈을 풀어줄 만한 사람이라면 한국에서도 몇 사람 되지 않는 일이었다. 혈을 짚는 것만큼이나 혈을 푸는 것은 고수가 아니면 어림도 없는 일이었다. 유기하가 일찌감치 일본으로 건너왔다는 소문이 있었다. 유기하라면 내가 짚은 혈쯤은 쉽게 풀 수 있는 사내였다. 일본인 가운데 그만한 인물이 있다면 벌써 시끄럽게 소문이 날 일이었다.

"한 가지 묻자."

"말해."

"내가 야마구치와 한판 붙겠다면 풀어주겠다는 거냐?"

"그렇다."

"뭘루 날 믿는가?"

"네 약혼자를 인질로 삼는다."

"만약 내가 야마구치와 타협을 하거나 역습을 시도할지도 모르잖는가."

"그만한 준비는 우리도 할 수 있지."

"야마구치를 꼭 해치워야 되나?"

"야마구치는 어차피 끝장을 볼 수밖에 없다."

몇 차례 느끼는 것이지만 일본의 야쿠자 조직은 야마구치 조직을 어떻게든 거꾸러뜨리려고 몸부림을 치고 있다는 걸 알았다. 나는 아직 야마구치 조직이 어떤 힘과 배경을 지니고 있는지 모르며, 그들과 조우해 본 적도 없었다.

"지금 결정할 수가 없는가?"

녀석이 나를 설득하다가 일본 녀석들과 상의를 했다. 나는 쉽게 그들과 흥정하지 말라는 손미라의 말대로 한 번쯤 버텨 볼 심산이었다.

"한번 생각해 보겠다."

"기회는 많지 않다. 죽은 뒤에는 기회가 없는 것이다."

"안다. 하루쯤 시간을 줘라."

저희들끼리 수군대더니 그냥 나갈 것처럼 했다.

"이봐, 묶은 걸 풀어주는 아량은 좀 있어야잖아?"

"잔소리 말고 얌전히 있어."

녀석은 내 등 뒤로 돌아와 묶인 걸 확인했다. 그리고 또 손미라의 등 뒤로 돌아가 묶인 걸 확인했다.

"한 시간쯤 후에 다시 오겠다. 잘 생각해라."

내 입에 다시 테이프를 붙이고 그들은 철문을 닫고 나가버렸다.

손미라의 눈가에 웃음이 감돌았다.

무엇인가 열심히 몸을 놀리는 모습이었다. 한국인이라는 그 녀석이 손미라 손에 칼 한 자루라도 쥐어 주었는지 모른다고 생각했다. 입이 봉해져서 말을 할 수 없고, 몸이 묶여 움직일 수 없었지만, 손미라 손엔 줄을 끊을 수 있는 것이 들려 있다는 걸 알 수 있었다.

한참 만에 손미라는 팔목을 뺐다. 그녀의 팔뚝엔 붉은 피가 배어 있었다. 작고 날카롭게 생긴 칼끝으로 발목의 밧줄을 잘라내고 일어섰다. 흥건하게 땀이 밴 그녀가 무척이나 아름답게 느껴졌다. 내 입의 테이프부터 떼준 손미라의 손엔 여전히 수갑이 채워져 있었다.

"팔목부터 끌러요."

"이젠 걱정하지 마세요."

"그 녀석 쓸 만한 놈이군요."

"아녜요. 그도 매수당한 거예요. 누군가 우리를 구해내라고 일렀겠죠."

손목을 풀었다. 발목도 끌러냈다. 칼끝으로 수갑을 풀어냈다. 그녀는 사내가 쥐어 주고 간 메모지를 펼쳤다. 깨알처럼 작게 쓴 일본어였다. 지형을 알 수 있게 약도까지 그려져 있었다.

"무슨 얘기요?"

"여긴 산성 별장예요. 그리고 뒤쪽은 절벽이고, 이곳 경비는 삼엄하대요. 전부 총으로 무장하고 있대요."

"누가 우릴 구한다는 겁니까?"

"흑장미요."

"뭐요?"

"여고생 밀매 현장을, 원래는 흑장미가 덮칠 계획였대요. 그리고, 이 산성 별장은 흑장미가 포위하고 있어요. 폭파할 수 없는 건 우리의 신변 때문예요. 밖에서 총소리가 나면 철문을 안으로 잠그고 기다려야 해요. 이 건물이 폭파된 뒤에 문을 열고 뛰어나가면 오토바이가 준비되어 있을 거래요. 뒤를 생각하지 말고 무조건 산성에서 내려가면 아래에서 자동차가 기다리고 있대요. 큰길로 내려가지 말고 지름길로 달려야 돼요."

그 작은 메모지 한 장 속에는 별의별 얘깃거리가 많았다. 우리를 안심시키기 위해서 흑장미가 보낸 사연이었기 때문에 자상하고 세심한 것까지 지시하고 있었다.

"우리를 누가 배반한 거요?"

"아직은 모르겠어요."

"경찰은?"

"매수당했겠죠. 그러나 걱정할 거 없어요. 나가기만 하면 찾게 될 테니까요. 배반자나 경찰은 물론이지만, 고바야시 국장과 도오야마도 그냥 두지 않겠어요. 이번엔 결코 안 당하겠어요. 총찬 씨한테는 정말 미안해요."

"흑장미와는 어떻게 알죠."

"우연히 한두 번 만난 적이 있어요."

"혹시 손미라 씨도 흑장미 일원이 아닌가요?"

"아녜요."

"내 눈은 못 속입니다. 다나카 힘으론 손미라 씨가 버텨낼 수 없어요. 그리고, 그렇게 치밀한 계획을 세울 수도 없고, 이렇게 신속한 구조의 손길이 오지 않아요. 또 나를 처음부터 끌어들인 건 계획적이었을 거그요."

"총찬 씨, 아무렇게나 생각하셔도 좋아요. 다만 지금 우리가 해야 할 일은 여기서 살아 나가는 일뿐예요."

"한마디만 부탁하겠소. 나를 이런 식으로 끌어넣지 마시라는 거요. 까놓고 얘길 하고 협조를 한다는 건 몰라도 숨긴 뒤에, 일이 끝나면 털어놓는 건 질색이오. 저놈들이 나를 쉽게 죽이지 않는 배경엔 손미라 씨, 당신네가 연막작전을 펼쳐왔기 때문이라는 걸 알겠어요. 야마구치 조직과 다른 야쿠자 조직 간에 전쟁을 붙이려고 나를 끌어들인 거죠? 이제 알겠어요. 내가 야마구치 조직과 흥정을 한다는 걸 소문냈고, 이쪽에다는 내가 야마구치 조직을 거덜내려고 온 것처럼 정보를 흘린 거죠?"

손미라 입가엔 미소가 흘렀다. 그리고 내 손을 힘주어 잡았다.

"총찬 씨, 미안해요. 그러나 총찬 씨 짐작대로는 아녜요. 내가 흑장미 일원이라는 건 사실이지만 계획적으로 끌어들인 건 아녜요. 오히려 우리는 총찬 씨를 보호한 셈예요. 나중에 알게 되겠지만 야마구치도 요도가와도 모두 총찬 씨를 노리고 있었어요. 한번 휘말리면 빠져나가지도 못하고 발목만 잡혀요. 그들은 교묘하게 총찬 씨가 살인죄로 도망 다닐 수밖에 없도록 사건을 만들어놨어요. 총찬 씨가 여기서 나가도 경찰에 쫓길 수밖에 없어요."

"내가요?"

"그래요. 술집에서 표창 맞은 사람이 두 명이나 죽었대요."

"그럴 리 없어요. 난 결코 사람을 죽이지 않아요."

나는 급소에 표창을 꽂지 않았다. 아무리 쳐 죽이고 싶은 놈이라도 내 손으로 죽일 만큼 상처를 입히진 않는 사람이었다. 인간은 가장 존엄성을 인정받아야 하는 존재인 것이다. 한 사람의 개체는 그 사람을 기준으로 놓고 보면 온 우주 전체보다 소중하고 오히려 하느님보다 더 존엄한 존재인 것이다. 인권이란 생명의 보전으로부터 시작되어야 하며, 어떠한 경우라도 사람이 사람을 죽이거나, 하늘의 정의가 아니고선 인간이 인간을 심판할 수도 없는 것이다.

요즘엔 그놈의 하늘의 정의라는 게 낮잠만 자거나 개떡처럼 변질되어버렸다고는 하지만…….

"그들이 죽인 거예요. 그걸 노린 거예요. 그러나 반박할 증거가 없게 만들었지요."

"알 만합니다."

"살인죄를 벗어나기 위해선 별수 없이 그들과 타협해서 지하 전쟁, 그 무시무시한 암흑가 전쟁에 휘말려들 수밖에 없어요."

"그렇다면 지금 나가도 상황은 마찬가지 아닙니까?"

"그런 셈이죠. 그러니까 미쓰로를 잡아야 돼요. 고바야시 국장은 벌써 장총찬 씨를 얽어 놨을 거구요."

"난 우리나라로 빨리 가야 돼요. 여기서 혐의를 뒤집어쓴 채 기다릴 수만은 없어요."

"알아요. 그래서 테이프와 필름을 복사해 뒀지요. 어떤 음모가 생길지 모르니까요. 매수 경찰관은 결국 미쓰로의 조작이란 걸 털어놓지 않고는 못 배기겠죠."

나는 미쓰로와 고바야시 국장만 음모의 천재라고 생각하지 않았다. 손미라도 보통내기는 넘었다.

총성이 요란하게 들려왔다. 쌍방에서 총격을 가하는 것 같았다. 철문을 두드리던 사내들도 급했던지, 철문에다 몇 방의 총질을 하고 사라졌다.

요란한 소리를 내며 폭파음이 들려왔다.

손미라가 철문을 열었다. 흙먼지가 보얗게 피어나는 속으로 나와 손미라는 뛰어나갔다. 얼핏얼핏 총을 든 사람들이 보였지만 우리를 공격하진 않았다.

시동이 걸려 있는 오토바이 위에 뛰어올라갔다. 손미라가 내 가슴을 깍지 끼어 끌어안았다.

"샛길로 가요."

오토바이는 샛길로 들어섰다. 숲 속으로 내달렸다. 새벽의 산길은 어둡지도 밝지도 않았지만, 상쾌한 기분을 주었다. 산책로인 듯싶었지만 사람은 없었다.

"저쪽인가 봐요."

손미라가 가리키는 계곡 아래쪽엔 승용차 서너 대가 세워져 있었다. 우리는 오토바이를 계곡에 팽개친 채 철책을 뛰어넘었다. 승용차 문이 열리고 흑장미의 환한 모습이 보였다.

"안녕."

흑장미의 인사였다.

"어서 타세요."

손미라가 앞자리에 올라타며 소리쳤다. 흑장미 옆에 바싹 붙어 앉았다. 자동차는 쏜살같이 달리기 시작했다. 흑장미와 손미라는 열심히 지껄였다.

"고맙다고 전해요."

"그러지 않아도 전했어요."

"미쓰로를 지금 잡아야겠어요."

"지금 그쪽으로 가는 중예요."

"경찰관은?"

"잠깐만 기다려봐요."

손미라와 흑장미가 얘기하는 사이에도 흑장미는 내 손을

꼬옥 쥐고 놓지 않았다.

"아직 안심하고 있어서 도주하진 않았대요. 고바야시 국장은 한국계 깡패한테 당한 걸로 신문에 이미 보도됐고, 장총찬 씨는 긴급 지명수배가 됐대요."

"빌어먹을……."

"그러나 걱정 말래요. 미쓰로만 잡으면 된대요."

자동차는 질주하고 있었다. 우리 뒤에도 여러 대의 차가 따라오고 있었다.

흑장미가 내보인 신문에는 내 사진과 범죄행위가 상세하게 보도되어 있었다. 한국 여자를 일본에 팔아먹는 장면도 나왔고 마약 밀매, 추적 취재하는 텔레비전 방송차를 불 지른 행위와 한국계 지하조직의 작태, 그리고 일본 여고생을 밀매하려던 거대한 음모의 주모자로 종적을 감춘 것으로 보도되어 공항과 항만의 봉쇄 작전까지 펴고 있다는 내용이었다. 이 사건의 배후 조작자가 누구라는 걸 대번에 알 수 있었다. 고바야시 국장이 살아남기 위해서, 사건의 조작극이 드러나면 멸망한다는 걸 알기 때문에 계획적으로, 또 한 번 한국인을 제물로 내세운 것 같았다.

"잘못하면 그대로 뒤집어쓰고 말겠군요."

손미라가 이렇게 말하고 흑장미와 무슨 얘긴가 한참 동안이나 나누었다.

"아지트를 급습하면 역전시킬 수 있대요. 미쓰로가 아직은 산장 별장 사건을 모를 거고, 전화선을 끊었으니까 아직은 깜깜할 거래요. 도주하기 전에 잡아야지 그렇지 않으면 영원히 잡지 못할지도 모른답니다. 그리고 이건 흑장미가 준비한 거래요."

그녀가 내민 것은 놀랍게도 표창이었다. 내 손에 꼭 맞도록, 내가 평소에 지니고 다니던 형태와 무게였다.

"고맙다고, 이 은혜는 갚을 거라고 전해줘요."

손미라가 내 말을 그대로 전하는 것 같았다. 흑장미는 의미 있게 웃었다. 그녀와는 아름다운 밤의 역사를 지니고 있었다. 절박한 상황에서 그녀는 내 마음을 달래주었고 여느 일본 녀석들과 달리 정을 느끼게 할 만한 여자였다. 일본 여자 가운데 저만한 여자가 있다는 게 오히려 신비스럽게 느껴질 정도였다.

흑장미의 작전 계획은 치밀하게 짜여져 있었다.

기타노신지 주변의 칠층 건물 옥상을 흑장미가 가리켰다. 새벽녘 거리는 인파가 많았다.

"도와줄 만한 사람들이 건물 전체를 에워싸고 있으니 안심하랍니다."

나는 고개를 끄덕이고 성큼성큼 걸어 건물로 들어섰다. 요도가와 상사라는 간판이 그럴듯하게 붙어 있는 건물, 이 건물이 요도가와 파의 본거지이며 곁에 붙인 요도가와 상사라는 간판은 위장술로 내건 것이라고 했다. 대부분의 건물은 임대를 주고 있고 칠층과 지하 이층의 방들이 바로 요도가와 파의 아지트였다. 지하와 칠층만 연결되는 엘리베이터까지 준비되어 있고 주변의 건물 몇 채도 요도가와 파 소유로 탈출로가 지하로 연결되어 있다는 것이었다. 나는 지하 통로와 연결 엘리베이터를 책임져 달라고 부탁했고 해결되는 즉시 한국으로 돌아갈 수 있는 비행기 예약을 해달라고 했다. 나는 돌아가야만 했다. 다혜가 이역만리에서 돌아올 시간이었다. 몸부림치도록 보고 싶은 계집애였다. 그녀가 김포공항을 떠날 때 나는 악을 쓰며, 공항 대합실이 떠나가도록 사랑한다고 외쳤었다. 미친놈처럼.

다혜를 사랑하는 것만큼은 미친놈처럼 날뛰며 하고 싶었다.

엘리베이터에서 오른쪽으로 성큼성큼 들어섰다. 카펫이 깔린 복도를 따라가다가 오른쪽 끝의 모서리라고 했다. 반드시 세 개의 방을 거쳐서, 곳곳마다 경비원들에게 허락을 맡아야 들어설 수 있는 아지트여서 나처럼 말도 통하지 않고 설사 통하더라도 안에서 미쓰로 두목의 허락을 받을 수 없는 걸 알면 그 자리에서 총격을 가할 거라는 주의를 받았다.

모퉁이를 돌아서서, 문이 열리는 순간에 두 녀석의 급소를 찍었다. 두 녀석의 덩치는 마치 황소 같았다. 두 번째 문 앞에서 TV 회로판을 표창으로 뭉개어버렸다. 밖의 일을 안에서 모조리 알 수 있게 해놓은 장치였다. 흑장미가 일러준 대로 암호판을 누르고 카드 키를 꽂았다. 문이 소리 없이 열렸다.

쉭쉭쉭!

세 개의 표창이 동시에 날았다. 한 치의 오차도 없었다. 세 명의 사내가 급소를 맞고 그대로 누워버렸다. 비명을 지르게 해선 안 되기 때문에 할 수 없이 급소를 때렸다. 그러나 난 어리석은 놈도, 그렇다고 사람을 죽이는 사내는 아니었다. 혈을 짚듯 정확하게 그들을 기절시켰을 뿐이었다.

생명이 존엄한 걸 안다. 이 세상 어느 것과도 바꿀 수 없는 것이며 우주 전체보다도 한 생명은 존중받아야 하는 것이다. 작은 나라를 장난감 병정처럼 가지고 노는 강대국이란 너울을 쓴, 인권이니, 휴머니즘이니 또는 코스모폴리터니즘이니를 입에 달고 다니는 그들은 약소국의 국민들 생명을 실험 도구로 사용하고 있는 현실이며 열 명의 죄인을 엄단하기 위한 한 사람의 무고한 시민을 매섭게 다루고도 양심의 가책은커녕 희열을, 사람을 마음대로 다룰 수 있다는 직분에 쾌락을 느껴보지 말란 법 없을 것이다. 그러나 난 생명이 얼마나 존엄한 것인지 무공 스님에게 배워온 사내였다.

말로는 모두 생명을 존중하는 무리들, 그러면서 쥐꼬리만 한 권한으로 인권을 유린하는 무리들이 이놈의 세상엔 너무 득실거리고 있다. 일본 놈이라면 씨를 말리고 싶지만, 아무리 내게 악독하게 군 놈이라도 나는 결코 죽이진 않을 것이다. 죽어야 하고 남을 아프게 하거나 괴롭히려면 먼저 십 년의 고행을 한 뒤에나 하는 거라고, 그리고 정의라는 이름으로라도 결코 생명을 빼앗는 짓은 용서할 수 없노라고 말씀했었다.

하느님.

당신은 한국 땅 강원도 산골짜기, 사람 하나 없는 그 깊은 산속에 혼자 선을 하고 있는 스님 한 분 앞에 감히 나설 수 있겠소?

당신이 당신의 정의 아래 얼마나 많은 사람들을 죽였으며 전쟁과 기아와 병마를 통해, 더러는 힘 있는 자의 쾌락과 욕망의 빌미로 얼마나 못된 짓을 했는지 아십니까?

당신은 일기를 쓰나요? 솔직하게 쓰나요? 그렇다면 당신의 일기장은 악마의 일기장일 거요. 안 봐도 알 일이지만. 만약 당신이 참회록을 쓴다면 이 세상에서 가장 많이 팔릴 겁니다. 세계 인구만큼, 금방 죽을 노인네부터 갓 태어난 아기까지도 읽을 겁니다.

어떠슈?

이 늙은 하느님아, 참회록 써서 인류 최고의 베스트셀러 한 번 만들어 돈 좀, 인간들 세상의 돈 좀 싹 긁어가 보슈.

하느님.

난장박살이라는 말이 있습니다. 정말 세상을 이 꼴로 계속 내버려둘 작정이라면 거기 숨어 있지 말고 내려오슈. 당신을 난장박살 내려고 벼르는 괜찮은 사람들이 많으니까 말요.

에이, 떡 칠 양반아.

비상벨을 떼어내고 지하 통로와 연결되는 쪽문의 전선을

차단해 버렸다. 그리고 비밀번호를 눌렀다. 힘 없이 문이 열렸다. 두 명의 사내가 느닷없는 내 출현에 권총을 빼려고 몸을 숙였다. 나는 책상 위에서 뛰어내리며 뒷덜미를 가격했다. 두 녀석이 엎드려 그대로 뻗었다. 방문이 벌컥 열리고 미쓰로가 나왔다. 흠칫 놀랐다. 그러나 미쓰로는 두목이었다. 명색이 요도가와 파의 두목이었다. 가볍게 웃으며 손을 내밀었다. 알아들을 수 없는 말이었지만 느낌으로 환영한다는 투였다. 내가 한 발짝 다가서자 그는 한 발짝 물러섰다. 방문이 열리고 잠기 가시지 않은 계집애, 첫눈에 썩 예쁜 계집애가 앞으로 나섰다. 그녀의 손엔 빛나는 권총, 날씬하고 귀엽게 생긴 권총이 들려 있었다. 나는 그녀를 응시하며 표창을 바짓가랑이에 닦았다.

쉭!

미쓰로가 권총을 받아 쥐려는 순간에 계집애는 비명을 지르며 벌렁 누웠고 미쓰로는 쪽문을 밀었다.

그러나 열리지 않았다.

나는 키들거리며 웃었다. 미쓰로의 당황한 표정이 금방 드러났다. 말이 필요 없었다. 말이 통하지도 않았고 통한다고 해도 이런 녀석은 말을 주고받을 필요도 없었다.

목의 혈을 쥐었다. 금방 얼굴이 검붉어지며 숨을 헐떡거렸다. 경련하며 거품을 쏟았다. 모질게 정강이를 걷어찼다. 무릎을 꿇었다. 녀석은 검붉어진 얼굴로 잔뜩 웅크린 채 방바닥을 기어 다녔다.

멱살을 끌고 비상계단을 내려섰다.

뒹굴렸다. 이런 사내는 뒹굴려서 끌고 가는 것만도 다행한 것이었다. 미쓰로는 내가 걷어차는 대로 계단을 뒹굴며 굴러 내려갔다. 지하 차고까지 나는 계속 굴려버렸다.

자동차 뒤트렁크에 싣고 열쇠로 채워버렸다. 덩치가 커서 그 큰 자동차의 트렁크가 꽉 찰 정도였다.

"고바야시를 잡아야죠."

"어딥니까?"

"교외예요. 호화주택이래요. 새벽에 들어와서 아직 안 자고 있나 봐요. 잘라 없앤 필름과 녹화 테이프를 찾아내야 하니까 내가 같이 들어가야 돼요."

"그 자식이 고백할까요?"

"쉽게는 않겠죠. 그러니까 증거물을 찾아내고 자백을 녹음해 둬야 돼요. 또 경찰이 인정할 만한 증인도요."

"되겠죠."

자동차 행렬이 우리 차 뒤로 계속 이어지고 있었다. 흑장미의 부하들이 흑장미를 보호하기 위해서거나 내 일을 도와주기 위해 호위하고 있는 것 같았다.

"배신자는 찾았나요?"

"도망쳤어요."

"누구죠? 한국인였나요?"

"그랬어요. 돈에 눈이 어두웠나 봐요. 그 녀석은 사건이 어떻게 끝나든 간에 한밑천 잡은 셈이죠."

"어디 가서 나쁜 짓 그만하고 그 돈으로 잘 처먹고 잘 살기나 했으면 좋겠네요."

"나쁜 짓 하던 애가 아녔어요. 참한 사내였는데. 그러니까 믿고 데리고 있었죠."

교외 지역이란 게 한눈에도 알 수 있는 지역으로 들어섰다. 산 옆으로 무성한 가로수가 하늘을 가릴 만큼 울창했다.

"저 집이래요."

우리 앞을 섰던 자동차가 옆길로 빠지라는 신호를 보냈다. 우리는 비탈길에 차를 세웠다.

"산길로 가야 돼요. 혹시 모르니까요."

흑장미는 간단하게 그린 고바야시 국장네 집 약도와 봉투 속에 든 여러 장의 사진을 보여주었다. 고바야시 국장의 여성 편력을 대번에 알 수 있는 사진들이었다. 나는 씩 웃었다. 고바야시 국장에 대한 사전 조사가 치밀했다고 보기엔 너무 상세한 자료였다. 아마 전부터 고바야시 국장을 추적했거나 그런 자료를 가지고 있는 자와 접선을 했는지도 모른다고 생각했다.

"뒤따라오세요. 문이 열리면 뛰어드는 게 낫겠지요?"

"그럽시다."

고바야시네 집 가까이 오자 손미라가 앞장섰다. 대문이 열리고 손미라가 들어서며 신호를 보냈다. 나는 일본식으로 잘 꾸며진 대나무 울타리와 구옥을 본떠 새로 지은, 손미라 말처럼 호화스럽게 생긴 고바야시네 집으로 뛰어들어갔다. 현관 앞에 섰던 고바야시 국장이 후닥닥 뒤꼍으로 뛰었다.

멱살을 옭아 잡아 무릎치기로 사내를 주저앉혔다. 손미라가 밖으로 내던지라고 말했다. 나는 한 번 더 고바야시를 가격한 뒤에 대나무 울타리 밖으로 내던졌다. 기다리고 있던 흑장미 패거리들이 고바야시를 차에 실었다. 뭐라고 악을 쓰며 떠드는 집 안 사람들에게 손미라가 일본말로 설명하고 있었다.

"갑시다."

"증거물을 찾아야죠."

"깜빡했네."

나는 울타리를 뛰어넘어 고바야시를 태운 차 쪽으로 뛰어갔다. 절단한 전화선 옆의 꽃밭 주변엔 흑장미 부하들이 좍 깔려 있었다. 내가 뛰어가자 흑장미 패들은 고바야시를 무섭게 다루고 있었다. 아무래도 쉽게 입을 열 것 같지 않아 보이는 분위기였다. 나는 다짜고짜 고바야시의 목덜미 혈을 짚었다. 눈알이 뒤집어지며 경련을 일으켰다. 흑장미의 부하가 계속 일본 말로 을러댔다. 말이 통하지 않기 때문에 금방 숨이 넘어가도록 혈을 짚을 수밖에 없었다. 살이 찢기는 것 같고 뼈마디가 모조리 어긋나는 것 같은 무서운 혈이었다. 숨도 턱에 막혀서 복식호흡을 시켜주지 않으면 제대로 쉴 수 없는 혈이었다. 고바야시가 팔을 휘저으며 소리를 질렀다.

흑장미 부하 녀석이 재빨리 고바야시의 말을 메모지에 써서 내주었다. 나는 메모지를 다시 손미라에게 전했다.

"태웠대요."

"뭐라구요?"

"할 수 없어요. 우리가 복사해 놓은 걸 쓸 수밖에 없지요."

"그냥 가잔 말입니까?"

"이 사람들이 증거를 남겨놨을 리가 없죠."

우리는 할 수 없이 고바야시가 정리하다 만, 타이핑 된 원고와 편지 뭉치를 가방에 주섬주섬 담았다.

경찰 간부가 직접 현장을 확인하고 녹화 테이프와 필름, 고바야시의 상세한 고백과 미쓰로 두목의 범죄 사실을 모두 확인한 뒤에 당시 현장에 있었던 도오야마와 기술진들의 대조, 또 납치되었다가 풀려났던 여고생들의 증언과 마약 밀매파들의 부정할 수 없는 증빙 자료들을 점검했다.

"해결됐어요. 기자들이 인터뷰를 하겠대요."

손미라는 이틀 동안의 긴장이 풀렸는지 하품을 애써 감추며 이렇게 말했다. 흑장미는 내 범죄 사실이 고바야시와 미쓰로 일당의 조작극이란 걸 밝히기 위해 이틀 동안 밤낮없이 뛰어다녔고 도주한 경찰관을 잡기 위해 일본 전역의 흑장미 조직은 물론 손이 닿을 만한 조직들의 후원을 받아 겨우 때맞춰 잡아올 수 있었다. 경찰관 두 명은 초급간부였고 이번 조작극에 앞장선 대가로 일억 엔을 받아 나누어 가진 것이 드러났다.

"사양하겠어요. 난 체질에 안 맞아요. 한국인을 그렇게 못살게 굴고 의도적으로 한국인에게 엄청난 범죄를 뒤집어씌우는 일본인들의 지성이나 양심을 어떻게 내 입으로 얘기할 수 있습니까. 손미라 씨가 내 대신 하세요. 제발 좀 일본인이기 이전에 인간이 되어달라고."

"그 얘기를 총찬 씨가 직접 해야 어울리죠."

"내가 욕지거리밖에 더 하겠어요? 말하다가 흥분하면 기자들까지 모두 창밖으로 내던지게 될지도 모르는 놈입니다."

나는 한사코 텔레비전 방송국과 신문사 기자들의 인터뷰를 거절했다. 경찰 간부가 옆방에서 사건의 전모를 발표하는 사이에 우리들은 기자들의 눈을 피해 도망칠 수밖에 없었다.

"아침 비행기 표를 예약해 뒀어요. 흑장미는 며칠 푹 쉬었다 가는 게 어떻겠냐며 의사를 물어보래요."

손미라네 찻집으로 돌아오는 차 안에서 나는 흑장미의 이런 제안을 또 거절할 수밖에 없었다.

"흑장미를 위한 일이면 무슨 짓이라도 하겠지만 내일은 꼭 가야 될 일이 있어요. 기회가 닿으면 반드시 오겠다고 해줘요."

"흑장미가 한국에 놀러 가도 되느냐구요?"

"언제든지 환영합니다. 흑장미 같은 여자라면 난 결코 미워하지 않아요. 일본인 가운데에도 사람다운 사람이 있다는 건 정말 기분 좋은 일입니다."

"그럼 오늘 밤만이라도 같이 있자는데요? 총찬 씨를 되게 좋아하는 것 같아요. 질투가 나는데요."

"나도 그러고 싶어요. 나도 꽤 좋아하는 편입니다. 그러나 오늘 밤만은 혼자 있고 싶어요."

"할 수 없다니까 매우 실망한 눈치예요."

손미라는 우리들 관계를 알 턱이 없었다. 초면도 아니고 끈끈한 밤의 역사를 안고 있는 사이라는 걸 짐작조차 할 수 없었을 것이다.

병규도 무사히 풀려나왔다. 꺼칠하게 생긴 얼굴이었지만 표정은 밝았다.

"한국 사람으로 태어났다는 게 이렇게 참담한 것인가 싶어 더럽게 원망도 했었죠. 그런데 한 가지를 배웠어요. 일본인도 사람다운 사람이 있다는 것과 한국인으로 태어난 게 결코 굴욕이 아니라는 걸 말입니다."

병규 녀석도 삼 일 동안 경찰서에 잡혀 들어가 조작극의 희생자로 퍽 고통을 받은 것 같았다. 얘기하지 않아도 알 만한 일이었다. 흑장미는 서운한 표정으로 돌아갔다. 그녀와 밤을 그냥 새우지 않을 걸 알기 때문에, 그녀의 매력적인 몸을 기억하고 있어서 나는 혼자 잠들기로 작정한 것이었다. 흑장미와 더 아름다운 밤의 역사를 만들기엔 내 조그마한 양심이 허락질 않았다. 나는 빨리 돌아가 다혜를 만나야만 한다는 일념뿐이었다. 그녀를 떳떳하게 만나기 위해 흑장미의 제안을 거절한 것이었다.

밤늦도록 다혜와 만나는 순간의 기쁨을 연상하느라고 이틀 동안 못 잔 피곤함도 잊었다.
밤이여 빨리 가거라.

다혜, 기다리던 여자

 공항 대합실 한쪽 구석에 신문지를 펴 들고 흑장미는 내게 작별의 입맞춤을 해주었다. 아침 일찍 일본의 조간신문을 모두 사 들고 찾아온 그녀는 내 손가락에 꼭 맞는 반지를 끼워주었다. 그녀는 서툴지만 또박또박 정의 표시라는 말을 했고 꼭 다시 만날 것을 약속하자고 했다. 어린애처럼 손가락을 걸기도 했다. 조간신문에는 고바야시 국장의 한국인에 대한 편견 기사와 조작극이 소개되었고 미쓰로 일당이 잡혔다는 것과 경찰관의 편파적 사건 개입을 다루어 비교적 상세하게 한국인을 괴롭혀온 내용이 담겨 있었다. 다만 기사의 끝마무리의 발언에서 한국인 범죄 조직의 실상과 과거의 사건 일지를 기록해 놓아 어쩔 수 없는 일본 놈들이란 인상을 지울 수 없었다.

아쉬운 작별이었다. 말로 설명할 수 없는 가슴의 얘기들을 묻어두기에는 어쩐지 작별이 아쉬웠다. 올 때보다 더 간편한 차림, 택시 운전사 녀석이 내 짐을 싣고 뺑소니를 쳤기 때문에 그나마 새로 산 손가방 하나뿐이었다. 김포공항의 세관원이 표창장이라도 줄지 모른다는 우스운 생각도 들었다.

"저도 정리되는 대로 갈게요."

손미라가 내 뒤통수에다 대고 말했다. 소리 지르는 것이 흑장미를 의식한 것 같은 목소리였다. 흑장미 때문에 두어 번 자존심이 상했던 일도 있었다.

"꼭 충돌합시다."

뒤돌아보며 나도 소리 지르고 안으로 들어섰다. 나는 일본에 대해 회한이 많은 사내였다. 미쓰로와 고바야시 사건만 해도 경찰이나 흑장미의 도움을 받아야 했고 아직도 뿌리가 깊은, 한국인을 미워하는 국수주의자들과 한국 여자를 밀매하는 조직을 깨부수지 못하고 돌아가는 내 자신이 조금은 미웠다. 반드시 다시 오마. 그때는 급한 대로 일본말도 좀 지껄이고 남의 도움 없이 마음껏 돌아다니며 내가 정말 때려 부수고 싶었던 일을 성취시키마.

다혜도 어쩌다 그랬고 뭣 좀 안다는 녀석들과 똑똑하다고 자처하는 녀석들이 내게 일다운 일 좀 해보라고, 껄렁하게 뒷골목이나 배회하지 말고 진짜 일다운 일, 말하자면 그 녀석들 주장대로 정의로운 일, 무슨 놈의 얘긴지 모르지만 역사에 남을 일을 해보라고 깝신거리는데 이제 고작 스물몇 살 처먹은 놈에게 무슨 힘과 무슨 뼈다귀가 있어서 역사 같은 일을 해내며 이만큼이라도 자랑하고 돌아다니는 것도 내 모가지 걸고 덤빈다는 걸 녀석들은, 그 똘똘한 체하고 주둥아리로만 잘난 녀석들이 알 까닭도 없을 것이며 그런 녀석들치고 똥구멍 가렵지 않은 사내 없고 그런 녀석치고 줄행랑과 변신과 기회 노리는 일에 재주꾼 아닌 놈이 없었다.

하느님.
나 말요, 내 나라, 한국으로 지금 갑니다. 여유 있어서 놀러 나온 놈도 아니고 더더욱 나라 버리고 이민 온 사내도 아니며 나를 귀찮게 굴고 내 감정을 비틀어놓고 이리 간섭, 저리 간섭하는 자식들, 상식이고 나발이고 제 모가지 붙어 있으려고 안달하는 녀석들 때문에 팔자에 없는 일본 구경을 했습니다만…….
하느님.
나, 지금 우리나라로 갑니다. 가서 마음 좀 잡고 봅시다. 우리 아버지가 내 이름 잘못 지어준 탓으로 내 팔자에 풍파가 낀 모양인데, 장총찬이란 놈이 어디가 어때서 당신은 그렇게 노려보는 거요?
하느님.
나, 갑니다.

김포공항. 덜렁거리며 수속을 끝내고 세관을 통과하려고 걸어 나왔다. 작은 손가방 한 개뿐인 나를 세관원은 갸우뚱거리며 아래위를 훑어보았다.

"짐은 없습니까?"

믿어지지 않는다는 듯이 물었다.

"그렇습니다."

"이건 뭡니까?"

손가방을 찬찬히 살피던 서관원이 내 손가락을 가리켰다.

"좋은 여자가 이별식 하며 주던데요."

"잠깐 볼까요."

"그러죠."

"알맹이가 큰데요. 이거 진짠가요?"

"모르죠. 공항에서 받았으니까요."

"잠깐만 기다려주시겠습니까?"

"그러죠."

공항의 세관원이라면 딱딱하고 징그럽도록 악착 같은, 로봇이나 냉혈 인간처럼 느끼고 있던 내 선입감을 이 젊은 세관원은 무너뜨리고 있었다. 어딘가 달려갔다가 온 세관원은 반지를 선뜻 내주며 씩 웃었다.

"고맙습니다."

"네?"

나는 영문을 몰라 되물었다.

다혜, 기다리던 여자

"빈손으로 오시는 분들에게 저희들이 할 수 있는 것은 고맙다는 말뿐입니다."
"그렇다면 한 가지 묻겠는데요."
"말씀하십쇼."
"이 반지, 가짭니까?"
나는 그냥 통과시켜 주는 게 이상해서 이렇게 물었다.
"진짜 중에도 상품입니다."
"그런데요?"
"반지 안쪽을 확대경으로 보시면 압니다."
"예?"
"일본인의 양심을 깨우쳐줘서 고맙다는 글귀가 있습니다. 오늘 아침 신문에서 장총찬 씨 기사를 읽었습니다."
"일본 신문요?"
"우리나라 신문에 났던데요."
"아아……."
나는 당혹감을 감출 수 없었다. 어떻게, 그렇게도 빨리 우리나라 신문에 날 수 있었단 말인가? 흑장미의 짓이라는 생각이 들었다. 같은 동족인 일본인들의 죄악상을 폭로해 줄 수 있는 사람이라면 흑장미였다. 나는 육안으로 구분하기 어려운 반지의 글씨를 들여다보고는 세관원과 악수를 했다.
밖으로 걸어 나왔다. 사람들 틈에서 은주 누나가 손을 들었다.
"누나, 내 얘기가 신문에 났어?"

"그래. 안 나오는 줄 알았다. 기사엔 네가 당분간 일본에 있게 될 거라고 했더라."

"잘됐네. 괜한 일 가지고 시달리지 않게 됐으니까."

나는 신문 가판대에서 한꺼번에 여러 개의 신문을 사 들고 주차장으로 내려갔다. 일본 신문보다 오히려 자세하게 보도되었다는 걸 알았다.

"다혜는?"

"얘가, 누나 안부는 팽개치고 다혜 타령만 하네. 질투 나서 못 참게 왜 이러니? 과부 약 올리기냐?"

"이렇게 멀쩡한 누난데, 뭘."

"다혜는 오늘 네 시 도착이래."

"내가 공항 바쁘게 하네."

"좀 마른 것 같구나. 재미 좋았니?"

"재미? 좋을 뻔했지."

"돌아다니며 싸움만 하는 줄 알았더니 신문에도 나고 방송에도 나고……"

"미나는 아직도 집에 있어?"

"다혜가 온다니까 비켜주겠단다. 계집애가 참하고, 괜찮더라. 데리고 있어보니까 애가 맛깔스럽기도 하고."

"누나가 데리고 살면 되겠네."

"나는 아무래도 다혜 개가 싫더라."

"내가 데리고 살 거니까 너무 신경 쓰지 마."

다혜, 기다리던 여자 137

"알았다."

공항을 빠져나와 공항로를 질주하는 차 속에서 펼쳐지는 도시 내음이 왠지 달착지근했다. 그렇게 밉살스럽던 도시 내음이 오랜만에 맡아보는 내 살 냄새처럼 좋았다. 내가 살던 땅, 내 혼이 묻힐 땅이었다.

"장사는 잘돼?"

"불경기야."

"경기가 회복됐다고 떠들던데."

"뭐가 풀렸다는 건지 모르겠다."

은주 누나는 경기가 풀리지 않아서 꽤 고전하는 눈치였다.

"내가 장사 좀 해볼까?"

나는 은근히 누나를 떠보았다. 이렇게 빈들거리며 놀 수만은 없다는 생각이 들었다. 다른 녀석들은 돈벌이를 하느라 혈안이 되어 있는데 나만 얻어먹어가며 빈둥빈둥 놀 수도 없는 일이었다.

"내 대신 한번 해볼래?"

"생각 좀 해볼게."

은주 누나는 선뜻 내게 맡길 생각을 했다. 장사라는 건 경험도 중요하고 성실하고 악착같은 것도 중요하지만 수단이 있어야 한다고들 했다. 장사란 아무나 하는 게 아니라고도 했다. 내 성질에 장사를 할 수 있을지 의문이기도 했다.

"시골에 다녀와야지?"

은주 누나가 슬쩍 물었다.

"가야지."

갑자기 떠오르는 어머니 얼굴이었다. 몇 달 동안에 편지 두어 번 하고 국제전화 두어 번으로 땜질하고 말아서 몹시 서운해하고 있을 것 같았다.

"빈손으로 가지 말고."

"누나한테도 미안해."

"덜렁 손가방 하나 들고 나오는데 서운하기도 하고 너답다는 생각도 들고 그러더라."

"선물 꾸러미가 좀 있었는데 택시 운전사 녀석한테 털렸어."

나는 내 옷가방과 몇 가지 얻었던 선물 짐을 털린 얘기를 과장해서, 마치 푸짐하게 사놨던 걸 잃어버린 것처럼 너스레를 떨었다.

"네가 그런 일도 당하니?"

"그러게 말야. 전세 냈는데 감쪽같이 사라져버렸으니 재간없이 당했지, 뭐."

나는 백화점에 가서 어머니 눈 속일 만한 물건을 사 들고 시골에 다녀와야겠다는 생각을 했다. 아들놈이 일본 구경하고 올 거라며 얼마나 입에 침이 마르도록 떠들고 다녔을까? 그런데 빈손으로 들어갔다간 퍽 들앉아 울고 말 양반이었다. 졸업식장 사건 이후 어머니는 두고두고 자식 잘 됐다는 걸 온 천지에 자랑할 만한 곳이면 어디에서고 자랑하고 있었다. 미숙이가 지방대학, 그것도 선생이 될 수 있다는 사범대학에 들어갔어도 어머니는 별로 대수롭게 여기지 않았다.

내가 우기지 않았으면 미숙이를 결코 대학에 보낼 양반이 아니었다. 계집애를 고등학교만 보내면 됐지 무슨 놈의 대학이냐고 펄쩍 뛰던 양반, 그러나 내가 만든 가짜 상패, 권투선수가 챔피언 벨트를 차며 받는 내 키만 한 트로피와 웬만한 창틀만 한 상패를 안방에 신주 모시듯 걸어놓고 오는 사람마다에게 아들 자랑에 침이 마르는 그 양반에게 이번에도 연극깨나 해야 할 판이었다. 아마 신문에 난 아들의 얘기 때문에 그 양반은 일이 년은 더 살 양반이었다. 신문마다 오려서 철해 두고 그걸 자랑하느라고 더 살 수밖에 없는 어머니였다. 미숙이는 오빠를 닮으라는, 걸핏하면 내 실상을 설명하는 어머니가 망령이 든 게 아닌지 모른다고 했다. 어쨌거나 돌아가시는 날까지 우리 어머니는 당신 자식, 당신의 외아들이 이 세상 천지에서 가장 잘났다는 걸 믿을 양반이고 나도 그렇게 행동할 수밖에 없는 노릇이었다.

"누난, 애인이라도 생겼수?"
"요즘 같으면 애인이라도 있으면 좋겠더라. 심심하기도 하고."
"심심하다고 애인 필요하면 세상 사람들 정신없겠네."
"그러게 말이다."

누나는 과부가 된 햇수가 이제 삼 년 가까이 됐고 적적할 때도 된 것 같았다. 쉽사리 시집갈 여자도 아니었다. 한 번의 상처가 누나에겐 그렇게 컸는지 모른다.

샤워를 하고 점심상을 받았다.

"미나가 전화했다."

은주 누나가 전화기를 내려놓고 의미 있게 웃었다. 아무래도 은주 누나는 미나를 좋아하는 눈치였다.

"오빠야, 공항엔 일부러 안 나갔어."

"괜찮아. 요즘 마중 나오는 사람처럼 촌스런 게 없으니까."

"어떤 책 보니까 남자가 뻣뻣하게 굴면 여자도 같이 뻣뻣하게 굴어야 된다고 해서…… 암튼 신문 보고 짜했지."

"나 돌아왔다는 소문내지 마라. 귀찮으니까."

"그러지 않아도 은주 언니가 안 올 거라고 연막쳐 놨어."

"언제 한번 만나자."

"오빠가 나 만날 시간 있을까?"

"실업자가 시간은 죽여야 할 거 아니냐."

"다혜 씨 오늘 온대며."

"같이 나가도 좋고."

"피이. 들러리는 그만두겠어."

밀린 얘기는 많았다. 미나가 아직도 나를 좋아하고 있다는 걸 모르는 바 아니지만 그녀를 받아들일 가슴은 아니었다. 다혜가 내 가슴을 꽉 차지하고 있기 때문이었다. 괜찮은 계집애라는 걸 모르는 것도 아니었다. 그리고 보니 주임 교수를 찾아본 지도 상당히 오래된 것 같았다. 생기긴 오랑우탄처럼 생겼

다혜, 기다리던 여자 141

지만 사람 하나는 좋은 사람이었다.

  은주 누나를 가게 앞에 내려주고 공항으로 달렸다. 네 시에 도착하는 비행기면 네 시 반쯤엔 다혜의 얼굴을 볼 수 있을 것 같았다. 다혜 아버지의 굳은 표정도 떠올랐고 다혜 어머니의 불안한 얼굴도 떠올랐다. 다혜가 떠나던 날, 그 공항의 해프닝을 생각하면 웃음이 절로 나왔다. 사랑한다고 악을 써도 다혜가 탄 비행기는 날아가버렸고 다혜네 가족들만 혼비백산하여 도망친 그날의 일들이 갑자기 민망하게 생각되었다. 다혜가 나를 사랑한다면 흔쾌하게 승낙해 줄 수 있는 부모였다면 얼마나 좋을까. 어쩌면 그것이 모두 부모 된 도리일지도 모른다.
  만약 내가 그런 부모 입장이 되었을 때라면 어쩔 것인가? 지금 기분이라면 딸내미가 사랑한다면 가리지 않고 보내줄 것 같았다.
  공항 주차장에 차를 세워놓고 천천히 걸어 들어갔다. 어디선가 다혜네 식구들이 보고 있다면 눈을 피할지 모른다는 생각도 들었다. 다혜가 떠나던 날 당한 창피를 되풀이하려고 하지 않을 일이었다. 도착 시간을 확인하고 명단을 두 번씩이나 확인했다. 영문으로 기록된 다혜의 이름을 확인하는 순간 가슴이 마구 뜀질했다. 프랑스로 도망치듯 유학을 간 것이 까마득한 옛날 같기도 했고 바로 엊그제 같기도 했다. 방학은 사 개월 가까이 된다고 했다. 다혜가 이번 학기엔 조금 늦게 입국

했다가 조금 일찍 나가는 것은 어학 문제 때문이라고 했다. 커피 한 잔을 마시고 의자에 깊숙이 몸을 묻었다.

다혜 아버지와 어머니 모습이 보였다. 출구 앞에 서성거리고 있는 그들의 모습을 물끄러미 쳐다보았다. 차마 달려가서 인사할 마음이 생기질 않았다. 한참 동안 망설이다가 벌떡 일어났다. 어차피 부딪쳐야 할 운명이라는 걸 알기 때문이었다.

"안녕하세요."

나는 허리를 정말 납짝하도록 수그렸다.

"어, 장 군 아닌가?"

다혜 아버지가 당황한 표정으로 말했다.

"저번엔 정말 죄송합니다. 젊은 혈기라고 이해해 주세요."

"별말씀."

반말을 해야 할지 아니면 말을 놓아야 할지 망설이는 것 같았다. 다혜 어머니는 그런대로 반가워하는 눈치였다.

"장 군한테도 소식이 왔나?"

"네, 그동안 연락이 있었습니다."

"그랬군."

나를 박절하게 대한 기억이 있어선지 내 눈을 똑바로 쳐다보지 않았다.

"신문 잘 봤어요. 아직도 안 온 줄 알았는데……."

다혜 어머니가 이렇게 말했다.

"아침 비행기로 왔습니다."

다혜, 기다리던 여자 143

나는 마치 다혜 때문에 일부러 왔다는 투로 말해 버렸다. 다혜를 만나기 위해 달려온 길이지만 일부러 온 것은 아니었다.
"언제 또 가나요?"
"아직⋯⋯."
"우리 다혜가 연락했어요?"
"네, 그래서 왔습니다."
"고마워요."
"네."
서먹서먹한 인사였고 조심스런 자리였다. 그들은 내 패악스런 성깔을 알고 있었고 나는 그들이 다혜와 헤어질 것을 강요하고 있기 때문에 조심스러운 관계였다.
"말씀들 하세요."
나는 그 틈을 빠져나왔다. 비행기가 도착하였다는 발표도 흘러나왔다. 한쪽 구석에 서서 간간이 나오는 사람들을 눈여겨보았다. 다혜 친구들이 흘끗흘끗 나를 쳐다보고 있었다.
길고 지루한 시간이었다.
다혜가 뛰어나왔다.
얼싸안은 사람들 뒤에 서서 나는 그녀를 얼싸안을 용기가 어디론가 도망쳤다는 걸 알았다. 생각 같아서는 다른 사람들을 모두 물리치고 으스러지도록 끌어안고 싶었다. 그리고 길고 긴 입맞춤을 하고 싶었다. 다른 사람의 눈총 따위는 개의치 않고 싶었다. 헬쑥하고 야윈 듯한 모습, 그러나 더 초롱초롱해진 눈빛을 나는 보고 있었다.

다혜는 두리번거렸다. 내가 눈에 뜨이지 않아서 그러는 것 같았다.

나는 한참 만에 손을 흔들었다.

다혜, 기다리던 여자. 그녀는 다시 뛰었다. 나를 향해 돌진하고 있었다. 왠지 나는 뛸 수가 없었다.

우리는 끌어안았다.

"나, 양치질 못했어."

다혜가 장난스럽게 말했다. 떠나던 날엔 그렇게 열정적으로 입맞춤을 해주던 그녀였다.

"난 치약 한 통 다 없애고 왔는데."

"우리, 사람 많은 데서 숙녀적으로 굴자구."

"조오치."

우리는 악수만 하고 물러섰다. 다혜는 식구들에게 둘러싸여 공항 대합실을 빠져나갔다. 몇 대의 자동차가 차례로 다혜네 식구들 앞에 대어졌고 나도 자동차를 다혜 옆으로 바싹 댔다. 다혜가 내 곁으로 다가와 속삭였다.

"꼼짝 말고 집에 있어. 전화할 테니까."

"이 차 타지그래?"

"눈치 뵈잖아."

"서양식으로 놀자구."

"한국식으로 놀잔 말야. 전화할 테니까 집에 있어."

다혜가 이렇게 말하고 돌아섰다.

"니네 차를 칵 받아버릴까 부다."

다혜는 까만 승용차 뒤로 올라타면서 손을 흔들었다. 다혜를 태운 자동차가 쏜살같이 공항을 빠져나갔다. 나는 적당한 거리를 둔 채 앞차를 따라가기 시작했다. 얄미운 생각을 하면 금방이라도 다혜가 탄 차를 받아버리고 싶었다. 서울을 떠나던 날, 그렇게 납치라도 해보라던 다혜의 태도와 조금 전에 가족들에게 포위당하듯 한 채 전화하겠다며 달아나듯 사라진 다혜의 태도가 자꾸 비교되고 있었다. 다혜는 편지 속에서 늘 그리움을 얘기했었다. 파리의 생활에서 그녀의 유일한 낙은 하루라도 빨리 서울로 돌아가는 것이고 나를 만나는 거라고 했었다. 절벽으로만 이루어진 무인도, 도저히 빠져나갈 길 없는 섬에 갇혀 있는 기분이라며 한국말을 하는 사람만 봐도, 그 절절이 미움 덩어리인 일본 사람만 봐도 괜히 반가운 생활이라고 했다.

내가 쫓아가는 걸 의식했는지 앞서 가는 자동차는 속력을 놓았다. 따라잡고 싶은 마음도 일었다. 그러나 나는 참기로 마음먹었다. 다혜의 입장을 곤란하게 만들기는 싫었다.

저녁밥을 먹고 다혜 전화를 기다리느라 꼼짝없이 텔레비전 앞에 앉아 있었다. 전화기가 고장 난 것이 아닌가 해서 몇 번씩 전화기를 들었다 놓기도 했다. 기다린다는 건 정말 지겨운 것이었다. 전화 걸 틈이 없거나 사람들 때문에 눈치를 보느라고 그러는 것 같았다. 사람들은 기다린다는 게 지겨워서 결혼식을 올리는 것인지 모른다. 몇 번이나 전화를 걸어볼 생각까지도 했다. 전화를 하면 다혜가 당황할지도 모른다.

은주 누나는 그런 표정을 들여다보고 재미있다는 듯이 웃었다.

"장총찬이 참 볼만하구나."

나는 괜히 신경이 곤두섰다.

"미나 같아 봐라. 공항에서 아예 널 따라갔을 거다. 다혜 걘, 아무래도 너무 콧대가 센 것 같더라. 여자란 그저 고분고분하고 상냥한 게 젤이지, 뭐. 너 같은 남자한테는 더구나 말이다."

은주 누나가 빠질 만한 계집애였다. 다혜와 인물을 비교해 봐도 빠지지 않았고, 은주 누나 표현대로라면 오히려 넘쳤고 나이도 상대가 되며 집안으로 따져도 미나 쪽이 훨씬 돋보인다는 주장이었다. 그런 데다 어디 데려다 놓아도 방실거리며 고분고분해서 정말 계집애다웠다. 그런 것에 비해 다혜는 아무래도 고집이 세고 조금 딱딱한 느낌이 들었다. 은주 누나는 차갑다는 표현을 썼다. 물론 나도 그걸 부정하지는 않았다. 그러나 내 눈에 차는 것은 다혜뿐이었다.

"너 같은 남자는 일편단심 절개상 같은 걸 줘도 되겠다."

은주 누나가 이렇게 말했다.

"나중엔 착한 남편상까지 다 받아버릴 테니까 걱정 마."

"오늘은 바빠서 전화 못할 거다. 금방 왔는데 경황 있겠니?

종일 비행기 타고 왔을 텐데, 일찍 자겠지."

은주 누나 말은 차라리 타당성 있는 말이었다. 그래도 내 감정은 그렇지 않았다. 또 전화를 하겠다고까지 했으니까 기다릴 수밖에 없었다. 이역만리 떨어져서 어떻게 지냈는지 모를 일이라는 생각도 들었다. 넉 달 동안의 방학이라지만 벌써 이십여 일이나 까먹었고 이십여 일쯤 미리 간다면 다혜와 내 시간은 짧을 수밖에 없었다.

하느님.
사람을 만들 때 좋아하게 될 인연이거나 같이 살 운명이라면 애당초 같이 붙여서 만들어버리실 일이지 이렇게 떼어놓고 정말 이러실 겁니까.
하느님.
다혜를 내게 주십쇼. 우리말에 아예 먹고 떨어진다는 말 있잖습니까. 이번 방학 기간에 역사 좀 만들어주십쇼. 다른 사람에겐 역사도 참 많이 만들어주면서, 엔간하십니다.

전화벨 소리에 나는 다이빙 선수처럼 뛰었다.
"왜 이제 전활 했어?"
나는 기다림에 지쳐서 이렇게 투정부터 시작했다.
"말도 마. 달싹도 못하게 포위당했어. 지금 나올 수 있지?"
"그래."

"십 분밖에 못 만나는데도 올 수 있어? 잠깐 나와서 얼굴만 봐야 되는데."

"빌어먹을…… 가출해 버리지그래! 우리 집에 방 많은데."

"급한 연락을 해줄 데가 있다고 거짓말하고 나와야 돼. 지금 약 사러 나온 척하고 전화하는 거야. 내가 집에 들어가서 다시 전화할게. 파리에서 급한 연락해 달란 것처럼 내가 엉뚱하게 전화를 할게. 여기까지 오는 데 이십 분은 걸리지?"

"너 만나려면 헬리콥터 하나 사야겠다."

"내일부턴 상관없지만 오늘은 나가기가 그렇잖아. 괜히 속 보이면서……."

"시집가겠다고 우겨봐. 까짓 거 이판사판 아냐."

"헛소리 그만하고 아예 내일 만나든가, 약 오르면 말야."

나는 잠깐 머뭇거렸다. 그리고 결심한 듯 말했다.

"나가겠어."

"그럼 잠깐 기다려. 내가 금방 전화할게."

"알았어."

그리고 오 분도 채 안 돼서 다혜의 전화가 걸려왔다. 다혜는 전화에다 대고 계속 헛소리를 해댔다. 파리에 유학하고 있는 동료가 급히 전해달라는 부탁이 있다는 식의 얘기였고 나는 말대꾸하기가 애매해서 잠자코 있었다. 우리는 계획대로 시간 약속을 했다. 은주 누나에게 자동차 열쇠를 빌리면서 한마디 잔소리를 들었다.

다혜, 기다리던 여자 149

"천하의 장총찬이도 참 별수 없구나. 데리고 살 작정였으면 유학 가는 걸 반대하든가, 장가가기도 전에 그렇게 질질 끌려 다니면 나중에 어쩔래? 콱 잡아 앉혀도 애 낳고 나면 턱 세우는 게 여잔데."

나는 누나가 잔소리를 하든 말든 대꾸하지 않았다. 도대체 지금 내 심정을 어느 누가 알 수 있단 말인가? 빗낱이 들 것처럼 후텁지근한 날씨였다. 자동차 유리문을 활짝 열어놓고 머리가 헝클어지도록 달렸다.

다혜네 집 근처에 도착하자 빗낱이 사정없이 퍼붓기 시작했다. 금세 차창에 습기가 가득 끼었다. 다혜와 약속한 시간보다 오 분이나 빨리 도착해 있었다. 시계를 들여다보며 내가 다혜를 사랑하는 열정만큼 다혜도 나를 사랑하고 있는지 꼼꼼하게 따져보았다. 어쩐지 손해를 보는 기분이었다. 내 가슴을 열어 보여줄 수는 없지만 그녀를 사랑하는 건 숨길 수 없는 일이었다. 내가 그녀에게 백이라고 하는 사랑을 준다면 그녀는 내게 구십 정도밖에 안 주는 것 같아 갑자기 약이 올랐다. 여자는 한번 몸을 열면 남자에게 매달린다고 했다. 다혜를 훔쳐버리면, 그렇다면 내게 매달리겠지. 그래서 몸이 달아 나를 기다리고 결혼해 달라고 떼를 쓰겠지. 그러면 버텨야지. 버텨질지 의문이긴 하지만 내가 받았던 이 고통스런 기다림을 갚아줘야지. 나는 어떤 땐 세상의 모든 여자를 갖고 싶지만 어떤 땐 다혜라는 계집애 하나만 완벽하게 갖고 싶을 때가 있었다.

솔직하게 일기를 쓰던 그때, 나는 젊었기 때문만은 아니고 모든 여자를 다 갖고 싶어 몸부림을 쳤었다. 여자를 왜 그렇게 만들었는지 하느님을 원망하기도 했었다.

우산 쓴 다혜, 나는 헤드라이트를 깜빡였다. 다혜는 뛰어왔다.

"빨리 타."

"금방 가야 돼."

"알았어. 납치하려면 공항에서 했지."

다혜는 우산을 접고 앞자리로 올라탔다.

"어딜 가는 거야?"

차가 움직이자 다혜가 물었다.

"여긴 사람들이 많으니까."

자동차를 후미진 곳으로 옮기자 다혜가 씩 웃었다.

"엉큼하군."

"내가 지금 엉큼하지 않고 배기겠냐? 훔칠지 몰라."

"그럼 내릴래."

"봐주라."

자동차를 한적한 공터에 세웠다. 이미 자동차 안엔 습기가 서려 밖이 잘 보이지 않았다. 비 오는 날 자동차 안에 끼는 습기가 얼마나 고마운지 비로소 알았다.

"입술부터 훔치겠다."

나는 이렇게 말하고 맹수처럼 갈려들었다. 자동차가 단추 하나 누르면 침대가 되어버리면 얼마나 좋을까 하는 생각을 하기도 했다. 다혜는 말없이 내 입술을 받아들였다. 얼마나 애절하게 기다렸는지 모른다. 우리는 한동안 그렇게 끌어안은 채 열심히, 정말 열심히 서로의 입술이 얼마나 다디단지 확인했다.

그런 걸 유식하게 말하면 탐닉이라고 한다든가, 뭐 그랬지만 말로 어찌 표현할 수 있단 말인가. 우리는 입술 위에만 인생이 있고 철학이 있다고, 그 안에 종교가 있고 미래가 있는 것처럼, 그러니까 우리들 입술 위에 온 우주가 펼쳐진다고 믿을 수밖에 없었다.

"얼마나 보고 싶었는지 알아?"

다혜가 입술을 떼고 물었다.

"나만큼 보고 싶어했을까."

"낙이 있었다면, 찬이를 만날 거라는 것뿐이었어. 절해고도였거든."

"그럼 가지 마. 짐 싸가지고 오면 되잖아. 언제 죽을지 모르는데 살아 있는 동안이라도 좋은 사람하고 뒹굴다가 죽자구."

"누가 좋아한대?"

"오늘은 빈정거리지 마."

"그나저나 일본 가서 무슨 짓 하고 다녔어? 신문에까지 나고 말야. 편지에단 친구 따라 강남 간 거라구 했잖아? 일본 가서 여자나 도와주고 말야."

"차차 얘기 다 할게. 오늘은 그냥 우리들 얘기만 하자."

나는 다시 다혜를 끌어안았다. 더듬는 내 손을 한 손으로 뿌리치면서도 그렇게 싫은 표정은 아니었다.

"다혜야, 널 갖고 싶다. 미치겠어. 나 좀 봐줘라."

나는 말이 끝나기 무섭게 그녀를 번쩍 안아 좁은 운전석으로 끌어당겼다. 운전석을 밀고 넓게 자리를 잡았지만 우리 두 사람이 같이 있기는 아무래도 좁은 자리였다. 차창 밖은 여전히 소나기가 드세게 뿌리고 있었다. 차창에 끼인 부연 습기, 그것은 빗낱이 가려줄 수 없는 우리들의 은밀함을 가려주고 있어서 좋았다. 사랑이란 숨어서 하는 게 제격인 것 같았다. 드러내놓고 하는 사랑이란 게 아름답기는 어려울 것 같았다.

다혜를 더듬었다. 내가 할 수 있는 일은 그저 다혜를 오늘 밤 훔치는 일인지 모른다. 다혜가 깜짝깜짝 놀라듯 내 손을 밀어냈다.

"안 돼."

다혜가 몸을 잔뜩 웅크린 채 말했다.

"왜 안 돼. 넌 내 거야. 별수 없이 내 거잖아. 난 갖겠어. 악착같이."

"내가 필요한 거야? 아니면 내 육체가 필요한 거야?"

다혜가 나를 노려보듯 하며 물었다. 사실 나는 그 순간에 다 필요하다고 말하고 싶었다.

"넌 도대체 사람이냐?"

나는 엉뚱한 질문을 했다.

"무슨 얘긴지 알아. 나도 사람야. 인간이 동물이니까 솔직하게 말해서 나도 느끼고 싶을 때가 많아. 나도 이까짓 육체가 뭔가 싶어서 웃음이 나올 때도 있어. 그러나 우린 다른 사람처럼 굴지 마. 부탁야."

"빌어먹을. 책임지면 되잖아."

"뭘 책임져?"

"너를 몽땅 책임지면 되잖아."

"나도 목석은 아냐. 어떤 때는 나도 뒹굴고 싶어. 다른 애들이 어쩐다 소리도 듣고 세상 돌아가는 걸 모르는 것도 아냐. 그러나 난 순결하고 싶어. 내 마음야. 어째서 그렇다든지 어떤 논리로 그렇다는 게 아니라 그냥 내 마음이 그런 거야. 미성년자가 아니라는 것도 알고 우리가 흔한 말로 사고를 낸다고 해서 찡그릴 사람도 없어. 뭉쳐 살면 그만일 테니까. 그러나 내 마음은 그게 안 돼."

"안 되니까 내가 되도록 훔쳐주겠다 이거잖아."

"빼앗길 바에야 내가 옷을 벗겠다."

"그럼 갈까?"

"나한테 물어뜯기지 말고."

"차라리 물어뜯겼으면 좋겠다."

나는 아직도 다혜 스스로 옷을 벗지 않을 것을 알았다. 그녀는 끝까지 순결하고 싶어 하는 계집애였다.

"이젠 가야 돼. 우리 내일 만나."

다혜가 일어나려고 했다. 나는 그녀를 끌어안은 채 놓아주지 않았다. 차마 다혜를 보낼 수가 없었다.

"우리, 어디로든 도망갈래? 떠날 때 그랬지. 납치해 달라구."

"그때 기분은 그랬어. 유학 가는 게 아니라 어디론가 끌려가는 기분였어. 그땐 왜 납치하지 않았지?"

"할 수가 없었어. 두고두고 후회했지. 그때 납치했으면 아마 지금처럼 괴롭진 않았을 텐데."

"갈게."

다혜는 다시 일어나려고 했다.

"정말 안 돼?"

"약속 지켜."

"알았어."

그녀 스스로 옷 벗을 때까지 기다리겠다는 내 약속을 상기했다. 우리는 아쉬운 작별, 정말 오랜만에 다시 만난 순간의 작별을 해야만 했다.

성질 같아선 다혜를 납치하고 싶었지만 그럴 수도 없었다. 누나가 나올 때 어쩔 거냐고 물었지만 나는 안 들어올 거라고, 대책은 없었지만 그냥 그렇게 대답하고 말았다.

다혜가 일어나 제자리에 앉았다.

"어마!"

차창 밖으로 시커먼 모습이 보이자 다혜가 기겁을 하고 소리 질렀다. 나는 재빨리 문을 안쪽으로 잠그고 시동을 걸었다. 와이퍼가 천천히 돌자 차 앞쪽에도 몇 녀석이 가로막고 있는 게 보였다. 차창이 습기로 얼룩져 밖에 있는 녀석들 모습이 보이지 않았지만 차를 둘러싸고 있는 녀석들은 여러 명이었다. 헤드라이트를 켰다. 우산을 쓰고 있는 사내가 껄끄럽게 웃고 있었는데 그의 손엔 쇠파이프가 쥐어져 있었다. 나머지 녀석들은 비옷을 입고 있는데 나이가 어려 보였다.

"내가 내릴 테니까 차 몰고 집 앞에 가 있어."

"괜찮을까?"

"안 괜찮으면 좋은 데로 시집 가라구."

"조심해. 이 공터 주변에 불량배들이 많댔어."

"며칠 더 있다가 얘기하지 그랬어?"

나는 다혜의 우산을 펴 들고 자동차 문을 열었다. 행색으로 보아 공터와 근처 약수터 주변에서 행패깨나 부리는 불량배 녀석들 같았다. 한 녀석이 플래시로 내 얼굴을 비추었다.

"눈이 시다. 치워라."

"형씨, 재미 보는데 안됐구만 그려."

"형씨 말이 꼭 맞다."

"여기가 어디라는 것쯤은 알겠지."

"조무래기들이 노는 데란 얘긴 들었다."

"차 몰고 다니는 거 보니 돈푼이나 있는 놈 같은데 그냥은 못 가잖나."

"춤이라도 추란 말이냐?"

"쌔애끼, 주둥아리는 살았네. 저자식 턱 좀 만겨줘라."

"임마, 만져주려면 발 끝까지 죄다 만져라. 아예 안마를 해주든지."

"흐으흐으……."

녀석이 묘하게 웃었다. 애들이 내 쪽으로 몰려들었다. 나는 한 발짝씩 비켜서 다혜가 빠져나갈 길을 만들어주었다. 앞선 녀석부터 한 주먹씩만 갈겼다. 비 오는 데 시간 끌 필요가 없었다. 우산 쓴 녀석과 팔팔한 녀석들이 폼을 잡았다. 다혜가 자동차를 몰고 공터를 빠져나갔다. 그러나 이내 그녀는 다시 돌아와 헤드라이트를 공터에 비추어주었다. 나는 신명 나게 녀석들을 두들겨 팼다. 왕초인 듯한 사내 녀석의 멱살을 잡아 일으켰다.

"한번 더 여기서 놀다가 나한테 걸리면, 이번엔 진짜 못쓰게 만들어버린다. 알았냐?"

"예, 형님."

나는 녀석의 오른손을 며칠간 밥 수저 잡기 어렵게 갈겨버렸다.

다혜가 킬킬거리며 웃었다. 쿠녀자를 괴롭히던 녀석들이 제대로 임자를 만났다는 것이었다.

현대판 식인종들

저녁 무렵, 다혜는 친구 집에 가야 된다며 자리에서 일어났다.
"무슨 일인데 그래?"
아침부터 하루 종일 두 사람이 쏘다녔지만 지치거나 피곤하지 않았다. 시간이 너무 빨리 지나가 오히려 아쉬움뿐이었다. 다혜가 집에 전화 연락을 하고 다시 친구 집에 연락하더니 급하게 나갈 차비를 서둘렀다.
"남자는 몰라도 되는 일야."
"세상에 남자 모르는 일이 어딨어? 얘기해 봐."
"소현이 알지. 걔가 첫앨 낳았대."
"시집갔으면 애 낳는 게 당연하잖아. 너도 시집만 와봐. 간단하게 배 부르게 만들어버릴 테니까."

"단순한 얘기가 아냐. 자세한 얘기는 가봐야 알겠지만."

"애가 나오자마자 역사적 사명을 띠고 대갈일성이라도 했냐?"

어린애를 낳은 뒤의 문제라면 무슨 일인지 모르지만 심각할 것만 같았다.

"그게 아니고 태반이란 거 있잖아. 그게 어떻게 잘못돼서 기분이 언짢나 봐."

"태반?"

순간 묘한 생각이 떠올랐다

"애 낳고 바로 돌아왔는데 친정 어머니가 무슨 소문을 들었는지 태반을 찾으러 병원엘 갔었나 봐. 처음엔 처리했다면서 딱 잡아떼더니 친정 어머니가 악을 쓰니까 지하실 냉장고에서 깨끗하게 씻어서 비닐봉지에 담아놓았던 빳빳하게 언 태반을 주더래. 그냥 받아오긴 했는데 식구들이고 산모고 모두 마음이 찜찜하다며 나더러 확인해 줄 수 있느냐는 거야. 나로선 방법이 없다니까 답답하다며 다녀라도 가래."

"그러고 보니 나도 들은 얘기가 있어. 시중에 태반탕이 비밀리에 돌고 돈 많은 사내들이 강정식으로 퍼먹는다는 얘길 들었어. 퇴계로 어떤 골목에 가면 태반탕하고 태반회를 파는 집도 있댔어. 끔찍한 인종들이 어디 한둘이라야 말이지. 안 들었으면 모를까 이왕 들었으니 나도 갈게."

"남자가 별걸 다 아네. 설마 그런 일이 있을 수 있을까? 너무 끔찍해."

"설마가 사람 잡는다는 소리 못 들었어? 내가 알아보면 금세 루트를 빼낼 수 있어. 그 병원이 어딘지 모르지만 지하실의 냉장고에 보관하는 것까지는 적출물 처리 때문에 그럴 수 있지만 포장육처럼 깨끗하게 빨아져 있었다면 보통 일은 아니겠는데. 안 그래?"

"그래서 끔찍하다는 거야. 내가 한때 병원에 있었고 간호대학 출신이어서 뭔가 알 거라는 그들에게 무슨 말을 해야 될지 모르겠어."

"내가 따라가면 얘깃거리가 생겨. 진짜 사업가들이나 여유 있는 사내들은 그런 거 안 먹지만 설부자나 얼치기 사업가, 또 진짜 말썽 잦은 그놈의 벼락부자란 투기꾼 녀석들이 할 짓 없으니까 즐기는 일만 골라가며 하느라고 지렁이든 태반이든 안 가리고 처먹는단 말야. 이참에 뿌리를 캐봐야겠다."

"좋아, 같이 가봐."

내가 알고 있는 태반의 시중 유출과 태반의 이용자 부류는 일단은 그냥 해본 소리였지만, 전에 사라지는 듯하다가 다시 꼬리를 물고 일어난다는 얘기를 들은 기억이 있어서 이번 기회에 한번 캐볼 생각을 했다. 어떤 녀석이었는지 정확한 기억은 아니지만 태반의 판매망의 일원 노릇을 했었다는 얘기를 들은 기억도 났다. 그때도 웬만한 일에 담대하던 내가 인간이 태반을 먹고, 그것도 정력 강정제라는 명목으로 먹고 있다는 사실을 들었을 때 구역질이라도 날 것 같았다. 사람 탈을 쓰고 못하는 짓이 없다는 건 알고 있었지만 출산부의 몸속에서 나온 태반을 정력식으로 즐기는 사내들이 어떤 부류인지 낯짝이라도 보고 싶었다.

"정말 그런 일이 있을 수 있을까?"

"그게 세상인가 봐."

"아무리 그래도…… 남자들은 정력이라는 게 그렇게 중요한 건가?"

"당연하겠지. 적당히 운동하고 음식을 섭취하면 그게 정도일 텐데 그 이상의 잡질을 하려면 뭔가 위안받는 게 있어야겠지. 내가 들은 바로는 여자들도 태반회를 먹는다는 거야."

"뭐라구?"

"정말야, 미용에 좋다고 처먹는다는 얘길 들었어."

"차암, 할 말 없네. 내가 병원에 있었고 내가 아는 상식으론 적출물 처리법에 따라 화장시키거나 매장하거나 그래야 하는 건데……."

다혜는 몹시 우울한 기분인 것 같았다. 그녀가 간호대학 출신이 아니거나 간호원 노릇을 하지 않았던들 태반 얘기에 구역질부터 했을지 모른다. 소현네 집까지 가면서 우리는 내내 그런 얘기만 했다. 다혜는 아파트 앞의 상가에 들어가 신생아복을 사 들고 소현네 집으로 가고 나는 찻집에 앉아 다혜가 알아오게 될 태반 얘기와 어떤 애들에게 손을 써야 이 사건을

현대판 식인종들 161

풀어나갈 수 있을지 생각해 보았다.

하느님.
숨도 쉬지 말고 이 얘기가 어떻게 전개되는지 지켜봐주세요. 이 현대판 식인종들의 상판대기가 어떻게 생겼는지 좀 보시고 당신의 형상대로 만든, 당신의 뜻대로 만든 인간의 꼴 좀 보십쇼.

다혜가 돌아온 것은 거의 한 시간 정도 시간이 걸린 뒤였다.
"뭐래?"
"소현이 말이 맞는 것 같애. 정말 포장육처럼 깨끗하게 씻어 뒀는데 필요 없다 싶은 건 잘라내고 비닐봉지에 넣은 냉동 포장육 같았어. 아무래도 의심할 수밖에 없었어. 친정 어머니는 어디서 그런 소릴 들었대. 그래서 부랴부랴 쫓아가서 그 산모의 태반을 달라니까 엉뚱한 소리만 하더래. 벌써 처리했다고 말야. 그래서 떼를 썼더니 아주 불쾌하게 그까짓 걸 누가 팔아먹을까 봐 그러느냐며 되레 산부인과에서 산모에게 태반을 내주면 자신들도 편하지만 대부분 안 가져가니까 병원에서 돈을 들여 처리해 준다더래. 본래 출산비 속엔 태반 처리비까지 포함되어 있는데도 말야."
"그것 말고 달리 들은 소문은 없어?"
"큰 병원들은 아주 엄격하게 처리한대. 우리 학교 때 실습

나갔던 애들 얘기 들으면 산부인과로 제일 유명한 J병원 같은 데는 매일매일 엄격한 감시 속에서 처리를 하고 큰 병원들도 대개 그런가 봐. 개인이 하는 의원도 대개는 제대로 처리를 하는 모양인데 부분적으로 일부 병원이나 의원에서 유출되겠지."

언제나 그 일부라는 것, 흔히 소수라는 것이 문제이긴 했지만 일부라는 게 다른 데 적용되는 것은 몰라도 산모의 태반 유출이라면 간과하기 어려운 문제가 아닐 수 없었다.

"캐볼까?"

"무슨 방법으로 캐지?"

"방법이 나서겠지."

당장은 방법이 나설 리 없었다. 병원 지하실을 뒤질 수도 없었고 병원 근처에서 기다리며 태반을 빼내는 현장을 추적하기도 쉬운 노릇이 아니었다. 내 생각엔 루트를 아는 녀석들을 찾아내서 역으로 뚫고 들어가는 게 상책일 것 같았다.

"끔찍한 일이 많다 많다 해도 어떻게 이런 일이 있을 수 있을까……. 참 너무들 한다. 사람의 생명을 다루는 의료인이라면 그런 짓을 못할 텐데 말야. 의사라고 하면 무조건 허가 낸 도둑 취급을 받는 것도 사실은 그런 사람들 때문에 단체로 덤터기를 쓰는 거야. 좋은 의사들이 얼마나 많다구. 세상 사람이 알아주든 말든 숨어서 가난한 이를 위해 주고 불쌍한 사람들을 무료로 간병해 주고 또는 번 돈을 사회사업에 투자하고 말야."

의료인에 대해선 다혜도 꽤 아는 편이었다. 그래서 할 말도

현대판 식인종들

많을 수밖에 없었다.

"그건 나도 알아. 의료인이 모두 나쁜 사람이라면, 정말 모두가 돈벌레라면 인류는 벌써 파멸했겠지. 문제는 나쁜 부류들이 적잖이 존재한다는 사실야. 더구나 태반을 빼돌려서 몇 푼이나 벌겠다고 그런 짓을 하느냐 이거지."

"설마 의사가 그럴까? 정말 몇 푼이나 되겠다고 말야. 옆에서 일하는 사람들이나 혹시 적출물 처리하는 사람들 짓인지도 모르잖아?"

"어쨌거나 제 배에서 나온 건 안 팔아먹겠지. 제 마누라 것도 물론 안 팔 테고."

"꽤 비싸겠네. 그렇게 쉬쉬하면서 팔아먹으려면."

"아냐. 의외로 상상 밖으로 싸다는 얘기를 들은 것 같애. 애낳는 여자는 많고 필요한 사람은 그렇게 수요만큼 많지 않을 테니까."

나는 다혜를 집 앞에 내려주고 곧장 광철이를 찾아 나섰다. 종로통 어디선가 전자오락실을 하고 있다는 얘기를 들은 적이 있었다. 광철이라면 그쪽 일에 꽤 밝은 녀석이었다. 한때 그런 일 하는 애들을 거느린 적이 있었기 때문이었다. 그 뒤로 방송통신대학에 등록하여 공부도 했고 골재 장사를 하다가 요즘 전자오락실을 냈다는 소문이 있었다. 몇 군데 들르지 않고도 광철이가 경영하는 전자오락실을 찾을 수 있었다.

"사장 계신가!"

계산대 앞에 서 있는 계집아이가 쪽문을 가리켰다. 문을 열고 들어서자 바둑을 두고 있던 녀석이 바둑판을 엎어버렸다.

"야아! 총찬아 임마!"

우리는 얼싸안았다. 바둑을 같이 두던 녀석이 황급히 밖으로 나가버렸다.

몇 년 동안 만나지 않은 사이에 적당하게 살도 오르고 가슴도 더 벌어진 것 같았다. 무교동에서 이른바 삼총사라는 전문가였는데 손을 싹 씻고 살아가는 광철이가 대견해 보였다.

"이 새끼, 왜 이제사 찾아왔냐? 나가자. 너 만나서 술 안 마시면 평생 후회한다."

"조오치."

우리는 종로통의 뒷골목 지하 술집으로 내려갔다. 할 얘기가 무진장하게 많았다. 그동안 소문으로만 서로가 살아가는 걸 듣다가 만난 것이었다. 처음 서울에 무작정 올라와 그때야말로 똥창이 맞아 흔들고 돌아다니던 친구였다. 광철이는 고아 출신으로 온갖 고생을 해서 소갈머리가 넓었고 실력에 있어서도 거물 대접을 받았었다. 어려서부터 그 바닥에서 자랐기 때문에 흔한 말로 족보가 높은 친구였다.

"원철이 그 새끼 연락되냐?"

광철이가 제 이름을 마음대로 지은 것은 원철이와 의형제를 맺으면서 그전에 갖고 있던 이름을 버린 때문였다. 그만큼 원철이와 광철이는 건드릴 사람이 없는 당당한 거물들이었다. 원철이 때문에 광철이도 그 바닥에서 뛰쳐나온 것이었다. 대학에 다니다 말고 훌쩍 외국으로 돈 벌러 떠난 뒤로 소식이 끊겼다.
"언젠가 연락 오겠지. 그 녀석한테 빚도 많은데."
원철이는 친구를 위해서라면 목숨까지 내놓던 의리의 사내였다. 그래서 우리들은 늘 원철이에게 빚이 많았다. 밤을 꼬박 새우더라도 우리들이 가지고 있는 추억이나 감정들을 다 나눌 수는 없었다.
"쌍놈아, 겨우 그따위나 부탁하려고 찾아왔냐?"
얼큰하게 취한 광철이가 이렇게 말했다.
"그냥 둘 수 없잖냐?"
"하긴 그래."
녀석은 제가 알고 있는 사실을 죄 털어놓았고 그런 일을 알 만한 녀석을 소개해 주었다. 녀석의 말대로라면 태반이 많이 유출되는 것 같고 사람의 태반과 돼지의 태반이 비슷하다는 걸 이용해 재미를 보는 친구들도 있다는 것이었다. 태반의 유출은 의료법 제66조에 의해 오 년 이하 징역에 일백만 원 이하의 벌금이란 규정이 있지만 이것은 어디까지나 의료인에 해당하고 몰래 빼다 파는 사람들에겐 적용할 법적 근거가 없어서 고작해야 즉심 정도이기 때문에 그런 조직은 찾아내기도 어렵고 처벌받고 나오면 더 지능적으로 장사를 한다고 했다. 큰 병원에는 자체 소각 처리장 같은 게 있어서 자체 처리하는 경우도 많지만 소각 시설이 없는 이와 같은 데에서는 매장이나 묘지 등에 관한 규정에 의한 화장이나 시체 운반의 허가를 받은 자나 보사부 장관이 인정하는 비영리 의료단체에 위탁 처리할 수 있다는 게 규정되어 있다고 했다. 그러나 그런 곳에서 흘러 나온 태반이 비밀스런 조직에 의해 판매되고 있는 것 같다고 했다.

"신선한 것은 붉은 빛깔이 도는 것인데 초산부나 처녀 임산부 것이면 값도 두 배로 뛴다나 봐. 부패된 태반의 경우엔 인체에 해롭다는 데도 그런 경우엔 전기로 말려서 팔기도 하나 보더라. 나도 들은 얘기니까 그 녀석 만나서 확인해 보면 속속들이 알겠지."

"그 녀석이 얘길 해줄까?"

"내 얘기하고, 안 되면 한 바퀴 돌려버려. 손 떼라고 해도 그 녀석 돈에 눈이 뒤집혀서 내 말 안 들으니까."

"그런 녀석이라면 혼 좀 내 줘야겠다."

"더 나쁜 짓 않고 그걸로 밥 먹겠다는 데야 별로 할 말 없더라."

"아무튼 우리 이젠 뭉쳐가며 살자."

우리는 아쉽지만 헤어질 수밖에 없었다. 원철이 녀석만 나타나면 세 녀석이 뭉쳐 무슨 일을 구미든 재미있게 한판 벌여볼 일이었다. 나는 광철이와 헤어져 나오며 원철이의 행방을 추적해 볼 생각을 했다. 많은 친구가 있지만 원철이와 광철이는 잊을 수 없는 녀석들이었다. 철 모르던 시절, 내 주먹만 믿고 닥치는 대로 휘젓고 다닐 때 녀석들은 내가 사람 노릇을 할 수 있도록 늘 조언해 주는 걸 잊지 않았다. 다른 조직의 끄나풀인 계집애를 따라갔다가 감금당했을 때 목숨 걸고 뛰어들어 구해준 적도 있었고 무자비한 녀석들에게 끌려가 한강 모래사장에 파묻히기 전에 배반자라는 낙인을 찍혀가면서도 나를 구해준 적도 있었다. 집안 형편이 비교적 부유하고 부친의 사회적 지위가 높았는데도 나 같은 촌놈과 광철이처럼 오갈 데 없는 고아를 항상 따뜻하게 보살펴주었고 용돈까지 줘어 주었다.

착한 사람이 되고 올바른 일을 하지 않을 바에야 차라리 그까짓 주먹을 사내답게 없애버려야 한다는 얘기도 아직까지 잊혀지지 않는 일이었다. 광철이가 몇 번인가 끌려가 고생할 때도 언제나 인자한 웃음으로 옥바라지를 해주던 원철이 어머니의 그 모습도 지워질 수 없었다.

이튿날 아침 일찍 집을 나섰다. 새벽녘이라 길거리에 사람도 많지 않아서 녀석을 잡아채기 좋을 것 같았다. 아파트 문 앞에서 몇 번이나 녀석을 깨워야 하는지 날이 환해질 때까지 기다려야 하는지를 생각해 보았다. 나는 아무리 생각해도 성질이 급한 놈이었다. 기다린다는 걸 참을 재간이 별로 없었다. 초인종을 눌러도 안에서 대답이 없었다. 몇 번이고 그렇게 눌렀다.

"누구요?"

한참 만에 짜증 섞인 목소리가 흘러나왔다.

"광철이 형이 급한 일로 만나보라고 해서 왔습니다."

"누구요?"

"광철이 형요."

"날 밝거든 오슈."

의외의 반응이었다.

"광철이 형이 급한 일로 상의할 게 있답니다."

"할 얘기 있거든 거기서 하쇼."

녀석은 작은 유리구멍으로 나를 확인한 뒤 이렇게 말했다. 광철이가 새사람으로 소문 없이 살아가기 때문에 무시해도 그만이라는 배짱이 생긴 것 같았다. 광철이가 이 사실을 안다고 해도 노여워하진 않을 일이었다. 광철이는 그만큼 소갈머리가 넓은 녀석이었다.

"광철이 형이 알면 뭐라겠소?"

"당신은 뭐하는 사람요? 광철이 형하고 어떤 사이요?"

"심부름하는 사람요."

"광철이 형한테 무슨 일 생겼소?"

"그러니까 온 거 아뇨?"

"귀찮게 굴지 말고 가요. 가서 전하쇼. 나는 먹고사느라고 뼈가 빠지는 놈이라고."

"돈 보태달라고 온 게 아뇨. 잠깐 얘기만 하면 됩니다."

"귀찮다니까 왜 이래."

그리곤 그다음부터 초인종도 내려놓고 대답을 끊어버렸다. 나는 이 녀석을 혼 좀 내야겠다고 생각했다. 문짝 바로 뒤에 숨을 죽이고 서 있다가 멱살을 잡아챌까도 생각했지만 저런

현대판 식인종들

녀석들은 조심성이 많아서 쉽게 나오지 않을 것 같았다. 곧장 내려와 차를 몰고 아파트를 빠져나오면서 얼핏 올려다보았다. 유리창의 커튼을 젖히고 내려다보고 있었다. 나는 한 바퀴 돌아서 다시 주차장으로 차를 댄 뒤에 아파트 문짝 뒤에 숨어 있었다.

유리창 밖으로 어둠이 꽤 많이 걷혀서 사람들 눈에 이상하게 뜨일 것 같았다. 도구만 가져왔으면 문짝을 뜯어내고라도 들어갈 텐데…….

문고리 푸는 소리가 들렸다. 그리고 손잡이가 돌려졌다. 내 예상대로였다. 내가 돌아간 뒤에 곧장 광철이가 달려올지도 모르기 때문에 피신하거나 애들을 불러 모아 옛날처럼 광철이에게 얽매어 살 인물이 아니라는 걸 보여주려고 할 녀석이란 게 적중한 셈이었다. 나는 문짝을 잡아채고 녀석의 멱살을 옭아 내던졌다. 그리고 문을 잠가버렸다.

"누구?"

녀석은 엉겁결에 구둣주걱을 쥐었다. 나는 그런 녀석을 한 차례 더 걷어차 소파 위에 벌렁 눕게 했다.

"광철이 친구 장총찬이다."

"예에?"

얼굴빛이 금세 창백해졌다. 녀석도 그런 곳에서 밥 먹은 적이 있어 내 소문을 들은 것 같았다.

"광철이는 알겠냐?"

"예, 제 형님입니다."

"그런데 아깐 왜 모른 체했어?"

"그건……."

"싸가지 없는 놈은 된맛 좀 봐야지. 한때는 형님 형님 하면서 붙어먹다가 네 배가 부르니까 깝신거려?"

"총찬이 형님, 죽을죄를 졌습니다. 용서해 주세요. 제가 밥 좀 먹으니까 하도 귀찮게 구는 사람이 많아서 반사적으로 그랬습니다."

하긴 녀석의 변명이 일리는 있는 얘기였다.

"광철이마저 그렇게 봤단 말이냐?"

"죄송합니다. 그 형님이야 그럴 리 없다는 걸 알지만……."

"지금 나가서 무슨 짓 하려고 했냐? 내 성질은 알겠지?"

"형님 얘기 압니다. 솔직하게 말씀 드리면 나가서 광철이 형님이 어떻게 됐는지 소문 좀 들어서 대책을 세우려고 했습니다. 그 형님을 도울 일이면 돕고 귀찮은 일이면 피하려고요."

"이 자식아, 사람 가려가며 그런 짓 해얄 거 아냐?"

나는 두어 대 더 쥐어박고 녀석을 소파 위에 꼼짝 못하고 앉아 있게 했다. 불안한 표정을 감추지 못한 채 잘못했으니 용서해 달라는 얘기만 반복하고 있었다.

"그럼 나한테 네가 먹고사는 얘기 좀 해봐라."

"무슨 말씀이신지?"

"너, 태반 빼돌리고 있지?"

"예에."

"나눠 먹잔 얘기 아니니까 명단 좀 대봐. 어디서 빼다가 어디에 팔아먹는지."

"형님, 왜 그러시죠?"

녀석은 두 손을 깍지 낀 채 망설이고 있었다.

"이 자식아, 나도 태반탕 좀 먹고 정력이 남아돌고 싶어서 그런다. 빨리."

녀석은 한 대 더 맞고 나서야 불었다.

"전 강남 쪽만 맡고 있습니다. 한 이십여 군데쯤 됩니다."

"얼마씩 빼내냐?"

"개당 오백 원씩입니다."

"어떻게 빼내냐?"

"수거하는 애가 있어요. 현찰박치기입니다. 병원 쪽에 손 닿는 사람을 통해 상하지 않게 냉동상태로 빼냅니다. 초산부 거나 처녀애 거면 표시를 했다가 탕집으로 빼고 나머지는 한약 중간상을 연결하는 애들에게 넘깁니다."

"한약 중간상엔 왜?"

"거기선 말려서 분말 처리를 하는 모양입니다. 중간상이 다시 넘길 땐 천오백 원쯤 합니다."

"탕집은 어디어디야?"

"요즘은 경기가 없어서 너덧 군데밖에 안 돼요. 퇴계로하고 이태원 쪽하고 강남 쪽에 좀 있어요."

녀석은 내가 시키는 대로 약도를 그려나갔다. 비밀리에 운반하고 비밀리에 영업을 하기 때문에 웬만한 사람이 아니고선 찾아낼 수 없는 귀중한 정보였다. 태반탕은 한약재를 넣어 태반사물탕이니 태반인삼탕이니 해서 상당히 비싸게 팔리고 있으며 오래된 단골 가운데에는 태반을 잘게 썰어 참기름에 회를 쳐 먹기도 하며 불고기처럼 구워 먹는 여자 손님도 꽤 되는 것 같다고 했다.
"초산부 것은 비싸다며?"
"예, 개당 이천 원까지 쳐줍니다."
"달릴 땐 돼지 태반도 섞어 팔지?"
"저는 그런 짓 않습니다. 다른 애들은 더러 그러기도 하는 모양입니다. 돼지 태반은 귀신처럼 압니다."
"좋다. 너는 태반 말고 가짜 해구신도 만들어 팔고 중공제 가짜 우황청심환도 만들어 배가 불렀지?"
"형니임……."
녀석은 내가 너무 정확하게 알고 온 것 때문에 무릎을 덥석 꿇었다. 태반 판매에 재간이 있다면 그런 쪽에도 밝을 거라는 내 짐작이 맞아떨어진 것이었다. 가짜 녹용을 만들어내는 사람들이 있다는 소리를 들은 적이 있어서 한번 따져볼 생각이었다.
"임마, 나는 벼룩의 간 빼먹는 놈이 아냐. 해구신은 어떻게 만드냐?"

녀석은 입을 딱 봉했다. 이만한 아파트를 지니고 자가용 몰고 다닐 정도라면 태반 장사만 해서는 어려울 것이다. 보나 마나 다른 짓을 하고 있을 게 뻔했다. 그렇기 때문에 쉽게 입을 열지도 않을 일이었다.

"성질 건들지 마라. 내 주먹은 쉬고 싶으시다."

내가 주먹을 치켜들어 허공을 한번 휘두르자 녀석은 고개를 숙인 채 작은 소리로, 마치 작은 소리로 얘기하면 가짜 해구신 제조 방법을 감출 수 있다고 생각하는 것처럼 말했다.

"황견으로 만듭니다. 저희들은 진품을 구할 수가 없습니다. 더러 밀수하는 애들도 있는 모양인데 전문가 얘기론 그것도 거의 모조품이랍니다. 물개가 흥분된 상태에서 순간적으로 베어낸 것이 효과가 있다는 얘기도 들었어요. 어차피 먹고 효과가 있다니까 우리들도 만들어서 대줄 수밖에 없습니다."

"가짜 해구신 먹고도 힘이 남아돈다 이거냐?"

"그런 모양입니다."

"정말 웃기는 세상이다."

의학에서 플라세보 효과라는 게 있어서 밀가루같이 별것 아닌 물질로 암시 작용을 하여 병을 치유시키는 걸 말하는 것이다. 아프리카 탐험가가 원주민에게 치약 가루를 먹여 만병 치료를 했다는 기록이나 배멀미 환자에게 밀가루환을 먹여 치유시킨 예가 우리나라에도 많았다. 해구신은 고가품으로 어느 것이나 진품인 것처럼 가짜 상표를 붙여 밀수한 것처럼 팔아먹고 있다는 걸 알 수 있었다.

"우황청심환은?"

"그건 밀조하는 애들한테 저희들도 사들입니다."

"너, 돈 좀 벌었지?"

"예, 쬐끔······."

"그만둘 때 됐다."

"예?"

"사람 고기 파는 짓 좀 그만둬라. 무슨 짓을 못해서 그따위 짓을 하냐? 너 같은 놈들이 돈 벌면 진짜 사람 팔아먹겠다."

"형님, 제가 안 해도 다른 애들이 합니다."

"이 자식이 아직도 정신 못 차려!"

"형니임······."

"그만두랄 때 그만둬라. 네 조직이 있겠지. 걔들한테 말해. 내가 이 짓만은 악착같이 물고 넘어가겠다고."

"형님, 정말 왜 이러십니까?"

"좀 사람처럼 살자 이놈아. 사람 탈을 쓰고 할 짓이 따로 있잖아. 경찰에 알려서 처리하긴 싫다. 내 말 명심하지 않으면 평생을 후회하게 될 거다. 내 손에 걸리면, 그땐 염라대왕 구경 좀 해야 거다."

나는 단단히 이르고 녀석이 적어준 메모지를 들고 아파트를 나왔다. 녀석은 울상이 되어 아파트 마당까지 쫓아 나와 사정을 했다.

"정당하게 돈 벌어라. 개떡 같은 놈들이 많은 세상이지만 젊은 놈이라도 바로 살아보자."

나는 이렇게 말하고 빠져나왔다. 어깨를 축 늘어뜨린 녀석의 모습이 안쓰러웠지만 나는 끝까지 고집대로 손 뗄 것을 강요했다.

소현이가 입원했던 병원은 태반 밀매 명단에 들어 있지 않았다. 아마 다른 밀매 조직과 연결되어 있는 것 같았다. 나는 태반 밀매 현장을 덮치는 방법이 가장 빠른 방법이라는 걸 알았다. 태반은 냉동 상태로 오래 보관하지 않는다는 약점이 있어 하루 이틀이면 밀매 현장을 낚아챌 수 있을 것 같았다. 대개 오토바이로 태반을 옮기기 때문에 유심히 관찰하면 잡을 수 있는 일이었다. 두 명을 망보게 한 뒤 나는 근처의 찻집에 연락할 수 있도록 자리를 마련해 두었다.

뜨거운 여름 햇살이 눅고 어둑어둑할 무렵, 망보던 녀석의 다급한 목소리를 들었다.

"그 길로 튀었어요. 90시시 짐받이 달린 겁니다."

나는 전화를 끊자마자 뛰어나갔다. 헤드라이트를 켜고 골목길을 쏜살같이 달려오는 오토바이 불빛을 보고 길 옆으로 비켜섰다. 오토바이가 옆으로 스쳐가는 순간 재빨리 녀석의 옆구리를 걷어찼다. 사내는 오토바이와 함께 나뒹굴었다. 짐받이 위의 상자를 열었다. 비닐봉지에 싼 태반이 쏟아져 나왔다. 무릎을 쥐고 멍청하게 앉아 있는 사내의 멱살을 욺아 쥐었다. 애들이 쫓아 내려왔다.
"데리고 올라가라."
"죄송합니다. 눈 깜빡할 사이에 튀었어요. 지하실에서 나오자마자 시동을 걸어놓은 오토바이로 그냥 내빼는 바람에 놓쳤어요."
"누구였냐?"
"나이 든 아저씨였어요."
"지금 어딨냐?"
"병원에 그냥 있어요."
"눈치챘냐?"
"아녜요."
"그럼 이 자식 데리고 올라가라. 오토바이도 끌고 가라."
애들이 사내와 오토바이를 끌고 올라갔다. 나는 그 뒤를 따라가며 나이 든 병원의 고용원을 생각했다. 가난에 찌든 사내가 이 짓이라도 해서 자식을 가르쳐야 한다고 사정하면 어쩌나 싶었다.
병원 지하실 문은 굳게 잠겨 있었다. 기계실 옆에 앉아 담배를 피우던 사내가 오토바이의 사내를 쳐다보더니 흠칫 놀랐다.
"아저씨, 이리 좀 오세요. 조용한 데 가서 얘기하는 게 좋겠죠."
내 말에 고용원 아저씨의 담배 피우던 손이 덜덜 떨리기 시작했다.
"아저씨, 걱정 말고 저쪽으로 가시죠."

휘청휘청 걷는 고용원의 뒷모습이 금방이라도 쓰러질 것 같았다. 병원 옆의 공터까지 한마디 말도 못한 채 걸어간 아저씨가 느닷없이 돌아섰다.

"선상님, 지가 죽을죄를 졌네유."

"걱정 마세요. 대신 어떻게 됐는지 묻는 대로 자세하게, 속이지 말고 얘기를 해주셔야 합니다."

"지서에서 나오셨나유?"

충청도 어느 산골에서 올라온 지 얼마 되지 않은 아저씨가 분명했다.

"그게 문제가 아닙니다. 얼마 받고 몇 개 팔았습니까?"

고용된 아저씨는 주머니에 꼬깃꼬깃 넣어둔 돈을 꺼내 내밀었다.

"열두 갠개 벼유."

"왜 그런 걸 팔았죠?"

"팔라구 허니께……."

"누가요?"

"관리부 김씨유."

"돈은 어떻게 합니까?"

"김씨 줘유."

"아저씨는 얼마 받아요?"

"지는 뭐, 담배나 사 피라구 쬐끔 주느만유."

"태반을 팔면 어떻게 되는지 아세요?"

"음식점에두 가구 말려서 가루두 낸다는 소리는 들었구만유."
"그게 아니고 어떤 죄 받는지 아느냐 말입니다."
"지가 뭘 알겠남유."
관리부 김씨라고 하는 젊은 사내와 밀매 조직의 묵계 아래 태반을 팔아넘긴다는 걸 알게 되었다.
"다른 사람은 알아요?"
"몰르네 벼유. 쉬쉬허니께."
"김씨, 지금 어디 있죠?"
"관리부에 있겠쥬, 뭘."
"사람 뱃속에서 나온 태반을 사람이 먹는단 말입니다. 아저씨가 무슨 짓 했는지 알아요?"
"지야 뭐…… 먹구살라니께 시키는 대루 다할 수밖에 읍쥬."
"아저씨도 한 번만 더 이런 걸 팔면 그냥 안 돼요."
"야."
아저씨를 공터에 앉혀놓고 관리부로 달려갔다. 관리부 김씨는 젊은 애들과 고스톱 판을 벌이고 있다 내가 들어서자 싱겁게 무슨 일이냐고 물었다.
"이 병원 원장 선생님의 조카 되신다구요? 나도 선생 돈 좀 먹어볼까 왔수다. 한판 껴주쇼."
"어디서 왔소?"
삼십 대의 사내는 의아스러운 듯이 이렇게 물었다. 원장의 친척이라는 이유 때문에 병원에서 꽤 거드럭거리는 사내라는

현대판 식인종들 179

걸 대번에 알 수 있었다.

"태반 좀 사러 왔다가 김 과장 돈 좀 먹어보자고 들른 건달 올시다."

"뭐라구?"

"얘들은 내보내고 우리 둘이 흥정 좀 하자."

"어허!"

화투를 내던지고 김 과장이 일어섰다. 젊은 애들도 따라 일어섰다. 그러나 금방 젊은 애들은 엉금엉금 기어 나갔고 김 과장은 땅바닥에 납작 엎드려 나를 올려다보았다.

"급하니까 용건부터 묻자. 얼마씩 파냐?"

"오백 원부터…… 이천 원도 받고요."

"언제부터 팔았냐?"

"한 육칠 년 됩니다."

"너도 먹었지?"

"예에."

"맛있데?"

"약으로……."

"쳐 죽일 놈……."

사정 없이 걷어찼다. 김 과장은 맨바닥을 엉금엉금 기어 다니며 살려달라고 애원했다.

"바른대로만 대라. 태반 팔아먹는 거 아는 놈이 누구누구냐?"

"저하고 박씨밖에 모릅니다."

"어떻게 모으냐?"

"적출물은 박씨가 다 모아다 소각하고 있는데, 그때 모아두게 합니다."

"태반은 어떤 놈들하고 나누어 먹었냐?"

"친구들하구요."

"어떤 놈야? 대봐. 뭐하는 놈들인지. 빨리!"

김 과장은 친구 이름과 회사명을 대면서 용서해 달라고 말만 계속했다.

"처먹는 걸 누구한테 배웠냐?"

"저…… 친구가 병원 하는데…… 한번 먹으러 오래서 갔다가……."

"어떤 병원하는 놈이냐?"

"산부인과, 강남에서요."

"의사란 말이냐?"

"예."

"이 쳐 죽여도 시원찮을 놈들. 산부인과 의사놈이 그걸 가르쳐줬단 말이냐?"

"예."

나는 어이가 없어서 할 말을 잊어버렸다. 현대 의학만이 인류를 구원하는 것처럼 떠드는 그들은 동양의학의 신비마저 비과학으로 몰아붙이면서 제 손으로 신성하게 애를 받아낸 그 산모의 태반을 빼내 친구들을 불러 모아 안주 삼아 소주 파티를 한다는 이 끔찍한 사실을 어떻게 받아들여야 할지 모르겠다.

정말 이 이야기는 충격이었다. 산부인과 의사가 어떻게 태반을 먹을 수 있단 말인가? 죽을병이나 난치병에 태반 용법을 쓰는 한방도 점점 없어져가는 판에 산부인과 의사가 태반을 안주 삼아 먹는다는 건 아무리 참으려 해도 참을 수 없는 일이었다. 아마 제 손으로 태반의 신선도를 체크하여 제 손으로 그걸 잘게 썰어 먹을 수 있다면 그는 정신이상자이지 결코 정상인은 아닐 것 같았다. 그들은 건강이 나빠서도, 신체가 이상해서도 아닐 것이고 정력을 발산하기 위해 그런 짓을 할 것 같았다. 이런 엄청난 충격을 받아보긴 오랜만의 일이었다.

염치 없는 놈들.

나는 이 뿌리만은 끝까지 캐내리란 결심을 했다.

"그 의사놈 이름하고 약도를 당장 그려라."

김 과장은 떨리는 손으로 약도를 그렸다.

"유상길 산부인과. 좋다. 이 인간 같지도 않은 놈."

나는 이렇게 외치고 만약 유상길이란 사내에게 알려주는 날이면 모두 경찰에 넘겨버릴 거라고 단단히 일렀다. 김 과장은 지금까지 말한 대로 상세하게 자술서를 썼고 다시는 태반 밀매를 하지 않겠다는 각서를 썼다.

"널 당장에라도 신고해 버리면 그만이지만 용서해 주는 이유가 있다. 정확하게 제보를 해줬고 네 스스로 다시 이런 짓을 하지 않겠다는 맹세를 믿기 때문이다. 네가 사내답게 때려치우고 입만 딱 봉하는 약속만 보여준다면 나도 꼭 침묵을 지키겠다. 유상길이와는 소원해졌다니까 네 신세 생각해서 나와의 약속을 지켜라. 네가 입만 벙긋해도 결국은 내가 캐내고 만다. 그때, 넌 끝장이 난다. 알겠냐?"

"지킵니다. 절 믿어주세요. 용서해 주셨는데 제가 도와드리지 못하겠습니까."

"당장 너도 때려치워라. 정말 배고프면 내가 네 밥통만은 해결해 주마."

"명심하겠습니다."

각서와 자술서를 안주머니에 찔러 넣고 병원을 나왔다. 오토바이 타고 왔던 사내와 고용원 아저씨는 맥 풀린 모습으로 앉아 있었다.

"이 녀석 따라가서 왕초 녀석 끌고 와라. 아저씨는 다시 그런 짓 마세요. 들어가보세요."

"고맙네유. 저는 징그러서두 그런 짓 하기 싫구만유."

느릿느릿 걸어가는 아저씨 등이 훨씬 더 굽어져 보였다.

애들을 태반 밀매 조직의 소굴로 보낸 뒤에 나는 유상길이란 의사에 대한 집중적인 조사를 시작했다.

대학병원에 근무하며 의학박사 학위를 취득하기도 했고 강남 지역에 병원을 꾸며 꽤 돈을 벌어들인 사내였다. 자식들도 학교 성적이 뛰어났고 마누라도 명문 여대 출신으로 여성단체

현대판 식인종들 183

의 간부직을 맡고 있는 집안이었다. 형제들도 모두 자리를 잡고 있어서 외관상 나무랄 데 없는 상류층이었다. 그의 형인 유동길이는 현직 교수로 경제학계에서 말깨나 많은 사내였고 남동생 유인길이는 재벌 기업체의 부장 직위에 있어 별로 나무랄 데 없는, 겉으로 보기엔 아주 결함이 없는 집안이었다. 시간이 걸리더라도 확실한 증거를 잡아둘 필요가 있었다. 우격다짐으로 물증 없이 추적해 놓으면 도리어 역습을 당할 우려도 있었다.

며칠간 여유를 두고 애들을 시켜 알아볼 만한 건 죄다 알아내도록 했다. 성질 같아선 당장이라도 모가지를 끌어낼 일이지만 증거 없이 덤빌 수 없었다. 애들이 매일매일 물어 오는 얘기들은 집안 내력이나 재산 상태, 병원의 운영 실태 따위뿐이었다.

그런데 한 가지 재미있는 사실은 언제인가 내가 골탕을 먹인 유금동 원장과 가까운 집안이란 사실과 그의 형인 유동길 교수라는 친구가 문중에 아부하여 나중에 그 힘을 받아 정치에 뜻을 두고 유씨가 아니라 류씨라는 해괴망측한 논리를 부르짖는 사내이며 형제의 우의가 돈독하여 자주 유상길네 집에 모인다는 사실이었다. 유금동 박사는 아직도 그 병원 간판을 류금동이라고 표기한다는 것도 알게 되었다. 나한테 그렇게 혼이 나고도 그 버르장머리를 고치지 못한 것 같았다. 그 뒤에 유금동 박사는 텔레비전에 나오지 않아 자숙하고 있는 줄 알았다.

나는 한글학회라는 곳에 전화를 걸고 내가 알고 있는 우리 한글의 표기법에 류씨 성을 붙일 수 있는지를 확인해 보았다. 한글학회에서 내는 책자에마저 류씨 성을 가진 사람이 출연하고 있는 걸 상기하여 전화를 했지만 참으로 애매한 대답이었다. 한글 표기법상으로는 틀린 것이지만 그것을 고집하기 때문에 할 수 없다는 대답이었다. 한글을 갈고닦고 그걸 지켜온 공헌과 그 성실한 의지에 비추어 너무나 허한 답변이며 한글 질서를 깨뜨리는 이런 분파 작용을 말없이 지켜보는 이유를 알다가도 모를 일이었다. 하긴 유관순 열사마저 류관순으로 쓰고 있는 현실에도 어째서 한글을 지켜야 하는 그들이 속수무책일까? 이승만을 리승만으로 쓰자고 할 때 그렇게들 옳고 바르게 대들던 기개는 어디로 갔으며 그렇게 속 좁게 한글을 편리할 대로 지킨다면 이 땅의 한글은 어디로 가야 한단 말인가?

나는 참담한 기분으로 대학 때의 은사와 국어학자들에게 전화를 걸어보았다. 학자들은 우리나라 한글은 기본문에 따른 문법이 우선이지 문중에서 주장하고 있는 편수 자료가 결코 우선은 아니라고 했다. 1970년대의 맞춤법 개정시안에 터무니없게도 유씨를 류씨로 사용한다는 시안이 나온 것을 가지고 결정 사항처럼 부르짖고 있는 것을 통박하고 있었다.

이것은 한글 질서를 깨뜨리는 특권 의식의 작용이며 맞춤법도 모르는 어떤 예외 대우를 받으려는 유씨 가운데 일부의 고리타분한 주장이라고 했다. 어떤 학자는 그런 주장이 유씨 가운데 어떤 돼먹지 않은 늙은이가 엄연한 한글 질서를 깨뜨려 가며 특권 의식에 말려들어가 그런 주장을 시작했고 주체의식이고 또렷한 정신 없는 일부 유씨의 주장이니까 언젠가는 그들의 멍청함이 드러날 거라며 흥분하지 말라고 말하기도 했다.

"어느 집단이든 옳고 그름을 아는 사람은 항시 잠잠한 법이고 그런 소수의 엉덩이에 뿔난 송아지는 무시하는 게 상수일세. 문중의 표창장 한 개나 앞으로 정치를 하려고 할 때 그 힘을 이용하려는 속 보이는 친구들과 상대하는 건 손해라네. 자네는 혼자지만 저쪽은 여러 가지를 동원하여 별의별 짓을 다 한다네. 학자들이 왜 가만히 있겠나? 똥이 무서워서 피하는 게 아니라 더러워서 피하는 거라네. 학자들은 알고 있지. 얼마 안 가서 그들 소수의 주장이 우리 민족의 한글에 얼마나 해독을 끼쳤는지 알 걸세. 자네가 덤벼보게. 자네만 손해가 나네. 그럴 땐 피하는 게 상수일세. 억지 부리고 염치없고 떼쓰는 사람과 무슨 상대를 한다는 건가?"

학자 한 분이 내 흥분을 가라앉히기 위해 그동안 싸워온 사람들 얘기며 압력 얘기까지도 해주었다.

"법에도 예외는 있네. 그러나 이런 경우엔 전혀 예외가 적용될 중대한 사안도 없네."

"맞습니다. 대한민국의 이 작은 땅에서 도대체 특권 의식이니 예외 대접이니 그게 무슨 소용이 있습니까? 그 바람에 혼란만 계속됐잖습니까. 일제시대에 창씨개명이란 게 있었는데 지금은 스스로 창씨개명하는 것 아닌가 해서 여쭤보는 겁니다."

"젊은이의 혈기는 알겠네. 그러나 소수의 정당한 주장이라면 모를까 소수의 억지 주장에 그렇게 신경 쓰다간 어디 살아가겠나? 잊어버리게. 어느 시대나 그런 어리석은 주장은 있었네. 산천초목이 쩌렁쩌렁할 때의 리승만과 리기붕도 별수 없이 이승만, 이기붕이 됐잖은가. 내가 알고 있는 많은 유씨 가문의 인물들은 그런 주장을 않네. 그분들도 유씨이면서 허허 웃고 마네. 자네처럼 말을 함부로 하면 유씨 성을 가진 좋은 분들, 다수의 의식 있고 옳은 분들은 어쩌란 말인가."

"죄송합니다."

"다수의 유씨 어른들에게 폐를 끼치지 말게. 손가락이 곪으면 그곳만 치료하거나 번지지 않게 하는 게 의술이고 약리학이라네. 마찬가지야."

"알겠습니다."

"그렇다고 너무 기죽지 말게. 젊은이는 잘못된 걸 보고 싸울 마음가짐이 있어야 되네. 그러나 나이 먹은 내가 말리면 그 이면이 있나 보다 하고 참게. 진실에는 변명이나 잔소리를 사용하면 도리어 낭패가 생기네."

"명심하겠습니다."

"그리고 참고삼아 한마디 더 듣게. 우리나라의 국어학자나 한글 지키는 분들은 자네가 생각하듯 어리석거나 유약하거나 바보가 아닐세. 역사가 비교적 짧아도 지금처럼 갈고닦은 것은 그분들 덕이고 그렇게 치열하게 연구하고 지키는 분들이 있기에 우리의 글이 보전되는 거라네. 상대도 안 되는 그까짓 성씨 가지고 싸울 시간이 그분들에겐 없네. 더 큰일을 하고 있기 때문일세. 내 말 알아듣겠나?"

"예."

"자네에게 개인적으로 부탁을 하나 해두고 싶네."

"말씀해 주세요."

"자네 얘기는 많이 듣고 많이 알고 있네. 내가 스님 밑에서 공부할 때는 스님께서 자네 말씀 많이 하셨네. 아직 어리겠지만 자잘한 일에 너무 빠지면 안 되네. 물론 자네 나이에 너무 무리한 걸 요구하는 것인지 모르지만, 또 자네에게 주어진 여건이나 상황을 무시하고 하는 소리일 수도 있지만 보다 넓은 시각과 보다 넉넉한 마음이 필요하네."

"늘 생각하지만 마음대로 되질 않습니다."

"이렇게 말하는 나도 뜻대로 살진 못하네. 자네에게 큰 뜻을 펴라고 하는 것은 무리일 수도 있네. 사람들은 입으로만 비판하길 좋아하는 법이지. 자네가 더 나이 먹고 철이 나면 더 큰 뜻을 펴라는 것도 아네. 그러나 귀담아들을 필요는 있다네. 어리석은 자들은 입으로만 자네를 비난하고 있지. 자신은 아무것도 못하면서 자네의 뜻에 단 한 발짝도 못 따라가면서 입으로는 마치 성인군자고 가장 의식 있는 지식인이고 입빠른 평자이며 잘난 사람들이지. 진짜 입으로가 아니라 뜻 있는 사람들은 잔소리 따윈 않는 법이네. 내 얘기는 출랑대는 그 어리석은 자들의 질투나 헛소리, 제 몸은 사리고 남이 어떻게 되어 주기만을 바라는 이기주의자들 얘기를 귀담아들으라는 얘기가 아니라, 자네를 아끼는 사람들의 가슴의 얘기를 귀담아들으라는 걸세. 흔히 자네 같은 사람, 주먹을 쓰는 자네 같은 사람을 어리석고 천박하다고 하는 거네. 그러면서 어리석고 행동 못하고 옹졸한 자들은 자네를 부러워한 나머지 자네를 입으로만 찧고 까불어대는 거네. 그러나, 가슴이 넓은 사람들, 말은 없지만 세상을 꿰뚫어보는 사람들, 주먹보다는 마음이 센 사람들 얘기는 언제나 가슴에 새겨야 하네. 알아듣겠나?"

"예."

나는 무려 두어 시간이 넘게 그 앞에 무릎을 꿇고 앉아서 얘기를 들었지만 별로 말대꾸를 할 수 없었다. 무공 스님 밑에서 공부한 이 노인 앞에서 내가 무슨 말을 할 수 있단 말인가.

돌아오는 길에 나는 갑자기 울고 싶은 마음이었다. 노인은 칩거하고 있었지만 세상 돌아가는 걸 훤히 알고 있었다. 경망스런 입 가진 사람들이 싫고, 높은 뜻에 질투만 뿜고, 그의 학식과 고견에 단물만 바라는 사람들이 범접하지 못하기 때문에 그는 칩거하고 있었다. 노인은 외톨박이였다. 그러나 그는 숨어사는 절개 있는 그냥 늙은이는 아니었다. 그를 범접하지 못하는 것은 출랑거리는 지식인들과 주둥아리의 애국자와 정치가, 돈벌레들과 떠벌이들, 이중인격자와 위장에 능한 인사들에게 대갈일성 욕을 하기 때문이었다. 그가 속세로 내려와 대학에서 젊은 학생들을 가르칠 때만 해도 그릇이 큰 사람이 많았었다. 그러나 점점 각박해지는 사회에서 그는 괴벽스런 늙은이로 밀려나기만 했던 것이다.

하느님.
내려다보고 있으니 참 별의별 씨알머리도 다 있다 싶죠? 치부책에 꼼꼼하게 적어뒀다가 이다음에 하느님의 심판대에 오르거든 난장박살을 내십쇼. 하느님이라면 마땅히 할 일 가운데 하나는 성능 좋은 비디오테이프에 인간들의 행동과 생각을 모두 담아두었다가 전 인류가 보는 앞에서 공개를 하는 일입니다. 그때 떳떳한 인간이 과연 누구일지 궁금합니다.

며칠 동안 유상길네 병원 근처에서 동태를 살폈지만 언제 어느 곳에서 끔찍한 잔치가 벌어지는지 알아낼 수는 없었다. 친구들이 모여드는 날이나 그의 형제들이 모이는 날을 짚어내기도 힘들었다.
"할 수 없어요. 병원 안으로 들어가는 방법을 찾아야겠어요. 여기서 백날 노려보고 있어봐야 건수 올리기는 어렵겠어요."
"산부인과를 어떻게 들어가?"
"우리가 애를 낳을 재간이 없는 게 한이죠. 그렇다고 이렇게 기다리기만 해서야 되겠어요? 입원 환자 가운데 알 만한 사람을 찾아보죠."

"그래서 어쩌자는 거야?"

"문병을 간다든지…… 방법이 있겠죠."

"차라리 병원 직원 가운데 손 닿는 사람을 찾는 게 낫지 않겠냐? 그래서 그 사람에게 감시를 시켜보자."

"아무튼 어떤 방법이든 연결해 보도록 하겠습니다."

"병원에서 일하는 사람이나 유상길네 병원과 잘 통하는 사람이 있는지 한번 알아봐."

"그러지요. 형님은 일단 철수하시죠. 우리가 알아서 차려놓으면 그때 와서 굿이나 한판 멋들어지게 해주세요."

"그래야겠다."

나는 할 수 없이 철수하고 말았다. 그러나 뒤 마려운 사람처럼 영 개운칠 않았다. 시간이 흘러갈수록 몸과 마음만 무거워져갔다. 다혜가 외갓집에 다니러 갔기 때문에 아침부터 밤늦게까지 은주 누나네 가게 일이나 돌봐주는 신세가 되었다. 애들 데리고 해수욕장이나 다녀오라는 은주 누나의 성화도 뿌리친 채 여러 날을 무의미하게 보내고 있었다. 다혜는 이번 여름에 해수욕장으로 동반 여행을 갈 수도 있다는 언질을 주고 외갓집에 갔다. 다혜가 돌아오기 전까지 이 일을 해결해 놓고 싶었다.

은주 누나와 새벽 일찍 공장에 들러 견적서와 견본을 확인하고 가게로 돌아왔다.

"경민이라는 사람이 급하게 연락해 달래요. 전화가 세 번이나 왔었어요."

나는 얘기를 전해 받자마자 전화통에 매달렸다.

"어떻게 됐냐?"

경민이는 여유 있게 웃었다.

"형님, 단단히 한턱 얻어먹어야겠어요. 구멍 뚫는 데 딱 일주일 걸렸습니다. 용코로 뚫었죠. 형님, 내가 경민입니다. 오늘 밤에 파티가 있대요. 정확한 정보예요. 형제 놈들하고 친구 놈들이 함께 모이는 모양예요."

"제보자는 누구냐?"

"지하실 관리하는 아주머니예요."

"새나가지 않겠냐?"

"걱정 마세요. 그 아주머니도 우리 얘길 듣더니 어쩐지 수상했대요. 가끔 초산부의 태반을 실험실로 가져오라고 하는 모양예요. 깨끗하게 씻어서 갖다 주는데 실험하는 걸 한 번도 본 적이 없었대요. 그런 날은 꼭 친구들이 오거나 형제들이 모인 것 같답니다."

"제대로 짚긴 짚은 것 같다."

"또 있어요. 척출물 처리장이 없어서 외부에서 주기적으로 실어 가는데 꼭 태반은 분리수거를 한대요. 이유는 전혀 모르겠다는 거예요."

"수고했다. 다른 얘기는 없었냐?"

"저녁때라도 실험실로 갖다 놓으라면 즉시 연락해 주기로 했어요."

"너무 시원시원해서 어쩐지 불안하다."

"그건 염려 마세요. 봉투를 쥐어주니까 한사코 거절했어요. 나쁜 사람이 확실하다면 그 아주머니는 참지 못하겠대요. 남의 살을 뜯어먹는 사람을 어떻게 그냥 두는 거냐고 말예요. 도리어 우리더러 실수 없이 해달래요. 그 아주머니도 자식 낳아 키웠는데 당신 뱃속에서 나온 아기보를 다른 사내가 먹는다고 생각하면 평생 꿈자리가 뒤숭숭할 거라는 거예요. 정말 그렇다면 우리가 안 나서도 당신이 먼저 경찰에 고발할 거래요."

"좋은 아주머니 같다. 그러나 매사는 완벽해야 한다. 지금이라도 한번 더 찾아가서 다짐을 받고 성의껏 도와드려라. 그리고 카메라 잘 다루는 녀석과 준비한 물건들을 차질 없이 대기시키고 병실의 임산부나 외부 사람이 전혀 눈치채지 않게 해야 한다."

"형님은 어디 계실 거예요?"

"집에 있겠다."

"그 아주머니 큰애가 초등학생인데 차라리 그 녀석한테 학용품하고 물놀이 갈 용돈이나 줄까요?"

"우선 네가 해놔라. 나중에 줄게."

"알았습니다. 준비는 완벽하니까 걱정 마세요."

"근사하게 사겠다."

전화를 끊고 나자 시간 흘러가는 것이 더 지루하고 답답해졌다.

"누나, 창고 정리해야지?"

"사람 사서 해야 돼. 엉망야."

"몇 사람이나 필요한데."

"서너 사람 있어야겠더라. 왜? 너 용돈 떨어진 모양이구나."

"귀신이 곡성하겠네. 내가 오늘 해치울 테니까 인건비 줄 테야?"

"그래라."

"얼마?"

"사인분 지불하지. 대신 제대로 해야 된다."

"두고 봐."

그 아주머니에게 신세를 갚으려면 돈이 좀 필요할 것 같았다. 나는 힘깨나 쓰는 녀석 세 명을 불러놓고 창고로 내려갔다. 누나 말대로 엉망진창이었다. 은주 누나가 일러주는 대로 재고와 상품을 구분하여 선반에 표찰과 번호를 매겨 붙이는 일부터 시작했다.

그렇게라도 하루를 보내지 않으면 견딜 수 없을 것 같았다. 하루 종일 땀투성이가 되어 깔끔하게 정리 끝내고 애들과 함께 목욕을 했다. 힘이 그래도 남아도는 녀석들에게 고기도 푸짐하게 먹였다.

여덟 시가 좀 못 돼서 유상길네 병원 앞에 모였다. 아주머니는 오늘 초산부가 네 사람이었고 실험실로 올라간 태반은 증류수로 깨끗이 닦았다고 했다. 망보던 녀석들은 병원 뒤채로 사람들이 모이고 있다는 걸 알려왔다.

"플래시 이상 없지?"

카메라 두 대와 허리에 차는 대형 플래시를 멘 녀석이 고개를 끄덕였다. 비닐봉지와 가방도 준비되어 있었고 차를 타고 온 사내들의 차량 번호를 메모할 준비까지 완료되어 있었다.

"경민이 너는 애들 데리고 한 놈도 밖으로 못 나오게 막고 나머지는 내 신호대로 신속하게 움직여야 한다. 함부로 사람을 패거나 다루지 마라. 외상이 있으면 안 된다."

애들은 그게 불만인 모양이었다. 그런 짐승만도 못한 놈들은 치도곤을 내서 씨알머리 교정을 좀 해야 된다고 벼르던 참이었다.

"가자."

우리는 조심스럽게 담벼락에 붙었다. 경민이가 낚싯줄 끝에 오징어를 꿰어 담을 넘겨 던졌다. 커다란 도사견이 낚싯바늘에 걸려 갸날프게 울었다. 내가 재빨리 뛰어넘어 도사견의 혈을 눌러 기절시켜 버렸다. 우리들은 모두 담을 넘어 들어갔다.

우리가 숨어들어온 걸 알 리 없는 그들은 널찍한 대청에 둘러앉아 초저녁부터 영사기를 돌리는지 비디오테이프를 보는지 한쪽 벽면을 향하고 있었다. 애들은 뒤채를 둘러싼 채 내 신호만 기다리고 있었다.

"됐다, 가자."

내 신호에 따라 애들은 신속하게 뛰었다.

"꼼짝 마라. 움직이는 놈들은 쓰레기통에다가 박아버릴 테니까."

플래시가 터지며 널찍한 자개상 위에 놓여 있는 음식과 술, 그리고 모여 있는 사내들 얼굴이나 비디오테이프가 돌아가는 장면들을 찍었다.

"누구요?"

유상길이가 물었다. 우물우물 씹고 있던 것을 꿀꺽 삼키는 사내의 따귀를 올려붙였다.

"할 말 있으면 손을 들어라. 따귀 한 대씩 맞으면 발언권을 주겠다."

"선생은 누구요? 왜 이러는 겁니까? 도대체 당신들은 누구요?"

유동길이가 덩치 큰 몸을 앞으로 내밀며 당당하게 물었다. 나는 따귀를 올려붙이고 사내의 멱살을 잡았다.

"금방 말했지, 손들고 말하라고. 태반 먹는 현장을 덮치러 온 저승사자다. 잔소리하는 놈은 거꾸로 매달아 토해놓게 하겠다."

사내들은 사진 찍히지 않으려고 얼굴을 가렸다. 태반 얘기가 나오자 분위기를 짐작했는지 꽁무니를 빼고 한쪽 구석으로 몰려 앉았다. 상 위에 있는 태반을 수거하여 비닐봉지에 담고 상 옆에 통째로 놓여 있던 태반을 가방에 챙겨 담았다. 비디오테이프의 음란한 장면이 계속 돌아가자 한 녀석이 테이프를 빼내어 구둣발로 밟아버렸다. 주방을 뒤지던 애가 또 두 덩어리를 가지고 나왔다. 나는 애써 냉정하려고 입을 굳게 다물었다. 주방에서 찾아낸 비밀봉지에는 실험용이라는 빨간 딱지가 붙어 있었다. 구석에 있는 쓰레기통에서도 이미 난도질해 놓은 태반에서 떼어낸 실험용이란 딱지를 찾아냈다.

"유상길, 이리 좀 와라. 살다 살다 너 같은 사내하고도 만나는구나."

다른 일 같으면 올려붙이고 따질 일인데 너무 어이가 없어서 차마 손이 올라가지 않았다.

"네 손으로 애를 받고 네 아가리에다 그걸 처넣을 배짱이 생기더냐?"

"······."

아무 말도 하지 않았다.

"할 얘기가 있으면 해라. 손들고 안 해도 된다. 사람 같지도 않은, 너 같은 사내하고 마주 앉는 것도 내가 죄가 많아서 그런 것 같다. 묻는 말에 고분고분하게 대답이나 해라. 성질 돋우지 말고. 당장 물고를 내야 옳겠지만 너도 할 말이 있을 거 아니냐. 언제부터 맛 들였냐?"

"선생님, 죽을짓을 했습니다. 다시는 이런 짓 않겠으니 한 번만 용서해 주세요."

거어들어가는 소리로 말했다.

"용서? 하구말구. 너 같은 사내를 용서 않고 이 땅에서 누굴 용서하란 말이냐. 그러니 묻는 대로 낱낱이 대답만 잘해라. 언제부터 맛 들였냐고 물었다."

"처음입니다. 정말입니다. 물어보세요. 실험용인데…… 그냥…… 좋다는 말이 있길래 사람들이 놀러 왔을 때라 한번…… 하늘을 두고 맹세합니다."

"유상길 선생, 그래서 처음 맛이 어떠셨소?"

"아무것도 아니고…… 모두 입도 안 대고 버릴 참였습니다. 정말입니다. 제가 먼저 대보고 버리자고 했습니다."

"그러셨겠지. 어련하셨을려구. 의료인의 양심도 지키고 직접 실험을 하셔서 인류 건강에 이바지하시려고 그러셨겠지. 안 그러냐?"

"실은 제가 개인적으로 태아와 산모의 건강과 감염 연구를 하고 있습니다. 그래서 연구하다가 제가 직접 대보고 어떤 건가 알려고……."

나는 더 참지 못하고 유상길 박사를 걷어찼다. 상 위로 뒹굴어 자빠졌다. 그리고 곧장 일어서서 두 손을 비볐다.

"선생님, 믿어주십시오. 정말 의료인의 양심을 걸고 맹세합니다. 제 연구 보고서나 논문을 보시면 압니다. 태아 감염과 신생아 건강이나 산모 건강에 제 평생을 바치고 있습니다."

"이봐, 유상길. 알고 왔다. 주기적으로 이따위 짓을 한다는 걸 알고 왔다. 증거를 경찰서에 가서 대줄까? 너희들은 적출물 처리법에 의해 태반뿐 아니라 기타 장기도 제대로 처리해 줘야 할 의무가 있는데도 이따위 짓을 해왔다. 너 같은 놈이 인간 실험을 하지 않는다고 어떻게 믿어?"

언젠가 의료인들이 투약 실험을 환자에게 협의하지도 않은 채 비밀리에 한다는 사실이 밝혀진 적도 있었다. 유상길과 같은 친구들이라면 더 끔찍한 짓을 할지도 모르는 일이었다.

"선생님, 개인적으로 말씀 드릴 일이 있습니다. 제 방으로 가시죠."

유상길의 애원이었다.

"조금 기다려라."

나는 구석 자리에 웅크리고 앉아 한마디도 하지 않는 사내들을 모두 방으로 몰아넣고 서로 말하지 못하도록 감시하게 했다.

"유동길이 나와라."

같은 형제 사이인데도 유인길과 유상길은 미남형이었고 유동길이는 말대가리 인상에다 거무튀튀해서 한눈에도 언짢게 생긴 사내였다.

"대학에서 사랑하는 제자를 가르치는 대학교수님이시지?"

내 물음이 야유라고 생각했는지 대꾸하지 않았다.

"경제원칙에서 몸보신에 유익하거든 무슨 짓을 해서라도 닥치는 대로 먹어치우라고 가르치냐?"

"우리는 입에 대지도 않았소."

"그러셨군. 한 가지 더 묻자. 동생들이 그따위 짓을 하면 형 된 입장에서 말려야 하느냐, 아니면 같이 씹어 삼키며 음란한 비디오테이프나 돌려가며 낄낄거려야 하느냐? 어느 게 맞는지 네 입으로 들어보자."

"……."

"묵비권이라 이거겠지. 좋다. 증인이 있으니까 신문이나 방송에서 시끄러워지면 그때 공개 사과든지 공개 해명서를 발표하면 되겠구나."

"선생님, 도대체 무슨 이유로 죄 없는 사람을 잡고 이러십니까?"

"이 얼간이 놈아, 네가 명색이 선생인데 스물네 살짜리한테 선생님이 뭐냐? 죄 없고 떳떳하면 호령을 하든 내 귀쌈을 갈기든 해얄 거 아니냐? 그래서 어린 녀석을 가르쳐야 할 거 아니냐? 넌 상습범이다. 내가 증인을 대주마. 태반 먹고 힘 길러서 도대체 어디다 써먹을 참이냐?"

"증거를 대주쇼."

당당하려고 애쓰는 그의 모습을 보면서 나는 저런 배짱 아니고선 태반을 먹지 못할 거라고 생각했다.

"앞으로 출마하려고 비밀리에 운동하고 다닌다는 걸 안다. 이번 사건이 밝혀지면 여성표는 몰표로 얻어내겠구나."

"증거를 대쇼."

소리를 지르며 일어섰다. 나는 더 참지 못하고 유동길 교수의 멱살을 잡아 어지럽혀진 상 위에 메어꽂아버렸다. 초고추장이며 김치 그릇을 뒤집어쓴 사내의 몰골을 한 차례 더 걷어찼다.

유동길이가 털썩 무릎을 꿇었다.

"한 번만 봐주십쇼. 사내답게 빕니다. 용서해 주면 제가 무슨 짓을 하더라도 보답하겠습니다."

"네 마누라가 알면 뭐라고 하겠냐? 이 천하에 야수 같은 놈들! 묻자. 언제부터 태반을 먹었냐?"

"오늘 첨이오. 먹지도 않았소."

"만약 증거를 대면 어쩔래? 몇 년 전부터 먹었다는 증거를 대면? 그리고 네가 씹다가 뱉은 걸 그대로 주워 담았으니 타액검사를 하면 금방 드러날 것이고 아직 위 속에 남아 있을 테니 토해내게 하면 증거물도 드러난다."

"결코 먹지 않았소."

"경제학 교수라고 경제적으로 거짓말하는구나."

나는 유동길의 위장과 연결된 혈을 짚어 거꾸로 세웠다. 토해낸 것들을 애들이 재빨리 비닐봉지에 담아가지고 나갔다.

"선생님, 살려만 주십쇼. 무슨 짓이든 하겠습니다. 전 이제 죽습니다. 학생들이 뭐라고 할 것이며…… 집안에선…… 한 생명을 살리시는 겁니다."

"진작 실토했으면 살려줄 수도 있었지. 지금도 늦지 않았다. 바른대로 대답할래?"

"그럼요. 하겠습니다."

"언제부터 먹었냐?"

"오늘 처음입니다."

"알고 왔다."

"증거를 대십쇼."

여간내기가 아니었다. 생긴 값을 하느라고 그런지 끝까지 나를 조롱할 셈인 것 같았다.

"들어가 있어라. 경찰서에 가서 말하자. 도저히 너하곤 말로 해선 안 되겠다."

나는 이렇게 말하고 유동길이를 걸어찼다.

"좋습니다. 가서 따집시다. 죄 없는 사람을 이렇게 다루면 어떤 결과가 나오는지 알겠죠? 나도 당신들만 한 힘은 있소. 나를 잘못 건드렸다가 어떻게 되는지나 알아보쇼. 내가 유동길이오."

"알아, 이 녀석아, 배경 좋고 말 많고 집안이 퍼지게 양반 흉내 내는 것도 안다. 그러나 태반 처먹는 현장 사진이 공개돼보면 너도 알겠지. 그때 네 배경이 어떤지 좀 봐두겠다."

"선생, 이러지 말고 타협합시다. 나도 사내요."

"벗어봐라, 사낸지 아닌지 좀 보자."

"사내대장부끼리 타협합시다. 원하는 게 뭐요?"

"네가 사내인지 아닌지 보는 거다."

"말을 돌리지 말고 단도직입적으로 얘기합시다."

"그러지. 바지 벗어라. 좀 보자."

"이봐요, 선생. 타협하잔 말요. 얼마가 필요하고 누가 시켰소? 당신 일생을 내가 보장해 줄 수도 있소."

"고맙소, 유 선생. 내 일생씩이나 보장해 주신다니."

"거짓말이 아니오. 난 그만한 힘이 있소. 그러니 타협합시다. 사내답게 말이오. 나도 사내요."

"그러니까 사내인지 아닌지 확인해 보자 이거 올시다."

"누굴 놀리는 거요?"

"그렇소. 당신을 놀리고 있는 거요. 빨리 벗어라!"

"왜 이래? 내가 누군지 알아?"

"사내가 아니겠지."

"얼마가 필요해서 이러는 거요?"

"벗어!"

"이것들이 정말."

"한판 붙어보실까?"

나는 일어서서 유동길과 한판 붙었다. 제법 육중한 체구여서 힘깨나 써 보였다. 몇 번 헛손질을 하게 내버려두었다가 허리띠를 끊어내고 바지를 홀딱 벗겼다. 그리고 나머지 옷도 모두.

꼼짝 못하고 누워 있는 유동길을 뒹굴려버렸다.

"사내자식은 맞구먼그려."

사내가 무릎을 꿇었다.

"원하는 대로 주겠소. 그러니 타협합시다. 성실하게 살아온 한 인간을 죽이는 결과요. 우리 서로 타협합시다."

"묻는 말에 대답을 잘하면, 솔직하게 털어놓으면 타협을 할 수도 있다."
"말하쇼.."
사내가 체념했는지 이렇게 말했다.
"언제부터 먹었냐?"
"정말 처음이오."
"됐다. 들어가라."
나는 보기도 싫어 사내를 걷어차버렸다. 그 사내를 상대한다는 게 싫었다. 저런 사내는 늘씬하게 물고를 내서 자백을 받아내는 수밖에 없는 일이었지만 손대기도 싫었다. 동생들과 동생 친구들을 모아놓고 같이 태반이나 먹어대는 이 사내, 더구나 끝까지 나를 물고 들어가려는 작태가 싫었다.

나는 사내들을 차례로 끌어내어 우리들의 조사가 빗나가지 않았다는 것을 겨우 알아내었다. 이런 모임은 정기적으로 있어 왔으며 고향 친구나 후배들과 함께 밤새 영업하는 강남 땅의 음란한 호텔로 달려가 태반의 효과를 몸으로 실험하는 따위의 짓이나 했다는 것도 알아내었다. 삼 형제는 다른 형제들 사이에서 볼 수 없는 정으로 뭉쳐져서 유동길의 정치 발판을 만들어가고 있었다. 고향 땅에 학교를 세우거나 회사를 차리려는 계획까지 세워놓고 있었다. 같은 자리에 앉아 있던 사내들은 앞으로 이용 가치가 큰 사내들이어서 의형제를 맺고 있는 사람들이었다.

"큰 죄악이란 걸 아느냐?"

"예."

"정말 그걸 처먹으니까 정력이 샘솟듯 하더냐?"

"모르겠습니다."

"왜 먹었느냐?"

"처음엔 순전히 호기심이었습니다."

세상에 이런 일이 알려지면 곤란한 처지가 될 사내들뿐이어서 쉽게 털어놓기 시작했다.

"유상길이가 뭐랬지."

"한의학 서적을 보면 여러 가지로 좋다고 하면서 동양의학이란 오랫동안 꾸준하게 이어져오면서 형성된 것이기 때문에 부작용도 적다고 들었습니다. 상길이 형은 양의면서도 한방에 조예가 깊고 그 방면의 연구 실적이 많아서 우리는 믿고 따라간 겁니다."

"이 자식아, 나도 알 만큼 알아본 사람이다. 요즘은 인공적으로 태반 호르몬제를 만들어서 약품으로 팔고 있다. 도대체 무슨 짓을 못해서 태반을 먹었냐?"

"죽을죄를 졌습니다."

본초강목이나 동의보감은 물론이고 유명한 한의학서에 자하지, 인포, 태의, 포의, 불가사, 선인의 등의 이름으로 허약, 정신병, 복부병과 기미, 쇠약, 결핵, 기침, 신경쇠약과 임포텐츠 그리고 정력에 좋다는 기록이 있으며 현대에 와서도 임상 실험은 물론 과학적인 방법으로 연구되어 태반의 성분이 밝혀지고 있다. 더구나 화장품이나 약품으로 사용되고 있는 것은 성분을 과학적으로 생성시켜 태반 호르몬의 효과를 그대로 사용하고 있는 현실이었다.

"그래서 그런 실험을 해보니까 의학적으로 생성해도 완벽한 태반 효과가 안 나니까 처먹었다 이거겠지?"

"그 내용은 잘 모르겠습니다."

"네가 아는 대로 자술서를 써라. 그렇지 않으면 너희들은 살아서 돌아갈 생각 말고 여기서 자결을 하는 게 낫다. 그러고도 살기를 바라진 않겠지."

사내들이 자술서를 쓰는 사이에 나는 안방으로 들어갔다. 유상길이는 방바닥에 얼굴을 떨어뜨린 채 심각한 표정을 짓고 있었다.

"시쳇말로 전모가 드러났다. 조용히 할 얘기가 있다고 했지?"

"앉으시죠."

내가 방 가운데에 앉자 유상길이는 큰 봉투 한 장을 내놓았다.

"뭐냐?"

"얼마 안 됩니다. 현금이 많지 않아서 내 통장과 도장, 주식과 아파트 문서가 들어 있습니다. 필요한 만큼만 가져가십쇼. 그리고 나를 한 번만 봐주십쇼. 제 목을 걸고 다시는 이런 짓 하지 않겠습니다."

"이봐, 유상길 선생. 내가 시시하게 그 정도로 넘어갈 사람 같은가? 이 병원 문서는 왜 내놓지 않나? 그리고 당신 재산이 엄청나다는 거 다 알고 있어. 그런 문서를 다 내놔보시지그래."

"내 일생 동안 번 겁니다. 다 내놓으면 난 어떻게 살란 말입니까?"

"일리는 있다. 그렇다면 얼마쯤 내놓을 수 있느냐?"

"말씀 먼저 하십쇼."

"요즘 일이억은 돈도 아니더라. 적어도 기백억쯤 돼야 돈 아니겠냐?"

"생각해 보십쇼. 어떻게 전 재산을 내놓겠습니까? 나도 먹고 살아야 하고 이 병원만은 유지를 해야 합니다. 딸린 식구가 많습니다. 내가 문 닫으면 많은 사람이 굶을 거고 자식새끼에게 뭐라고 하며 늙으신 부모님께 무슨 낯으로 대하겠습니까. 팔순이 다 된 부모님이 계십니다. 그러니 제발 내 성의껏 드리는 걸로 원만하게 타협을 해주시면 정말 다시는 이런 일이 맹세코 없을 겁니다. 늘 감시하셔도 좋습니다."

"내가 무슨 할 짓이 없어서 네 아가리만 바라보고 있으란 말이냐?"

"그런 뜻이 아니고, 정말 이런 짓을 않겠다는 겁니다."

"이 벼락을 맞아도 하루에 수십 번을 맞을 사내야. 무엇을 못 먹어서 네 손으로 출산시킨 여자들의 태반을 처먹어야 했냐? 하늘이 내려다본다. 정말 어이가 없어서 말이 안 나온다."

현대판 식인종들 207

"하느님께 맹세하겠습니다. 교회도 더 열심히 나가고 헌금도…… 그리고 좋은 일도 많이 하도록 하겠습니다."

"교회엘 왜 다녀? 그 신성한 교회엘 왜 나가냐? 너 같은 놈이 다니니까 교회가 더럽혀지는 거다. 깨끗하게 태어나는 그 신비스런 새 생명에게 그런 치졸한 짓을 하고 어떻게 교회에 나가서 기도를 했었냐?"

"……"

나는 이 사내들을 경찰서로 끌고 갈 작정으로 손대지 않고 사람 다루듯 하고 있었다. 증거는 모두 확보되어서 내 마음 내키는 대로 처리할 수도 있었다. 그러나 왠지 마음이 아팠다.

나는 별로 법을 좋아하지 않았다. 법학공부를 했으면서도 법이라고 하면 괜히 오금이 저리고 짜증이 났다. 내가 법조인을 싫어하는 까닭을 곰곰 생각해 보면 내가 법조인이 되지 못했다는 한과 질투 때문인지도 모른다. 우리 어머니는 내가 법학과에 입학하는 그 순간에 벌써 사람 마음대로 잡아들여 콩밥 먹여버리는 법조인이나, 옛날로 치면 암행어사쯤 된 것으로 이해하려고 했다. 못 배운 우리 어머니, 아버지의 첩 놀음에 지치고 곗돈 떼이고 당한 과부 설움과 외아들에 대한 지나친 편애 따위로 얼룩진 일생이지만 자식이 법학과에 입학되는 그 순간부터 법관 자식을 둔 어머니 행세를 하려고 했다. 순박한 주위 사람들도 그걸 믿었다. 주먹질이나 하고 싸움패로 나서려니 했던 내가 대학생이 되었다는 사실만 가지고도 우리 어머니의 사랑의 공갈을 믿었던 것이다.

어머니는 판사나 검사나 변호사라는 구분도 없었다. 그저 법학과만 졸업하면 내 자식이 보기 싫은 연놈들을 잡아다 곤장을 치거나 콩밥을 먹이는 사람이 될 거라고 믿어버렸다.

사실 법이란 상식보다 형편없이 초라한 것이었다. 법이란 아무리 잘 만들어도 피해자가 생기는 것이며 아무리 잘 만들었다고 해도 피해가려는 사람이 있는 한 완벽할 수 없는 것이다. 물론 법이란 훨씬 많은 사람을 보호해 왔고 그럴 명분 때문에 존재하는 것이다. 인간이 인간을 재판한다는 것은 신과 같은 혜량 없이 다루어선 안 되면서도 기실 그럴 수가 없는 게 또 법이었다. 아무리 법이 좋아도 그 법을 집행하고 지켜야 하는 사람들이 상식적인 인간이 아니라면 아무 가치가 없는 것이었다.

내가 만약 이들을 법에 호소하여 넘긴다면, 이들은 현행법 테두리 안에서 고작해야 형편없는 처벌, 법조문에 태반을 먹었을 때 어떤 처벌을 받는다는 사항이 없으니까 파렴치한 산부인과 의사라는 토픽 같은 기사로 시끄럽게 장식될 뿐 정상대로 한다면 중형을 선고해도 무방한 이들이 현행법상으로는 간지러운 처벌을 받을 수밖에 없을 것 같았다.

인간은 수없이 많은 죄악을 저지르며 사는 것이다. 죄를 지으면서도 스스로 자신이 죄인이라고 여기지 않는 까닭은 역시 현대인들이 공통적으로 지닌 죄악의 불감증인 탓이리라.

내가 이자를 처벌할 수 있을까?

그것은 의문이었다.

철이 조금씩 들어가는 까닭에 이런 생각을 하는 것인지도 모른다. 그러나 태반을 생식하는 유상길이를 도저히 그냥 둘 배짱 또한 없었다.

"노부모, 마누라, 자식새끼, 사회 체면과 그 잘난 집안 체면…… 그걸 아는 놈이 태반을 회 쳐 먹어? 너 같은 놈은 밤낮없이 잘 먹여가지고 아프리카에 식인종 사는 곳으로 데려다줘야 할 놈이다. 식인종도 아마 너 같은 놈은 안 잡아먹을 거다."

"용서만 해주신다면 무슨 짓이고 한다잖습니까? 한 인간을 살려주세요."

"살려주고 싶다. 너 같은 족속도 있다는 걸 알려주고 싶어서."

"이 정도 가지고 안 되겠습니까?"

유상길이가 밀어놓은 것은 통장과 도장이었다. 나도 얼핏 펴보고 씨익 웃었다. 사내의 얼굴에다 통장을 내던졌다.

"너, 사람 잘못 봤다. 이까짓 몇억에 내가 넘어갈 줄 알았냐? 임마, 요즘 몇억이 돈 축에 끼는 줄 아냐? 적어도 이 병원을 주셔야지."

"선생님, 제발 사람 좀 살려주십쇼."

"살려주려고 병원 달라는 거다. 그만큼 벌었고 그만큼 태반 챙겨 먹었으면 병원 그만둘 때 됐잖아."

"선생님, 왜 이러십니까? 제발 살려주십쇼. 제가 큰일을 하겠습니다. 이젠 연구만 하겠습니다. 다른 짓 않겠습니다. 정말입니다. 그래서 큰 공을 세워 이바지하겠습니다."

"연구? 너 같은 놈이 무슨 연구냐?"

"태아나 산모 건강에 큰 역할을 할 방법이 지금 거의 다 완성되어가고 있습니다."

나는 한참 동안 유상길과 입씨름을 했다.

"그럼, 좋다. 내게도 조건이 있다. 너 같은 놈을 살려주려면 내게도 명분이 있어야 할 거 아니냐?"

유상길이는 고분고분하게 내 말을 경청하기 시작했다.

"네 재산을 다 내어놓으란 얘긴 않겠다. 그 가운데 일부를 떼어내서 불우한 환경에 처한 청소년학교와 야간학교, 장애자 학교 같은데 희사할 수 있지?"

"하겠습니다."

"또, 네가 의사니까 정박아 수용시설을 세워서 운영해라."

"하겠습니다. 꼭요."

"셋째는 네가 의사 노릇을 하고 싶거든 영세민들에겐 무료 시술을 해줘라. 그만큼 벌었으니까. 신문에 광고를 내란 말이다. 각 구청마다 보호대상자 증명이 있는 사람들은 모두 무료로 해주겠다는 광고를 낼 수 있겠지?"

"꼭 하겠습니다."

"내일모레 일간지에 모두 내라. 내가 시킨 그대로. 그리고 공고한 그대로 실행하지 않을 때는 가차 없이 발표해 버리겠다, 네 비행 모두를. 오래 하란 얘기도 아니다. 딱 오 년만이라도 약속을 지켜라. 그뒤엔 상관 않겠다."

"두고 보시면 압니다. 평생 사업으로 꼭 하겠습니다."

"그러려면 이 집을 헐고 무료 병동을 짓는 게 좋을 거다. 이건 내가 주는 돈이다. 맞지?"

"예."

나는 사내가 내게 내밀었던 통장과 도장, 수표와 문서들을 내밀고 일어섰다. 사내가 꾸벅 절을 했다.

"고맙습니다. 꼭 실천하겠습니다. 두고 지켜보시면 압니다. 그런데 저는 여태 성함도 모릅니다."

"장총찬이다. 이름이 더럽게 생겼지. 우리 아버지 탓이지 내 탓은 아니다. 어렸을 때 여러 번 이름을 바꾸고 싶었지. 서부 활극에 나오는 긴 총 가진 놈도 아닌데 우리 아버지 때문에 이름이 이따위가 됐다."

사내들을 모두 한곳에 모이게 했다.

"한 가지 부탁이 있다."

"말씀하세요."

"당신들을 그냥 용서하려니까 내 가슴이 쓰려서 그냥은 못 가겠다."

"그럼요?"

"자술서를 다 쓴 사람부터 나한테 몇 대씩 맞아줘야겠다. 딱 세 대씩만 패겠다."

"좋습니다."

자술서를 모두 받는 동안의 시간이 꽤 걸렸다. 다른 사람들은 비교적 솔직하게 자신의 잘못을 시인하는 글을 썼는데 유동길 교수만은 변명과 잔소리가 많았다. 나중에라도 무슨 빌미가 될까 봐 몸을 사리는 것 같았다.

"유동길 선생. 당신은 앞으로 정치를 하려고 준비하는 사람인데 더럽게 치사하시구먼. 정치도 그런 식으로 할 건가?"

내 물음에 대꾸가 없었다.

"세 대만 패고 가려는 참인데 당신 버르장머리는 악착같이 고쳐줘야겠다. 이리 들어와."

안방으로 들어서자마자 나는 인정사정없이 두들겨 패기 시작했다. 유동길은 형편없이 무너졌다.

"제발 살려주십쇼. 제발, 제발……."

무릎을 꿇었다.

"이 개만도 못한 사내야. 잘못했으면 시인하고 용서받고 그래야 할 거 아니냐? 네가 명색이 대학교수고 앞으로 정치를 할 사내라면 정신 좀 차려다구. 그 꼴로 어떻게 학생을 가르치고 국민의 대변인이 되겠다고 껍신거리냐. 그냥 가려고 했더니 너한테는 한 가지 더 일거리가 남았다."

"말씀을 하세요."

주먹은 되게 겁을 내는 사내였다.

"언젠가 봤다만 네가 쓴 글을 보니까 한국 경제는 네 말 안 들어서 망조 든 꼴이 됐더라. 너는 양심적이고 진리와 정의를 위해 힘쓰는 대학교수다. 그런데 이 나라 한글 질서를 깨뜨리고 있다는 걸 아느냐?"

"무슨 말씀이신지?"

"네가 유씨냐, 아니면 류씨냐?"

"그건 우리 문중에서 그렇게 쓰기로 결정한 겁니다."

"그럼, 문중에서 결정하면 아무라도 한글 질서 깨고 마음대로 바꾸어도 되는 거냐?"

"다른 성씨는 안 됩니다. 우리 파만 그렇게 쓰기로 한 거고 문교부에서도 인정한 거니까요."

"문교부에서 인정한 법적 근거가 있느냐?"

"있습니다."

"뭐냐?"

"시행령인가…… 그럴 겁니다."

"너도 교수고 학자냐? 이놈아, 나라엔 법이 있고 한글엔 문법이 있다. 그걸 어떤 고리타분한 느네 문중의 정신 오락가락하는 늙은 놈이 주장해서 압력 넣고 지랄발광해서 쓰고 있다는 걸 네놈도 알겠지. 느네 대학교 국문과 학생한테 물어봐라. 어이가 없어서 피식 웃고 말 거다. 너 같은 놈들 때문에 한글 질서가 깨지고 너 같은 놈들 때문에 이 땅의 법 질서가 깨어지고 너 같은 놈들 때문에 특수층이 생기는 거다 이놈아. 이 특수한 놈아, 그렇게 특수하려고 태반을 잘게 썰어 처먹여야 했냐? 학생들이 웃는다. 초등학교 애들도 웃어 이놈아. 초등학교 책에 유관순 열사라고 나오지 류관순 열사라고 표기하는 거 봤냐? 그렇게 훌륭한 인물 밑에서 어째서 너 같은 쪼다들이 생겼는지 이해를 못하겠다. 성씨를 류씨로 고치니까 양반 되고 알아주더냐? 세종대왕이 너 같은 놈 꼬라지 뵈기 싫어서 지하에서 찡그리시겠다, 이놈아. 더 까불지 말고 네 문중의 수많은 좋은 분들께 큰절이나 한 번 하고 똥통에다 대가리 처박고 반성 좀 해라. 제발 한글 질서 좀 지켜다오. 상품에 외래어 투성이고 애들 앞가슴에 써 붙인 외래어가 낯 들고 못 볼 문구가 된 탓은 네 주둥아리로 힐난하면서 도대체 네놈은 어째서 류씨여야 하느냐? 그래서 그런지 네놈 논문의 문장을 보니까 문법 어긋난 것투성이더라. 그러고도 경제학 교수냐? 초등학교부터 다시 다녀라."

유동길이도 별로 할 말이 없었는지 아니면 얻어맞을까 봐 겁을 먹고 입을 봉했는지 말대꾸를 하지 않았다.

"네놈 이름을 류특수, 류양반, 류별종…… 그런 식으로 고치지 그러냐?"

"……?"

"태반 처먹고 정력 좋아져서 은밀한 데 몰려가 해괴망측한 짓했다는 걸 학생들에게 알려주고 네 마누라에게 알려주고 네 고향 땅에 알려주랴?"

"선생님, 왜 이러십니까? 이제 다 끝난 얘기 아닙니까? 봐주기로 했으면 화끈하게 봐주십쇼."

"너만큼은 화끈하게 못 봐주겠다."

"선생님, 무엇이든지 하라는 대로 다하겠다잖습니까."

나는 유동길이를 내 화가 삭을 만큼 가격했다. 방바닥을 뒹굴어 다니다가 내 무릎을 잡고 애원하는 이 사내를 어떻게 할까 생각해 보았다.

"너는 각서 한 장 써야겠다."

"쓰겠습니다."

"죽을 때까지, 묘비명에조차 한글 질서를 깨는 류씨를 쓰지 않겠다는 것과 죽어도 정치를 포기하겠다는 각서 한 장 쓸래?"

"다른 건 다하겠습니다만…… 이미 준비도 다해 왔고 차기에 출마하기로 군민들과 약속까지 했으며 쓴 돈도 많습니다. 제가 국회의원이 되면 양심적으로 나라와 국민을 위해 무엇이든 최선을 다할 겁니다. 그러니 그것만은……."

"거절하면 사직 당국에 고발해 버리겠다. 알 만한 놈이 버티는구나."

나는 또 한 차례 유동길 교수를 방바닥에다 뒹굴렸다. 이를 앙다물고 버티던 사내가 결국 두 손을 맞잡고 빌었다.

"쓰겠습니다."

내가 내민 종이 위에 떨리는 손으로 겨우 각서를 쓴 유동길은 끙 소리도 요란하게 누워버렸다. 우리들은 대충 정리한 뒤에 유상길네 병원을 나왔다.

"형님, 그 자식들을 그냥 두고 나간다니 말도 안 돼요."

한 녀석이 밖으로 나오자 이렇게 울분을 터뜨렸다. 세상을 험하게 살아온 녀석들이지만 마음을 다져먹고 새 사람이 된 애들의 심정에도 그런 일은 견딜 수 없었던 모양이었다.

"안다, 너희들 심정을."

"저런 것들이 어떻게 사회 지식층이고 교수고 의사고 그렇습니까? 형님, 저런 건 반쯤 사람 구실을 못하게 해야 돼요."

다른 녀석도 흥분한 것 같았다.

"다 안다. 그러나 내 말 좀 들어라. 저런 사내들을 처벌해서 얻는 이익과 내버려둔 채 다시는 그런 짓 못하게 해서 가난한 이들을 무료로 치료하게 해주고 정박아나 너희들처럼 불우한 어린 시절을 보내는 애들에게 도움을 줄 수 있는 길을 만드는 것과 어느 것이 나을까 생각해 봐야 한다. 고발해 봤자 고작해야 형편없는 형기, 즉 죗값에 비하면 형법에 명시된 저들의 죄값은 형편없을 것이다. 그리고 감옥에서 나오면 있는 재산 가지고 땅 투기나 하고, 계집질이나 하면서 일생을 쾌락의 늪에 빠져 허우적거릴 게 빤하다. 그러느니 저들에게 좋은 일을 할 수 있는 기회를 줘서 많은 사람에게 존경을 받는 인물을 만들어버리는 게 우리들이 할 일이라고 생각했다. 내가 지나치게 나약해졌는지 모르지만 저 사내들이 좋은 일을 해서 이 사회에 빛을 남기고 갔으면 한다. 인간은 실수하게 마련이고 죄를 짓게 마련이다. 우리도 그랬잖아? 그러나 이젠 바르게 살려고 몸부림치고 있는 것이다. 아무도 알아주지 않더라도 저들이 약속만 지킨다면 우리가 할 일은 했다고 생각한다. 너희들 마음을 모르는 건 결코 아니다. 나도 성질 같아선 그 자리에서 목줄을 눌러버렸을 것이다. 인간이 인간을 심판하려면 적어도 고뇌해야 하고 아파해야 하고 자신의 양심에 부끄러움이 없도록 최선을 다해야 하는 것이다."

나는 애들에게 변명하거나 잔소리를 늘어놓는 체질이 아니었다. 내가 잘못해도 내 행동에 반발하지 않던 애들이었었다. 나는 애들이 알아듣도록 차근차근 얘기를 펼쳐나갔다.

"형님이 재산을 뺏어서 그런 사업을 하면 되잖아요."

"아니지. 재산을 뺏는 것부터가 죄악이다. 아무리 결과가 좋아도 비열한 방법으로 일을 시작하면 그것은 가치가 없는 것이다. 그리고 그들에게 기회를 주는 게 우리들 몫이다. 방법을 안 가리고 일하는 무리가 많다고 우리까지 그런 짓을 할 수야 없잖아."

"그렇기야 하지만…… 정말 성질나서 못 견디겠어요."

"참자."

우리는 큰일을 했으면서도 시무룩해진 채 근처의 술집으로 갔다. 애들은 취하고 싶어 했다. 내 심정도 착잡하기는 마찬가지였다. 애들의 태도로 미루어 헤어진 뒤에 다시 쫓아가 유상길네 일가와 그 친구들을 못살게 굴지도 모른다는 생각이 들었다. 몇 번이고 다짐을 받을 수밖에 없는 상황이었다. 웬만한 일로는 내 말을 거역할 생각조차 않던 애들이었는데 이번 일만은 정말 마음이 아팠던 모양이었다.

하느님.
할 말이 그래도 있으십니까? 하느님의 입이 열 개라도 무슨 말씀을 하실 수 있단 말입니까?
인간을 하느님이 분명이 만들었다고 했지요. 그렇다면 책임을 지셔야 할 거 아닙니까. 조그만 상품을 만들어 팔더라도 책임을 지는 판인데 어째서 이렇게 팽개쳐둬야 하는 겁니까? 어떤 사람들은 어째서 인간의 잘못이 하느님 탓이냐고 하더군요. 인간의 잘못은 그 인간만의 잘못이라면 하느님 당신은 인간을 만든 적이 없겠죠. 논리적으로 그렇잖습니까. 하느님에 관한 한 논리적으로 따지지 말란 말인가요?
하느님, 당신도 혹시 인간의 불행이 당신의 행복인가요?
그래서 뭐든 오래 해먹는 법이 아닙니다. 어쨌거나 정신이나 좀 차리십쇼.

자존심

우리들은 거나하게 취해서 술집을 나왔다. 애들은 내 뜻을 고맙게도 헤아려주었다. 한때 못된 짓을 했던 친구들이 마음을 다져먹으면 더 좋은 일을 할 수 있다는 걸 배웠다.

"형님, 나 같은 고아는 6·25 전쟁통에 고아 된 놈이 못 돼서 부모님도 찾을 수 없는 놈입니다. 그러나 이산가족 찾는 데 가서 앉아 있으면 그렇게 행복할 수가 없어요. 남들이 가족을 재회하여 끌어안고 우는 걸 보면 내 부모 찾은 것처럼 가슴이 뛰고, 나이 먹어서도 마음 놓고 부모 생각하며 울어도 누구 한 사람 눈치 안 보여서 좋아요."

인수 녀석이 이렇게 말하고 방송국 쪽으로 가서 실컷 울다 들어가겠다고 했다. 부모 없이 이십여 년을 살아온 녀석에겐 뼈 아픈 감회일지 모른다.

"나도 가보자."

"정말요?"

"나도 보고 싶었다."

우리는 애들과 헤어져 방송국 쪽으로 차를 몰았다.

방송국의 이산가족 찾는 현장에서 쪼그려 앉아 부모를 생각하며 운다는 인수 녀석에 비하면 나는 극도로 행복한 편에 속했다. 전쟁고아라면 텔레비전에 얼굴을 내밀고 애절하게 부모를 불러볼 수도 있으련만, 인수 녀석처럼 전쟁고아가 아닌 사람들은 같은 땅 위에 살고 있는 부모 형제를 찾을 생각조차 할 수 없는 형편이었다.

"흩어진 가족 빨랑빨랑 찾아주고 나면 우리도 부모 찾아 주는 날 있을까요?"

인수가 방송국 쪽으로 가며 내게 물었다.

"글쎄다. 이 땅에 살고 있는 사람들의 불행이 결국은 사회의 책임이고 사회가 같이 아파해야 할 일이지만…… 너 같은 고아들은 명분이 약해서……."

나 같으면 전쟁통에 헤어진 가족을 찾아준 뒤에 인수 같은 처지에 있는 사람들에게도 부모 형제의 상봉 기회를 만들고 싶었다. 그러나 개인이 아니고 공기능을 가진 곳에서는 명분이 소중하게 다루어져야 하기 때문에 전쟁 이외의 조건으로 흩어진 가족들의 재회 기쁨은 실혼될지 의문이었다.

"우리도 이 나라 백성이잖아요?"

인수는 고아라는 사실이 뼈에 사무쳐 메마른 정을 어디든 의지해 보려고 몸부림쳐온 녀석이었다.

"되겠지, 언젠가는."

내가 할 수 있는 대답은 고작 이 정도였다.

"형님은 몰라요. 당사자 아니면 아무도 몰라요."

인수는 턱을 괴고 수많은 사람들의 앞가슴과 벽보와 슬픔과 기대가 엇갈린 표정을 바라보고 있었다.

"형님, 나는 여기 와서 자주 울어요. 내 부모 형제는 영원히 찾을 수 없을 거라는 생각을 하면 피가 거꾸로 솟구치고 찾을 거라는 생각을 하면 또 기쁨 때문에, 정녕 내가 미칠 거라는 생각 때문에 피가 될 것 같아요. 부모가 나를 버리지 않으면 안 될 만큼 절박한 상황이었을 거라고…… 그래서 이젠 미움도 사라져버렸어요. 오죽하면 자식을 버렸을까 하고 말예요. 내가 어떻게 고아원에 흘러들어갔는지 기억조차 못해요. 다만 나중에 나를 키워준 사람의 설명에 의하면 나는 쌍둥이였고 생일과 이름이 적힌 쪽지, 언젠가는 꼭 찾아갈 테니 잘 키워달라는 애절한 편지 한 통뿐이었대요. 얼굴이 닮은 쌍둥이랬어요. 한때는 형제만이라도 만났으면 해서 찾아다닌 적도 있었어요. 그러나 불가능했어요. 지금 이곳엔 전쟁의 이산가족 말고 나 같은 고아 출신이나 잃어버린 자식을 찾으러 나오는 사람도 많아요. 등록도 못하고 하루 종일 의붓자식마냥 뱅글뱅글 돌지요. 행여나 누군가를 만나지 않을까 하는 터무니없는 기대 때문에 말예요."

인수는 금방이라도 눈물이 쏟아질 것 같은 표정으로 사방을 두리번거렸다. 지친 얼굴들, 기다림 하나로 버텨내는 저들의 마음속에 내가 알지 못하는, 알 수도 없는 뜨거움이 흐르고 있을 것 같았다.

"우리 동네는 버젓하게 서울 복판인데도 산 하나 있는 것 때문에 안테나를 높이 세워도 안 나오는 곳예요. 그래서 공청 안테나를 통해서만 시청을 합니다. 시청료에다가 공청 안테나 설치비 삼만 원 내고 다달이 천 원씩을 더 내는 곳이 아직 수도 서울에 있습니다. 시청료 받아먹는 방송국이 그런 것 하나 해결 안 해주는 처사는 지나친 무관심이었고 횡포였습니다. 몇 번 시정해 달라고 전화도 했지만 안 보면 될 거 아니냐고 큰소리치대요. 그렇다고 텔레비전 안 볼 수도 없고…… 우리 동네 사람들 울며 겨자 먹기로 보고 있는 실정였어요. 바람 불어서 안테나가 흔들려도 안 보이고 중간에 줄이 끊기는 수도 있고…… 그래서 맹렬하게 그놈의 방송국을 미워했었죠. 이산가족 찾아주는 일을 하지 않았으면 아마 지금까지도 맹렬하게 미워했을 겁니다. 말만 공영이고 국민을 위한 방송였지 사실 제 역할에는 미흡했잖아요."

"그랬어."

인수 녀석의 말에 일리가 있다는 생각에 고개만 끄덕여주

자존심 223

었다. 아무도 서울 지역에 난시청 지역이 있을 거라고 믿는 사람은 없을 것 같았다. 그러나 실제 그런 지역이 서울 한복판에 있는 것이다.

"그만 떠들고, 감정 잡고 울어봐라."

한 번도 우는 모습을 본 적이 없어서 내가 이렇게 말했다.

"형님이 옆에 있으니까 눈물이 안 나오네요."

텔레비전 앞에서 이산가족 재회 장면에 나도 눈물깨나 흘렸었다. 차마 눈 뜨고 보기 어려운 장면에 가면 누군지 모르지만 전쟁을 방조한 자들을 한 대 올려붙이고 싶은 생각이 들곤 했었다. 하긴 남의 민족의 아픔쯤이야 재미로 넘길 세상이 되어버렸지만.

널찍한 장소였지만 들끓는 사람들로 비비고 다녀야 할 정도였다. 이렇게 엄청나게 많은 사람들이 헤어져 사는 고통을 겪었다면 어째서 진작 이런 기쁨의 자리를 만들어주지 않았을까?

두 여자가 갑자기 끌어안고 뒹굴었다. 피켓과 들었던 손가방을 내던지고 얼싸안고 울며 뒹구는 중년 여인 두 사람 곁으로 사람들이 모였다. 인수 녀석이 먼저 뛰어갔다. 나도 천천히 그 곁으로 다가섰다. 언니와 여동생, 자매는 끌어안은 걸 죽어도 놓지 않겠다는 듯이 뒤엉켜 있었다. 얼핏 보아도 물범벅이 된 두 여자의 얼굴은 비슷하게 보였고 동생인 듯한 여자는 언니처럼 보이는 여자를 원망하듯 때리고 있었다. 인수 녀석이 코를 훌쩍이며 울고 있었다.

"형님은 왜 울어요?"

콧날이 시큰하게 울려와서 눈물샘이 힘없이 터져버린 내게 인수 녀석이 한 말이었다.

청년 두 사람이 뛰어왔다. 처음엔 그들의 자식이거나 친척이라고 생각했는데 두 사람을 강제로 떼어놓고 방송국으로 한 사람씩 데려가는 걸 보니 방송국 직원인 것 같았다. 두 여자는 몸부림을 치며 서로 끌어안으려고 악을 썼다. 삼십여 년간 한시도 잊지 않고 있던 자매의 만남은 너무나 절절한 장면이었다. 얼마나 가슴 아픈 일이었는지 모른다. 울며 동생의 이름을 부르는 언니와 땅바닥에서 뒹굴며 언니를 부르짖는 동생의 비명 같은 소리에도 청년들은 황급하게 데려가는 일에만 신경을 썼다. 그 기쁨을 조금이라도 더 나누게 내버려두어야 옳다는 생각이 문득 들었다.

"야 이 새끼들아. 그냥 둬!"

인수가 더는 못 참겠다는 듯이 청년을 불러 세웠다.

"이봐, 내버려두란 말야. 저든들은 텔레비전에 비추는 것보다 지금 십 분이라도 더 마주 앉아 회포를 푸는 게 더 소중하단 말야!"

인수가 소리 질렀지만 청년들은 들은 체도 하지 않았다. 나도 앞으로 뛰어가 청년의 길을 막았다.

"놔줘!"

"당신 뭐야!"

"사람이다. 보다시피."

"비켜."

"못 비킨다."

나는 사내의 손목에서 여자를 풀어주었다. 두 자매는 다시 뛰어들어 엉키며 울었다.

"임마, 저렇게 간절한 소망였는데 왜 떼어놓으려는 거냐? 너희는 화면에 저 장면을 담는 게 급할지 모르지만 저분들은 지금 끌어안고 우는 게 더 급해."

"당신 누구야?"

"그냥 사람이다. 너도 사람 새끼면 조금 기다렸다가 데려가든지 정말 인간을 위한 프로그램이라면 차라리 그냥 두는 게 낫잖아! 안 그래?"

청년 둘이 엉거주춤 서서 나를 노려보았다.

"저분들 좀 봐라. 방송하는 방에서 벌어진 일도 아니고 바깥에서 벌어진 일이다. 두 여자를 그렇게 강제로 데려다가 갈라놓고 만나는 장면부터 다시 카메라가 쫓아간다고 저런 감격의 순간을 어떻게 잡을 수 있단 말이냐. 텔레비전에 보여야 하니까 연출을 해야겠다 이거냐?"

청년이 뭐라고 지껄였지만 나는 대꾸도 않고 두 여자 있는 곳으로 갔다. 울음을 멈출 수 있는 사람은 아무도 없을 것 같았다. 옆에서 구경하는 사람들도 모두 눈물을 흘리고 있었다.

건장하게 생긴 청년과 아까 그냥 돌아갔던 청년이 뛰어오는 게 보였다.

"너, 뭐하는 놈야?"

말씨부터 공손하지 않았다.

"입조심해라. 그리고 네 눈깔로 저 장면을 쳐다봐라. 저렇게 애절한 장면을 떼어놨다가 다시 연출할 셈이냐?"

"이 자식 봐라. 경찰 불러와!"

덩치 큰 사내가 이렇게 말하자 곁에 섰던 사내가 잽싸게 뛰어갔다.

"나를 어쩌자는 거야?"

"못된 놈 같으니…… 이런 사업을 방해하는 놈은 빨갱이보다 더 나쁜 놈이지…… 꼼짝 말고 서 있어."

사내는 위압적으로 말했다. 그러면서 아직도 정신 놓고 우는 두 여자를 떼어놓으려고 했다.

"형씨, 두 분의 감격을 더 나누게 내버려두시지그래."

"뭐라구?"

"있는 대로 보여줘라. 꼭 텔레비전 화면에 비추어야 된다는 목적의식을 갖지 말고 흩어진 우리 국민들이 만나는 걸로 너희 임무를 하란 말야. 모처럼 방송국을 좋아하기로 한 우리를 실망시키지 말란 말야."

그러고는 돌아서서 걸었다. 사내가 내 뒤통수를 후려쳤다. 나는 돌아서서 사내를 잡았다. 꼼짝 못한 채 땅바닥에서 엉금엉금 기었다.

"너를 실컷 패고 싶지만 좋은 일하면서 어쩌다 이런 짓한 놈이기 때문에 그냥 간다. 알았냐?"

"네."

대번에 고분고분해졌다.

"사천만의 염원 사업을 하면서 사가 끼어선 안 된다. 공적을 내세우려고 해서도 안 된다. 더구나 그림을 위해서 연출할 필요가 없다. 물론 어쩌다 이런 짓을 한다는 건 안다. 그러나 가능하면 한 건이라도 연출을 위해 지연시키거나 갈라놓고 다시 만나게는 하지 마라. 이게 옳은 소리라는 걸 알아라. 아무튼 나는 너희들을 좋아한다. 고맙다."

나와 인수는 재빨리 사람들 틈을 빠져나와 인파에 묻혀버렸다. 사내는 방송국 관계자일 것 같았다. 아직도 옛날처럼 빨갱이보다 더 나쁜 놈이라고 몰아붙이는 사내가 있다는 게 신기해 보이기도 했다. 나는 그 사내에게 그따위 소리는 다시 하지 말라고 이를 것을 잊었다는 생각을 했다.

"그 사람들에게도 화면에 담아야 할 딱한 사정이 있겠죠."

인수가 한참이나 비집고 나와서 안됐다는 듯이 이렇게 말했다.

"네가 먼저 소리 질렀잖아?"

나는 피식 웃으며 이렇게 말했다.

"나도 모르겠어요. 그 순간엔 참을 수 없었어요. 만약 내가 부모나 형제를 만났을 때 그렇게 강제로 데리고 가면 어떨까

하는 생각을 왜 했는지 몰라요. 그 순간의 감격을 위해 일생을 살았을지도 모르는 사람들에게 화면의 그림을 위해 기다리지 못하고 억지로 갈라놓으려는 걸 참고 볼 수 없었어요. 나뿐만 아니라 누구라도 그랬을 거예요."

"네 말이 맞다. 나도 같은 생각이다."

"그런데 옆에서 보고 있는 사람들은 울면서도 왜 억지로 데려가느냐는 소리를 한마디도 안 했죠?"

"아마…… 으레 그러려니 해서겠지."

"우리가 잘못한 걸까요?"

"모르겠다. 그들도 그만한 사정이야 있었겠지만 그 순간엔 정말 나도 참을 수 없었으니까."

"언젠가 이런 얘길 들은 적이 있어요. 우리 청소년 학교에 온 어떤 사람 얘긴데요, 나폴레옹이 대군을 이끌고 알프스 산을 넘을 때, 사기가 떨어진 대군단을 통솔하는 나폴레옹은 늙고 병든 병사를 불러내 단칼에 목을 베면서 만약 명령대로 움직이지 않으면 이렇게 죽이겠다고 했다죠. 그래서 나폴레옹의 대군단은 알프스 산을 넘었고 영웅으로서 대접받을 수 있었다고요. 그런데 그분 얘기는 우리들이 나폴레옹이 영웅이라고 하는 그 이면사에 한 사람의 고귀한 생명을 무자비하게 칼로 내리친 것을 따지지 않는, 그 영웅이 되기 위한 비인간성을 따지지 않는 모순을 저지르고 있다고요. 나는 옳은 얘기라고 생각했어요. 인간의 생명은 한없이 존엄한 거죠. 이산가족 찾는 저 엄청난 공과 뒤에 저런 비인간성이 소수이긴 하지만 저질러지고 있다는 건 한 번쯤 짚고 넘어가야 되잖아요."

"네 말이 맞다."

나는 인수 녀석의 얘기에 공감하고 말았다. 정상적인 교육을 받지 못하고 청소년 학교나 직업학교 또는 일요 학교 같은 데서 배움의 길을 닦겠다며 뛰어다닌 덕분에 녀석의 손엔 대입자격 검정고시 합격증이 쥐어졌고 대학에 다닐 능력이 없어 방송통신대학에 적을 두고는 있지만 생각하는 것이나 말하는 것이 여느 사람보다 나아 보였다.

"얼마 전에, 새벽녘이었어요. 그날도 밤새 부모가 그리워 쫄쫄 짜면서 텔레비전을 보고 있었어요. 그날도 어떤 자매가 텔레비전 화면으로 연결되는 장면이었어요. 삼십여 년 만에 만나는 자매는 고향, 부모 관계 등을 확인하여 서로 정말 자매이기를 바라는 안타까운 모습이 보였어요. 닮은 얼굴이며 대충 맞아 들어가는 상황으로 두 사람은 자매였어요. 나는 그들이 정말 자매가 아니더라도 자매가 되어서 서로 믿고 의지하며 살기를 바랐어요."

"우리들 모두가 그런 마음 아니냐. 상면했는데 찾는 사람이 아니라면 괜히 안타깝고······."

"두 여자는 자매라는 걸 확인하는 과정에서 어머니의 죽음을 결정적으로 내세웠어요. 한 여자가 어머니는 미군이 쏘아 관통상을 입고 죽었다고 하자 다른 여자가 맞다고 했어요."

"당황한 사람 많았겠다."

"그래서 말예요. 진행하던 양반이 재차 물었어요. 그러자 확실히 미군 총에 어머니가 맞아 죽었다고 두 여자가 증언했고 두 여자는 자매임이 밝혀졌어요. 그러자 그냥, 지나갔으면 그만인데 상황이 잘못 돌아간다는 판단 때문에 세 번째 확인 과정에서 중공군인지 미군인지 모르지만 영어로 지껄이더란 말을 했어요. 그래서 나는 그 장면을 보고 우리나라 사람들이 너무 자존심이 없구나 생각했어요. 그건 사회자가 자존심이 없는 것도, 제작자가 자존심이 없는 게 아니라, 그동안의 사회 풍조가 그랬고 우리나라 사람 모두가 그런 것 같았어요. 전쟁 통에 우리를 구원해 준 것은 고맙게 여기고 감사해야 하지요. 그러나 우리 국민에게 못된 짓한 미군이 있다면 당연히 밝혀야잖아요? 역사는 감춘다고 감추어지는 게 아니잖아요. 중공군의 만행, 인민군의 만행, 소련군의 만행은 밝혀도 좋고 미군의 만행은 숨겨야 하나요? 방송하는 분들, 그 좋은 일을 하는 분들이 당황하는 걸 보니까 양심 있는 미국인이라면 반성문이라도 써야겠다고 생각했어요."

"배운 사람이라면 방송에 나와서 미군이 어쩌구저쩌구는 못했을 거다. 못 배운 사람이니까 사실대로, 있는 그대로 얘기할 수 있었겠지."

"나도 그렇게 생각했어요. 그 두 여자 분이 어느 정도 배운 분이였다면 미군이 어머니 쏘아 죽였다는 표현을 쓰진 않았겠죠."

"배운 사람들이 진실을 표현할 수 없다면…… 아프다. 우린 그렇게 시시하고 보잘것없는 국민이고 나라가 아니라는 걸 알아야 되는데. 잊어버리자."

수많은 사람이 헤어진 가족을 행여 만날까 해서 푯말과 벽보에 의지하는 것이 못 미더워 돌아다니며 확인하는 모습을 보며 우리는 광장을 빠져나왔다. 한참 동안 말없이 걷던 인수 녀석이 고개를 들고 하늘을 올려다보았다.

"하나님이 정말 있나요?"

"임마, 너처럼 열심히 교회에 나가는 녀석이 그게 무슨 소리야?"

인수는 스스로 방황하던 자신을 붙잡아준 것은 종교였고 방송통신대학이라도 다니게 된 것도 하나님의 성원이라고 밝힐 정도로 열심히 교회에 나가는 녀석였다.

"저 장면을 보세요. 시련치고는 너무 아픈 시련이잖아요. 얼마나 기도했는지 몰라요. 이 땅에 헤어진 가족들 모두가 상봉하게 해달라고."

"언젠가는 들어주시겠지."

"빨리 해주면 되잖아요."

인수는 내게 대들 듯이 말했다.

"내가 하느님이라면 벌써 해냈을 거다. 인류를 편파적으로 사랑하진 않을 거다."

"그러게 말예요."

밤하늘은 곱기만 했다. 그 고운 하늘 아래 이런 처절한 비극이 숨 쉬고 있다는 건 너무나 대조적이었다. 어쩌면 우리에게 큰 교훈을 주려고 그랬을까? 아무리 그래도 이건 분명히 지나친 시련인 것이다.

하느님.
당신은 참으로 모지락스러운 양반입니다. 그러나 이 땅의 사람들은 당신을 원망하지 않습니다. 우린 이겨낼 겁니다. 당신이 잔인한 만큼 우리는 더 강해질 겁니다. 사랑 좀 합시다, 인간을 말요.

가진 자와 쥔 자

"저, 잠깐 말씀 드릴 게 있는데요."

스무 살쯤 되어 보이는 카페 종업원이 내게 다가섰다. 내가 카페에 들어설 때부터 유심히 쳐다보아 경계심을 갖고 있던 참이었다. 웬만한 일이면 자동차 문을 잠그지 않는 내가 녀석의 눈길 때문에 일부러 문을 잠그고 들어왔다. 처음엔 단순하게 손님을 안내하는 녀석이라고 생각했으나 그 눈길이나 아래위를 재빨리 훑어보는 모양이 예사 눈초리는 아니었다.

"뭔데?"

녀석은 재빨리 주위를 살피며 낮게 말했다.

"혼자신 것 같은데…… 심심하시면 썩 괜찮은 여학생을 소개해 드릴까 하구요."

뜻밖의 제안이었다. 녀석이 차에서 내리는 나를 유심히 살핀 것이나 자리 잡고 앉았을 때 일부러 접근한 것은 부수입을 올리기 위한 것이라는 걸 알 수 있었다. 새롭게 유흥가의 중심지가 되어간다는 넓은 강남 지역에 별의별 환락의 물결이 출렁이고 있다는 건 모르는 바 아니지만 고급스럽게 차려놓은 카페에서 남자 종업원이 뚜쟁이질을 하리라곤 생각하지 않았다.

"걸레 같은 거 데려다주면서 무슨 놈의 여학생야."

들은 말이 있어서 이렇게 억지를 부려보았다.

"진짜예요. 아직 소식이 깡통이시네요. 우리 집은 진짜만 소개해 드린단 말예요."

믿어주지 않는 것이 불쾌한 듯 내 옆자리에 바싹 붙어 앉아서 거짓말이 아니란 걸 증명하기 위해 잔소리를 늘어 놓기 시작했다. 녀석의 표현으로는 일단 물건을 보고 마음에 차지 않으면 되물리면 그만 아니냐는 것이었다. 녀석의 입에서 한 사람의 여자를 물건이라고 표현하는 것이 섬뜩하게 들렸다.

"이 친구야, 사람한테 물건이 뭐냐?"

"안 믿어주니까 그렇죠. 싫으면 그만이지 사람을 너무 못 믿잖아요."

"그러는 너는 나를 어떻게 믿고 소개를 해주겠다는 거냐?"

"척 보면 알죠 뭐. 이 장사 한두 번 하나요."

"나같이 주머니가 텅텅 빈 사람한테 소개해서 네가 얻어먹을 게 없잖아? 안 그러냐?"

가진 자와 쥔 자

"뭘 바라고 그러나요, 뭐?"

녀석의 말대꾸에 흥미를 느낀 나는 담배를 한 대 내밀었다. 아무 이득 없이 그런 행동을 할 수 있느냐고 다그쳐도 녀석은 능글맞게 넘어갈 것 같았다.

"얼마쯤 있으면 되겠냐?"

"두 사람이 맘만 맞으면 무슨 놈의 돈이 필요해요."

"기본은 있어얄 거 아냐?"

"디스코 텍에 가서 춤이나 추고, 맥주값이나 좀 들면 그만이죠."

"학생이 무슨 맥주냐? 우유면 됐지."

"차암, 어이가 없어서. 요즘 맥주를 한두 병 못 마시는 여학생이 어디 있어요."

"그럼 너는 공짜냐?"

"생각해서 주세요."

"한 사람 소개하면 여자한테 얼마씩 받냐?"

"받긴 뭘 받아요? 우리 집 단골끼리 재미 좀 보시라고 소개해 주는 건데요. 너무 꼬치꼬치 묻지 마세요. 싫으면 그만 아녜요. 우리가 뭐 돈 벌려고 이러는 줄 알아요. 여기 있다 보니까 서로 외로울 것 같아서 그러는 거죠."

녀석이 일어서려고 했다. 나는 슬그머니 녀석의 옷자락을 잡아 앉혔다. 흘러가는 풍속도 하나쯤 손에 쥘 것 같은 생각이었고 이렇게 뚜쟁이질을 시키는 조직이 있을 것 같다는 생각이 들었다. 호텔이나 여관과 연결된 뚜쟁이들이야 오래전부터 있는 일이고 바람난 사내들의 요구 때문에라도 존재할 수밖에 없지만 여학생으로 조직된 그룹을 조정하는 애들이 있다는 건 상상만 해도 너무 잔악해 보였다. 으레 재주는 곰이 넘고 돈은 떼국 놈이 챙긴다는 말처럼 뚜쟁이에게 고용된 여자들이란 수고한 만큼의 대가를 제대로 쳐 받지 못하는 게 정상이었다. 한마디로 사람 값이 싸다는 결론이었다.

"데려와라."

내가 녀석의 옆구리를 쿡 찌르며 이렇게 말했다.

"너무 신상을 꼬치꼬치 캐진 마세요. 어린애들이라 도망갈지 몰라요."

"알았다."

녀석이 조심스럽게 밖으로 나가는 걸 확인하고 눈치채지 않게 뒤따라갔다. 녀석은 건물을 한 바퀴 돌아 다시 카페의 뒷문으로 들어서더니 전화통을 붙잡았다. 녀석의 손가락이 움직이는 대로 번호를 확인하고는 재빨리 내 자리로 돌아왔다. 수첩에 녀석이 돌리던 전화번호를 적어 넣었다.

"금방 올 거예요."

녀석은 시치미를 딱 떼고 이렇게 말했다. 카페 안에 여학생이 있는 것처럼 말했다.

"여학생 아니면 그냥 안 둔다."

녀석이 전화로 여자를 불러내는 것이 수상해서 일부러 이렇게 말했다.

"재미 볼 걱정이나 하세요. 심부름 값이나 주시죠."

"얼마나 주래?"

"생각해서 주세요."

"공정가격이란 게 있을 거 아니냐? 대충 얼마라는 게."

"공정가격이 어디 있어요. 주는 대로 받는 거죠."

"천 원짜리 한 장 줘도 그만이냐?"

"에이, 차 몰고 다니는 분이 쩨쩨하게 왜 이러세요."

나는 힘없이 웃고 말았다. 얼마쯤 투자를 해도 괜찮을 것 같다는 생각이 들었다. 만 원짜리 두 장을 선뜻 건네주고 돌아서는 녀석의 윗주머니에 들어 있는 담뱃값보다 작은 수첩을 재빨리 빼냈다. 녀석은 돈을 찔러 넣은 채 수첩이 내 손에 들어온 것은 눈치조차 채지 못하고 나갔다.

화장실에 들어가 녀석의 수첩을 면밀하게 살펴보았다. 알 수 없는 영문 이니셜과 전화번호, 자동차 번호와 회사 소재지 등이 깨알같이 적혀 있었다. 나는 그 수첩에서 빌려 타고 온 누나의 차 번호가 똑똑하게 기재된 것을 발견했다. 녀석은 보통 뚜쟁이가 아닌 것 같았다. 보통 뚜쟁이라면 상대방이 누구인지 알 필요 없이 소개료만 받아내면 그만인 것이다. 그런데 이 녀석의 수첩에서는 이상하게도 야릇한 냄새가 풍기고 있었다. 여학생을 소개해 주겠다는 것에서부터 의심을 품어온 것이지만 녀석의 메모 솜씨로 미루어 무슨 흉계가 숨겨져 있으리란

확신이 섰다.

어디 한번 넘어가보자.

나는 이렇게 생각하고 수첩을 속주머니에 찔러 넣었다. 되돌려줄 필요가 없었다.

"이쪽으로 자리를 옮기시죠."

녀석은 카페 구석의 밀실을 가리켰다. 커튼만 내리면 그 안에서 무슨 짓을 해도 모를 것 같은 붉은 벽돌로 장식된 밀실은 촉광 낮은 붉은 전등 한 개뿐이었다.

"환한 데 놔두고 왜 이리 끌고 가나?"

"어린 거라 수줍어한단 말예요. 눈치가 그렇게 없어요?"

책망하듯 말하고 손을 까불러 구석 자리에 있는 계집애를 불렀다.

"안녕하세요. 나리라고 해요."

깜찍한 계집애였다. 어두운 조명이지만 어린 계집애라는 걸 대번에 알 수 있었다. 미니스커트에 간편한 티셔츠 차림도 그랬고 짧은 머릿결과 앳되어 보이는 얼굴이 영락없이 여학생이었다. 녀석이 귀엣말로 계집애한테 무슨 얘긴가 하고 나가버렸다.

"몇 살이냐?"

내 가슴이 마구 뛰고 있었다. 이 어린 계집애가 아르바이트라는 명목으로 내 앞자리에 불려 나온 것이 너무나 어울리지 않았고 호기심으로 불러들인 내 자신도 비참해 보였다.

"열일곱요."

아무 거리낌 없이 대꾸했다.

"여긴 뭐하러 나왔냐?"

"아저씨가 불렀잖아요?"

"그렇긴 하다만…… 여학생이라며?"

"그게 뭐 어때서요?"

"그냥 물어봤다. 여학생이 설마 이런 곳에 나올까 싶어서."

"못 믿으시나 보죠?"

"꼭 못 믿는다는 것보다는……."

계집애는 조그만 가방을 열어 학생증을 내 앞으로 내밀었다. 나는 계집애의 학생증을 찬찬히 살피고 도로 내밀어주었다.

"이젠 믿으시겠어요?"

"그래."

"우리 춤추러 갈래요?"

계집애는 연신 몸을 흔들며 얘기했다. 아무리 이 사실을 믿으려고 했지만 가슴속이 점점 더 답답해졌다.

"여기서 한잔 마시고 나가자."

"좋아요. 아저씨, 차 있어요?"

나는 고개를 끄덕였다.

"그럼 드라이브하고 춤추러 가요. 내가 이러다가 아저씨 좋아하면 어쩌죠?"

"장가간 사람을 좋아해서 뭐할래?"

"그게 뭐 어때요? 난 어린애들이 싫더라. 아저씨처럼 나이가 있는 사람이 훨씬 좋아요. 애들은 비린내가 나요. 나는 나이만 어리지 클 대로 다 컸단 말예요. 그런 눈으로 쳐다보지 마세요. 불량기 있는 여학생이라고 생각할지 몰라서 미리 얘기하겠는데요, 학교에선 새침데기 모범생예요."

갈수록 계집애는 나를 후려치려고 했다.

"늦게 들어가면 야단 맞잖아?"

"친구 집에 가서 놀다 온다고 했어요. 우리 집은 그렇게 고리타분하지 않아요. 별걱정 다하시네. 우리 나가요. 가만히 앉아 있으면 답답해요."

계집애는 자꾸 밖으로 나가려고 했다.

"여기가 아지트냐?"

"마치 범죄단처럼 보시네요. 그런 거 묻지 마세요. 아저씨는 정당하게 소개료 내고 나를 만났잖아요? 그러니까 지금부터는 즐기면 돼요. 사람이란 죽으면 그만이잖아요. 안 그래요?"

갈수록 계집애는 대담하게 나왔다. 내 마음을 떠보려는 것인지 그렇게 발랄한 성격인지 종잡을 수가 없었다. 나는 계집애가 일부러 명랑한 척하고 있다는 걸 계집애의 의식적인 몸놀림이나 말투에서 느끼고 있었다.

"그렇다면 나도 솔직하게 물어보자. 너하고 어울려 놀면 얼마나 줘야 되는지 궁금하다. 주머니 사정도 생각해얄 거 아니냐?"

"차암, 아저씨. 사람을 어떻게 보고 이러시는 거예요? 돈 따위는 필요 없어요. 정말 이러면 가겠어요."

나는 당황하여 계집애 손을 잡았다.

"미안하다. 궁금해서 그냥 물어봤다."

"괜찮아요. 차라리 아저씨처럼 솔직하게 말하는 사람이 좋아요. 의뭉 떠는 사람은 질색이니까요."

"소개해 주는 애가 좀 떠벌리는 것 같더라. 그러다가 소문이라도 나면 어쩌니? 내가 첫 번 파트너는 아니겠지?"

"친구 따라서 한두 번 나와본 적은 있었는데 이렇게 1대 1 상대는 첨예요."

계집애는 웬만한 말에 막힘없이 대구를 해주었다. 한참이나 이쪽으로 찔러보고 저쪽으로 찔러가며 계집애가 정말 여학생이며 계집애와 소개한 사내 녀석의 배후가 어떠며 이 계집애의 정체와 어째서 돈을 거절하면서 이런 곳에 나와야 하는지를 캐보려고 했지만 단 한 가지도 얻어낼 수 없었다. 다만 내 느낌으로 이 계집애의 배후엔 범죄 조직이 감시하며 도사리고 있을 거라는 것과 소개한 녀석의 수첩에서 나타난 여러 가지 기록으로 미루어 이 계집애가 흉계의 제물이거나 끄나풀이란 생각이었다. 여학생이라면 이런 자리에 감히 나서지도 않을 것이고 소개하는 녀석도 떳떳하게 밝히며 자신만만하게 이런 짓을 할 수는 없는 일이었다. 계집애의 나이도 의심스럽다고 생각했고 학생증도 위조했을 가능성을 무시할 수 없었다. 여학생의 분실된 학생증만 있으면 앳되어 보이는 계집애의 사진과

갈아붙여 얼마든지 만들 수 있기 때문이었다. 계집애는 누구라도 열일곱 살이라고 믿을 만큼 앳되어 보였다. 유별나게 앳되어 보이는 계집애를 훈련시켜 이런 짓을 하는 무리가 있을 수 있다는 생각까지 하고 있었다.

"여기서 죽치고 있을 거예요?"

"가고 싶은 곳이 있으면 말해라."

"아까 말했잖아요. 드라이브하고 춤추러 가자고요."

"그러고는……"

"아저씨 맘이죠, 뭐."

나는 일부러 소리 내어 웃고 계집애를 따라 일어섰다. 문 앞에 서 있던 녀석이 내 귓가에 대고 말했다.

"잘 삶아요. 끝내주는 애예요."

나는 녀석의 어깨를 쳐주었다.

"가끔 들르세요. 좋은 애들은 많으니까요."

"고맙다."

한 대 쥐어박고 싶은 마음이었지만 꾹 참고 나섰다. 자동차 문이 열리자 계집애는 먼저 앞자리에 올라탔다. 허벅지가 많이 올려다보이도록 다리를 포개고 앉아 카세트테이프를 꽂았다. 볼륨을 맞추는 꼴이 자동차를 많이 이용한 계집애 같았다.

"아저씨는 무슨 일하세요?"

"실업자지, 뭐."

"실업가겠죠."

가진 자와 쥔 자 243

"내가 그렇게 보이냐?"

"이렇게 좋은 차도 타고 다니고, 지갑도 두둑한 것 같던데요."

"그렇게 봐주니 다행이다."

"언제 결혼했어요?"

"이 년쯤 된다."

"애는요?"

"아들 하나."

"그럼 나 같은 딸 하나 더 낳아야 되겠네요?"

"그렇지."

"아유, 질투 나라. 사모님을 사랑하세요?"

"별로."

"다들 그러더라. 남자들은 정말 도둑인가 봐."

계집애에게 일부러 결혼한 사람처럼 보이려고 없는 마누라와 아들 자랑을 해두었다. 계집애가 계획적으로 묻는 것 같아서 나도 계획적으로 대꾸를 해주었다.

"애인 있니?"

슬쩍 물었다.

"애인 있으면 이러고 다녀요?"

"그럼 내가 애인이냐?"

"애인하면 안 돼요?"

"글쎄다."

"사모님한테 혼날까 봐 그래요? 아이, 시시해. 무슨 남자가 그래요. 내가 뭐 괴롭힐까 봐 그러나 보죠? 나는 곧 죽어도 싫다는 사람한테 폐 끼치는 그런 애는 아녜요. 좋을 때도 있고 싫을 때도 있죠, 뭐."

"처음 본 사람인데 어떻게 그렇게 좋아할 수 있냐?"

"아저씨는 참 고리타분하다. 첫눈에 반하는 거 있잖아요. 그리고 우리가 살면 얼마나 살아요? 아저씨가 나보다는 일찍 죽겠지만, 재미있게 살다 죽자는 게 내 철학예요. 학교 가면 공부 열심히 하고 밖에 나오면 신나게 놀고…… 화끈해서 좋잖아요."

자동차가 강변로를 따라 한 바퀴 돌고 다시 강남 쪽으로 들어갈 때까지 계집애는 이런 식으로 대화를 이끌어나갔다. 가릴 것도 없고 거칠 것도 없었다. 발랄하다고 보기에는 지나친 것이었고 계집애 말처럼 즐기기 위해서 그러는 것이라면 정신병자 같았다.

"어딜 갈까?"

"저기 커브 돌면 주차장 있고요, 그 옆에 괜찮은 데 있어요."

계집애가 가리키는 대로 차를 주차장에 세우고 주차장 경비실에 들어가 누나에게 늦게 들어간다는 얘기를 전하도록 일렀다. 나는 계집애가 하자는 대로 졸랑졸랑 따라가는 수밖에 없었다. 내가 알고 싶어 하는 것은 한마디도 하지 않았고 계집애가 알고 싶은 것은 대충 알아낸 것 같았다. 물론 나는 내 신분을 일부러 노출시킨 셈이었다. 누나의 가게가 내 것인 것처럼 말해 주었고 내가 유부남이며 재산은 꽤 있는 것처럼 떠벌려 주었다.

규모 큰 홀에 들어서자 계집애는 자리에 앉기도 전에 벌써 몸을 흐느적거렸다.

"빨리 마시고 우리 추러 나가요."

"아무리 생각해도 너를 이해할 수가 없다."

"시시하게 그러지 마세요. 놀 땐 다른 건 다 잊어버리세요."

계집애는 계속 적극적으로 나를 꼬드기고 있었다. 나는 일부러 술에 약한 사람처럼 홀짝거리고 마셨다. 계집애는 도저히 여학생이라고 생각할 수 없을 만큼 술을 거푸 따라 마셨다.

흔들리는 조명 아래 계집애는 생긴 대로 깜찍하게 춤을 추었다. 일본에 갔을 때 공원 광장에서 보았던 다케노고 족의 짧은 치마 입은 계집애들만큼이나 시원스러운 율동이었고 귀엽게 흔들어댔다. 보통 춤 솜씨는 넘는 계집애였다. 짧은 치마가 허벅지까지 올라가도록 흔들며 괴성까지 질러대는 계집애 앞에 나는 기가 죽었다. 나는 어디 가서 춤추는 시늉을 하면 빠지지 않는 편이었는데 계집애는 거의 프로페셔널이라고 해야 옳을 정도였다.

"놀랍다."

"놀랄 거 없어요. 나는 죽기 전에 모든 걸 해보고 싶어요. 전자오락실에 가면 몇백만 점씩 올려요. 난 무엇이든 최선을 다할 거예요."

"인생도냐?"

"더구나죠."

말솜씨도 보통내기는 아니었다. 나는 계속 계집애에게 말려들어가고 있었다.

도대체 이 되바라진 계집애의 정체는 뭘까?

춤을 추면서도 술잔을 들어 브라보를 외치면서도 나는 그것만을 생각했다. 티 없이 깔끔한 용모, 열일곱 살이란 계집애의 말에 어울리는 앳된 모습, 깜찍하고 귀엽게 바짝 붙어 앉아 진득거리는 눈빛을 내쏘는 계집애 뒤엔 누가 도사리고 있으며 이렇게 해서 무슨 득을 보겠다는 것일까? 결혼을 했다는 사실을 알면서 좋아하겠다는 계집애의 배짱과 소개해 준 카페의 사내 수첩에서 발견한 내 차의 번호와 다른 사람들의 자동차 번호, 전화번호와 암호 같은 영문 이니셜, 꼼꼼하게 적어놓은 회사명과 보직을 어떻게 생각해야 할까?

어쨌든 이 계집애는 의문 덩어리였다.

"굉장한 솜씨인데, 학생이 언제 춤을 배우고 술을 배웠냐?"

"아저씨는 왜 그렇게 시골스러워요? 인생이 한번 가면 다시 와요?"

"그게 인생이냐?"

"이왕이면 찌뿌드드하게 사는 것보다는 즐기며 살 수 있으면 좋잖아요."

"맞다."

"아저씨도 보통은 넘네요, 뭐."

시간이 제법 깊어가 웬만한 계집애라면 서둘러야 옳을 시각이었다. 계집애는 이런 분위기에 익숙한 듯 조금도 서두르거나 초조한 기색을 보이지 않았다.

"늦었는데…… 괜찮냐?"

나는 계집애가 어떻게 나올지 빤히 알면서 이렇게 물었다.

"내 인생은 나의 것, 몰라요?"

"걱정이 돼서 그러는 거다."

"난 자유예요. 걱정 마시고 가려면 가세요."

"내가 그냥 가면 여기 술값은 어쩌려고?"

"한번 가봐요. 그만한 비상금도 없을 줄 알아요?"

"명색이 신사인데 갈 수야 있겠냐?"

"그럼 내 걱정은 마세요."

"그러자."

그러고도 한참이나 더 우리는 흔들고 마시는 짓을 반복하면서 계집애 말처럼 내 인생은 나의 것이라는 걸 확인하려는 듯 시간을 보냈다.

"덥죠?"

"땀난다."

"어디 가서 샤워나 해야겠어요. 그만 나가죠."

"어디 가서 샤워를 하나?"

"아저씨네 집으로 갈 수야 없잖아요. 사모님이 있을 테니까요."

"그야 그렇지."

"사모님이 그렇게 무서워요?"

"무섭다기보다는……."

"날 따라오세요. 샤워하기 좋은 데가 있어요."

나는 계집애의 뒤를 캐려면 끝까지 따라다니는 수밖에 없다는 생각을 했다. 계산을 끝내고 밖으로 나왔다.

깊은 밤의 강남 지역은 계집애의 안내 없이 돌아다니기 서먹서먹할 정도로 낯설었다. 계집애는 몇 번인가 좌회전과 우회전을 알려줘 가며 규모 작은 호텔 마당으로 들어서게 했다. 계집애는 거리낌 없이 성큼성큼 안으로 들어섰고 미적거리는 내 손을 잡아당겨 이층으로 데리고 갔다. 호텔 종업원은 무표정하게 방문을 열어주었다.

"샤워하고 갈 거예요."

계집애가 깜찍스럽게 말했다. 나는 종업원에게 돈을 내밀고 문을 걸어 잠궜다.

"안 잠궈도 들어올 사람 없어요."

계집애는 벌써 속살을 드러내며 이렇게 말했다.

"괜히 겁난다. 네가 여학생이란 걸 사람들이 알까 봐."

속마음을 떠볼 생각으로 이렇게 말했다.

"여학생은 사람 아네요?"

"사람이지."

"같이 할래요?"

"너 먼저 해라."

"부끄러워요?"

"으응, 그냥."

"속 보이지 말고 들어와요. 어차피 다 알 건데요 뭘."

나는 속으로 끄응 소리를 내고 꽤 용감한 체 옷을 벗었다. 샤워기의 차가운 물보라가 내 전신을 덮어씌웠다. 계집애는 내 딴딴한 육체를 감상하듯 들여다보고 키들거리며 웃었다.

"사모님 좋아하겠네요."

"속 봬서 미안하다."

"괜찮아요."

샤워를 끝내고 나간 계집애는 수건으로 앞가림만 한 채 침대 위에 쪼그리고 앉아 있어서 묘한 충동심을 유발시켰다. 금방이라도 쓰러뜨리고 싶은 욕심이 내 아랫도리를 건드렸다. 그러나 참아야만 했다. 이 알 수 없는 계집애, 의문 덩어리인 계집애에게 더 이상 말려들면 나도 꼼짝없이 파렴치한으로 몰려 빠져나갈 구멍이 없을 것 같았다.

"왜 가만히 있죠?"

내가 담배만 뻑뻑 빨아대는 걸 가만히 지켜보고 있던 계집애가 물었다.

"겁나서 그런다."

"호호호, 난 그런 애가 못 돼요. 내가 좋아서 놀아나는데 무슨 상관예요. 정 겁이 나면 재미있게 놀고 차비라며 몇 푼을 주면 되잖아요? 아니면 지금 몇천 원 줘보세요. 나중에 할 말이 있을 거 아녜요. 돈을 줬으니까 직업적인 여자다, 라고 말예요."

계집애는 내 마음을 꿰뚫어보고 있는 것 같았다. 내가 생각하고 있는 걸 앞질러 지껄이고 있었다.

"그런 뜻이 아니고 내가 너처럼 어린 여자와 호텔에 들어온 것부터가 죄스러워서 하는 얘기다."

"너무 도덕적이시다. 이왕 들어왔는데 뽀뽀라도 해줘야 하는 거 아녜요. 숙녀를 너무 모독하시면 죄받아요."

계집애는 나를 침대로 끌어들여 선제공격을 감행했다. 이 계집애가 놀아나는 계집애라면 내가 그 술수에 놀아날 필요가 없었고 정말 바람난 계집애라면 더 이상 말려들지 말고 매섭게 다루어 돌려보내야 할 입장이 되는 것이었다. 내 판단이 옳다면 이 계집애는 정상적인 가정의 여학생은 분명 아닐 것이다. 종업원 녀석의 수첩은 아무래도 이 계집애 뒤에 얄궂은 범죄 조직이 숨어 있다는 짐작을 하게 했다. 그렇지 않고서야 계집애가 학생증까지 내밀어 일부러 나이 어린 계집애라는 걸 과시할 리 없었다. 정욕에 불타는 여유 있는 사내들을 노리는 범죄 조직이란 내 생각이 아무래도 옳을 것 같았다. 내 직업이며 가정까지 꼬치꼬치 캐내는 계집애의 수단이나 요염한 행동으로 나를 무너뜨리려는 수법이 더 의심스러웠다.

일을 사건답게 추스리려면 이 계집애를 건드리는 방법이 가장 간편한 일이라는 걸 모르는 바 아니지만 차마 그럴 수가 없었다.

내가 도덕적이라거나 사람다워지기 위해서가 아니라 이런 일이 음험하게 이루어지고 있는 세태가 몸서리나도록 싫었다.

"미안한 말이지만 너를 소유하진 않겠다. 나는 너처럼 몸을 막 굴리는 계집애는 싫어."

"뭐라구요?"

계집애가 성질을 내건 말건 나는 옷을 주섬주섬 입기 시작했다. 그 방법이 차라리 나을 것 같았다. 계집애는 무섭게 노려보았다.

"내가 그런 여자로밖에 안 보여요?"

계집애의 앙칼진 목소리가 귓전을 때렸다.

"그런 계집애가 아니면 뭐냐?"

"흥, 내가 그냥 둘 줄 알아?"

"그냥 안 두면 어쩔래?"

"순진한 여학생을 강제로 호텔로 끌구 와서 지랄발광 다하고 도망쳐!"

본색이 드러나는 것 같았다. 그녀가 정말 여학생이라면 입이 열 개라도 할 말이 없게 된 판이었다.

"세상에는 나처럼 네 속을 꿰뚫어보는 사내가 있다는 것쯤은 알아둬라. 순진한 여학생치곤 아주 볼만하구나."

"개자식!"

발가벗은 계집애는 침대 위에서 분에 못 이긴 뜀뛰기를 했다. 치명적인 자존심의 상처이리라. 그래도 싸다. 술값과 호텔

투숙비, 자동차 기름 소모한 것과 시간 낭비를 보상받을 길은 없지만 나는 그냥 돌아서기로 마음먹었다. 계집애를 다잡아서 배경을 캘 수도 있지만 그것보다는 저쪽에서 먼저 나에게 올가미를 씌워 내 주머니를 털어내려고 할 때까지 참는 방법이 훨씬 나을 거라는 계산을 했다. 만약 며칠 사이에 연락이 없으면 할 수 없이 카페의 종업원 녀석을 엮어 들어갈 수밖에 없는 것이다.

계집애에게 일부러 자존심 상하게 한 것은 내 쪽에서 덫을 걸어두고 싶어서였다. 내 짐작은 호텔방 안에 누워 있을 때 계집애를 내보낸 조직의 일꾼들이 들이닥칠 거라고 믿었는데 그런 낡은 방법은 아닌 것 같았다. 현장에서 덮치면 당하는 쪽이 의심하기 쉽다는 걸 아는 무리일 게 틀림없었다.

밤바람은 서늘했다. 몇 시간 동안 계집애의 시중을 들어주며 골똘하게 계집애의 배경만 생각했던 내 자신이 어리석었다는 걸 발견했다. 술 취한 체하고 곯아떨어져버리는 게 훨씬 사건다운 사건을 만들 수 있었다는 후회였다. 다시 들어가 그런 술수를 쓸 수는 없는 노릇이었다.

이틀째 되는 날 아침나절에 누나가 다급한 목소리로 전화를 했다.

"이상한 사람들이 가게까지 찾아와서 널 찾다가 갔다. 자꾸 사장을 찾길래 수상해서 나갔다고 했더니 오늘 중으로 연락이 안 되면 경찰서에서 만날 수밖에 없다고 하잖니. 무슨 일

가진 자와 권 자

저지른 거 아냐?"

"무슨 일은 무슨 일. 그 사람들 행색은 어때?"

"멀쩡한데 눈빛이 매섭고…… 자꾸 나더러 부인이냐고 따지더라. 그래서 결혼도 안 한 사람이라고 했지."

"차암, 했다고 하지 그랬어."

"왜? 너 요즘 무슨 일 있구나? 그렇지 않으면 멀쩡한 총각이 왜 결혼했다는 거야."

은주 누나는 다그치듯 물었다.

"걱정 마. 나중에 죄다 얘기해 줄게. 재미있는 일이 있으니까. 다른 얘기는 안 했어?"

"네가 진짜 여기 사장이냐고도 묻고 엊그제 새벽에 들어온 거 아니냐고 묻기도 하더라."

"그래서."

"무조건 그렇다고 했지, 뭐. 네가 무슨 짓을 하고 다녔는지 알아야 내가 대꾸를 하잖니? 처음엔 형사나 뭐 그런 사람이려니 했다. 가게 수입이 얼마냐, 전세냐, 건물주냐…… 꼬치꼬치 묻는데 대충은 알고 온 것 같더라."

"내가 그쪽으로 갈 테니까 연락 오면 기다리라고 해. 재미있는 일이니까. 누나는 무조건 아까처럼만 얘길 해버려. 나머지는 내가 알아서 할 테니까."

"도대체 무슨 영문인지 알 수가 없구나. 그렇지 않아도 저 건너 사우나탕에서 기다릴 테니 오는 즉시 연락하라더구나. 일부러 조금 늦을지 모르겠다고 했거든."

"잘했어. 금방 갈게."

"참, 여학생이라며 그 사람들이 오기 직전에 전화가 왔었다. 급한 목소리였는데 자리를 피하라고 하면 알 거라고 하더라."

"재미있는 일이니까 누난 시치미 딱 떼고 그 가게도 내 거고 자동차도 내 거라고, 내가 부자인 것처럼만 하란 말야."

"불안해 죽겠다. 빨리 나와라. 난 네가 무슨 일 저질렀나 했다."

"재미있는 일을 저질렀으니 걱정할 거 없어."

"다혜한테 정신 뺏기고 돌아다니는 줄 알았더니 엉뚱한 짓 하고 다녔구나."

은주 누나는 자존심 강한 다혜를 아직도 싫어하는 빛이었다. 처음 보는 사람들은 다혜의 이지적인 모습 때문에 다소 차가운 여자라고 생각하기 쉬웠다. 은주 누나는 미나만 보면 호들갑을 떨 정도로 좋아했다. 다혜가 파리에서 돌아온 뒤로 거의 매일 다혜와 싸돌아다니는 내가 밉살스러웠던지 그렇게 좋아하면 결혼해 버리지 왜 뜸을 들이느냐는 핀잔을 주기도 했다.

다혜가 은주 누나에게 선물한 모조품 목걸이도 보기 좋다는 걸 인정하면서 걸고 다니지 않는 것도 그 한 이유일지 모른다. 노골적으로 미나 편을 드는 누나의 심정도 이해 못하는 건 아니었다. 그녀 자신이 정적이고 후덕한 여인네여서 미나처럼 여자 맛이 나는 사람을 좋아할 수밖에 없는 체질이었다.

부지런히 옷을 챙겨 입고 뛰어나갔다. 나를 홀리던 계집애의 배후가 이틀 만에 드러나는 셈이었다. 하루쯤 뜸을 들인 것은 은주 누나네 가게의 소재를 파악하고 작전을 짜느라고 그랬을 것 같았다.

내가 은주 누나네 가게에 가는 사이에도 전화질을 했었다고 했다. 나는 사우나탕으로 전화를 걸었다.

"아하, 장 사장이시군. 여기 한적한데 얘기하기 좋소. 오시겠소?"

목소리가 걸쩍했다.

"무슨 일인지 알아야 가든 할 거 아닙니까?"

"그러시겠지. 나는 나리의 오빠 되는 사람올시다."

"뭐요? 누구라구요?"

일부러 놀라는 체해 주었다. 덫에 걸린 체하려면 제대로 연기력을 보여줄 필요가 있었다.

"시치미 뗄 거요? 나리의 오빠란 말요. 분통이 터져서 그냥은 기다릴 수가 없어서 여기서 기다리는 거요. 생각 같아선 장 사장네 집을 불 질러버리고 장 사장 당신을 그 자리에서 죽이고 싶지만…… 내 동생 불쌍해서 참은 거요. 그 어린 걸, 여학생을 그럴 수 있소?"

"여보세요, 제 말씀 좀 들어보세요. 아무 일도 없었고…… 그냥 보냈는데…… 나리가 뭐라고 했는지 모르지만 정말 아무 일도 없었습니다. 정말입니다."

나는 일부러 당황한 체하고 말을 더듬기 시작했다. 상대는 점점 더 목소리를 낮추어 근엄해지기 시작했다. 제대로 걸려들었다고 믿는 것 같았다. 그럴수록 그들의 마음에 차게 행동해 줄 필요가 있었다.

"이봐요, 당장 경찰서에 가기 싫으면 일루 나오슈. 성질대로 했으면 당신 벌써 요절을 냈을 거야. 당신 체면 생각해서 봐 준 거야. 내 동생 그 지경으로 만들어놓고 뭐가 어째?"

"여보세요. 그게 아니고…… 제가 잘했다는 게 아니라…… 그날, 술이 너무 취해서 그만…… 제발 고정하시고 둘이 만나서 얘기 좀 합시다. 지금 나리는 어디 있습니까?"

"나리는 왜 찾아? 병원에 있어. 충격을 받아서 애가 다 죽게 됐단 말야. 집안 어른들이 알견 당신은 골통이 부서질 거라구. 걔 작은삼촌 귀에 들어가면 당신은 뼈도 안 남아."

"그럼 어떡하면 되죠. 제발 조용조용하십시다."

"당신 마누라가 왜 그러냐고 꼬치꼬치 묻더구만. 그래도 내가 참고 얘길 않은 사람야. 나리가 제대로 걷지도 못하는데 어떡하겠다는 거야? 지금 당장 사우나탕으로 오란 말야. 여기 아무도 없고 호젓하니까 차라리 사내답게 여기서 얘길 하자구."

"지금 가겠습니다. 곧장요."

"빨리 와!"

"예, 예."

전화를 끊자 은주 누나의 눈은 커졌다.

"도대체 무슨 일야?"

"지금 얘기할 시간은 없고, 우선 몇만 원만 꿔줘."

"얘, 정말 네 속은 알다가도 모르겠다. 나리가 누구며 네가 무슨 잘못을 한 거냐?"

"지금 연극하고 있는 거야. 절대로 걱정할 일 아냐. 그러니까 마음 푹 놓고 있어. 기막히게 재미있는 사건이니까. 누나가 날 못 믿으면 누가 믿는단 말야."

은주 누나는 잔소리를 하면서도 돈을 꺼내 주었다. 나는 쏜살같이 길 건너편에 있는 사우나탕으로 달려갔다. 생긴 지 오래되지 않았지만 규모가 제법 커서 오후가 되면 사람들이 들끓는다고 하는 곳이었다.

이른 시간이라 사우나탕엔 세 사람밖에 없다는 종업원 말에 세 녀석이 일행이란 생각이 들었다. 옷장 자물쇠를 잠그는 체 그냥 여며놓고 사우나탕 안으로 들어섰다. 일부러 허리를 숙이고 사타구니께를 가리면서.

"저…… 장 사장인데요."

나는 세 사내를 훑어보며 말했다. 한 녀석은 몸 전체에 용의 문신이 새겨져 있는 거구의 덩치였고 또 한 녀석은 몸에 칼자국이 여러 개 어우러져서 한눈에도 그의 전적을 읽을 수 있었으며 나머지 한 녀석은 전혀 운동살은 없지만 매서운 눈매와 좁은 미간의 내리닫이 주름살로 표독스러워 보였다.

나는 첫눈에도 이들이 제법 주먹 공사로 돈벌이를 했을 거라는 느낌을 받았다. 그들은 내가 들어서자 갑자기 표정을 험악하게 잡았다.

"당신이 장 사장야?"

"예."

허리를 한 번 굽실했다.

"내가 나리 오빠다."

날카롭게 여윈 사내가 이렇게 말하고 나를 구석진 탕 옆으로 불렀다.

"내 친구들이다. 너를 패 죽인다고 달려왔지만 내가 네놈 말이나 들어보자고 말렸다."

아무도 없는 널찍한 사우나탕 한쪽 구석에 나는 수건으로 앞가림만 한 채 벌벌 떨며 서 있었다. 먹이를 놓고 희롱하는 고양이처럼 녀석들이 히죽거렸다.

"이 새끼를 뜨거운 물에 데쳐버려!"

문신의 사내가 이빨을 드러내며 악을 썼다. 험악한 분위기를 빠져나갈 방법은 계속 연극을 하는 방법밖에 없었다.

"죽을죄를 졌습니다."

나는 계속 구석으로 몰리면서 이렇게 애원하기 시작했다.

"이 새끼야. 그 어린 걸 호텔로 데려다가, 강제로 끌고 가서 욕을 보여! 너 같은 새끼는 경찰서로 데려갈 필요도 없어. 이 물 속에 박아버려야지."

"제발 말로 하세요. 하란 대로 할 테니까요."

칼자국의 사내가 윽박지르는데 나는 잔뜩 기를 죽인 채 이렇게 대꾸했다.

"네 마누라 데려다 네 눈깔 앞에서, 눈이 확 불붙게 해주랴? 말해 봐, 이 새끼야."

"제발, 그건 안 됩니다. 그리구 저는 나리를 절대 손대지 않았습니다. 믿어주세요. 나리한테 물어보면 압니다."

그 계집애 하는 꼴이 밉살스러워서 옷을 벗겨버릴까 생각했지만 지금 이 꼴을 당하며 느끼는 것은 참은 것이 잘한 일이었다. 녀석들의 조직을 캐 들어가더라도 내가 비겁한 사내가 아니었다는 것만은 보여줄 필요가 있었다.

"이 자식, 이거 아주 웃기네. 증거가 있고 증인이 있어. 병원의 진단서 보여주랴?"

"같이 샤워만 하고 그냥 나왔습니다."

"너, 정말 끝까지 웃길래? 병원 진단서 좀 보여줄까. 네가 사람 새끼냐? 패 죽여도 시원찮은 놈 같으니."

매서운 주먹이 내 복부로 날아왔다. 나는 피하지 않고 얻어맞아 바닥으로 뒹굴었다.

"살려달라고 소리 질러봐라."

뱁새눈이 말했다. 내가 소리 질러서 사람들이 모여들게 하지 않을 거라고 계산까지 한 것이었다.

"제발 이러지 마시고 말씀으로 하세요. 하란 대로 합니다."

"호텔에 쓰러져 있다가 병원으로 실려갔기 때문에 소문은 날 대로 났어, 이 자식아. 이제 내 동생은 여기서 학교도 못 다니고 살 수도 없게 됐어. 이민을 가든 유학을 보내든 하지 않고는 우리도 창피해서 못 살게 된 걸 네놈이 알겠냐?"

"예, 예."

"따질 거 없어. 무조건 깜빵에 보내버려. 깜빵 안에 있는 애들에게 이 새끼 죽여 없애라고 하면 그만이니까."

문신의 사내가 내 옆구리를 걷어차며 한 말이었다.

"하란 대로 한다잖습니까. 제발 말로 하시자니까요."

내 겁먹은 얼굴에도 양이 차지 않았는지 뜨거운 물을 뿌리거나 괜히 다리를 걸어 자빠뜨려가며 사정없이 나를 다루기 시작했다. 상대의 기를 완전히 꺾어놓고 다잡아서 최대의 이익을 보겠다는 작전일 게 빤했다.

"버려놓은 앨 어떻게 하겠다는 거냐?"

칼자국의 사내가 빈정거리듯이 말했다. 범죄 조직의 술수에 말려드는 척하려니까 쉬운 일이 아니었다. 그러니 정말 이들의 계략에 말려든 사람들이라면 얼마나 큰 봉변을 당했을지 짐작이 되었다. 꼼짝없이 당하는 수밖에 없을 일이었다. 한밑천씩 재산을 털어내 놓고 한 번의 외도가 얼마나 끔찍한 일생일대의 후회로 남는지 치를 떨 것 같았다.

신종 범죄 조직이거나 다른 범죄 조직의 새로운 사업 확장으로 이런 수법이 등장한 것 같았다. 애들한테 새로 생기는 범죄의 형태를 가끔 듣는 입장인데 이런 교묘한 사기 행각은 처음 대하는 것이었다. 이런 범죄 조직의 수법에 말려들면 법적으로도 꼼짝달싹할 수 없게 함정을 파놓아서 아무리 안간힘을 써도 도망칠 구멍이 없는 것이었다.

순진한 여학생에게 못된 짓을 했다는 한 가지 사실로 변명의 여지 없게 되어버리고 여러 가지 정황으로 재산상의 큰 손실을 감수하는 최후의 방법을 취하게 되는 것이리라. 어떤 녀석의 발상인지 아주 치밀하게 인간의 약점과 사회적 시선을 노린 행위라는 걸 감지할 수 있었다.

"본인을 만나게 해주세요."

나는 너무 물렁하게 보이는 것보다 조금쯤은 버티는 흉내라도 내보자는 생각으로 본인과의 면담을 요구했다.

"이 자식이 아직도 정신 못 차리는구만."

"그게 아니고, 제가 잘했다는 게 아니고…… 한번 만나서 사실대로……."

나는 말을 제대로 끝내지 못한 상태에서 물속으로 거꾸로 쑤셔 박혔다.

"제발……."

나는 분통이 터졌지만 그들의 수법을 캐내기 위해서 이를 앙다물고 참을 수밖에 없었다. 몇 번이고 돌변하여 녀석들을 물고 내고 싶었지만 참는 데까지 참아보자는 생각이었다.

하느님. 내가 이렇게 얻어맞고 물 먹어가며 참는 거 보니까 신기하죠?

밖으로 끌려 나와 병원으로 향하는 승용차 뒷자리에 앉아 흘러가는 바깥 풍경을 바라보았다. 정말 이 사건에 꼼짝없이 말려든 사내라면 이렇게 끌려가면서 얼이 빠질 것 같았다. 그들의 요구가 무엇인지는 이제 확실해진 것이었다.

"그냥 난간을 들이받고 몽땅 뒈져버릴까?"

나리의 오빠라고 자칭하는 뱁새눈의 사내가 차를 몰며 이렇게 앙칼진 말을 했다.

"우리 내릴 테니까 느이들 둘이서 뒈지든지 말든지 맘대로 해라."

문신의 사내가 피식거리며 웃었다.

"저 새끼 밟아 죽이고 나도 죽으면 그뿐야."

"임마 저 새낀 죽여도 너는 살아야지. 우리야 어차피 신세 조진 놈들이니까 우리가 맡을까."

저희들끼리 주고받는 말은 차마 옮길 수가 없을 정도였다. 가능한 한 효과적으로 겁을 주자는 속셈일 것이다.

백미러로 눈길이 마주친 뱁새눈은 매섭게 나를 쏘아보았다. 나는 그 순간에 피식 웃었다.

"어허, 저 새끼가 웃었어."

뱁새눈의 말이 끝나자마자 칼자국의 사내가 내 머리채를 잡아 자동차 시트에 박았다.

"달려! 이 새끼 내던져버리게."

자동차 속력이 힘차지는 걸 느끼고 나는 애원하기 시작했다.

"하란 대로 다할게요. 정말입니다. 살려만 주시면……."

그들은 따귀를 서너 대 올려붙이고 나를 놓아주었다. 한주먹 거리도 안 되는 것들에게 더 이상 치욕스런 행위를 감수하고 싶지 않았다.

마침, 자동차가 개인병원 앞에 도착했다. 나는 여태까지 참았으니 조금 더 참자는 기분으로 그들을 따라 병원으로 들어섰다. 병실에는 나리란 계집애 혼자 누워 있었다. 풀어 헤쳐진 머리칼이며 부스스한 얼굴이 영 보기 딱할 정도였다. 나리가 나를 흘낏 쳐다보고 고개를 돌렸다. 나는 천천히 다가가 나리 곁에 바싹 붙었다.

"나리, 사실대로 말해 줘."

나리가 몸을 돌렸다.

"나더러 무슨 얘길 하라는 거예요? 나를 이 꼴로 만들어놓고 무슨 낯짝을 들고 나타났어요?"

"무슨 얘기야? 그날 내가 먼저 나왔잖아?"

"그랬죠. 내가 앙탈하고 우니까 나를 두들겨 패고 옷을 찢었잖아요. 살려달라고 그렇게 빌었는데…… 짐승만도 못해요. 내가 학생이라고 해도 막무가내로 그럴 수 있어요?"

우리들의 대화가 녹음되고 있다는 걸 나는 알고 있었다.

"나리, 내가 언제 그랬어? 샤워하고 먼저 나왔잖아?"

"먼저 나갔어요. 누가 뭐래요? 들어오자마자 나더러 뭐랬어요. 아무한테도 말하지 말라고, 그리고 말만 잘 들으면 유명상

표의 옷도 사 주고 구두도 사 준다고 했죠?"

"내가 언제?"

"오빠, 이 남자가 제정신이 아닌가 봐. 오죽하면 호텔 종업원이 집에 전화까지 해줬겠어요? 들어오자마자 목욕탕에다 밀어 넣고 장난하다가 끌고 나와서 이렇게 머리끄덩이를 잡고 입을 막고서는…… 오빠, 이 남자, 순 사기꾼인가 봐. 미치겠네. 하늘이 내려다보고 벼락 때릴 거야."

하늘까지 팔아가며 상황 설명을 하는 데야 기가 질려버렸다. 험상궂은 사내들은 떠억 버티고 앉아서 우리 얘기가 진행되는 걸 듣고 있었다.

"내가 학생한테 이럴 수 있느냐고 우니까 죽여버린다고 목 졸랐잖아요? 하느님은 알 거예요. 내가 어리석었어요. 어어 엉……"

계집애는 침대를 때려가며 소리 내어 울기 시작했다. 참으로 난감한 장면이었고 그럴듯한 연극이었다. 이들의 계략에 말려든 사람이라면 이렇게 지나친 연극까지 하지 않아도 얼마든지 돈을 우려낼 수 있을 것 같았다.

"저 새낄 카악!"

뱁새눈이 날쌔게 과도를 빼 들었다. 그 순간에 문신의 사내가 뱁새눈을 끌어안았다.

"참아. 죽여도 우리가 죽일 테니까."

칼자국의 사내가 나를 끌고 밖으로 나갔다. 병원 마당 한쪽 구석의 의자에 나를 앉혀놓고 담배부터 빼 주었다.

"이 사람아, 어쩌자고 그 어린 걸 저렇게 만들었나?"

"죄송합니다."

"죄송한 거 가지고 돼? 어떻게 할래? 쟤 성질 건들지 마라. 너 같은 건 죽이고도 남을 애야. 깜빵엘 제 집 드나들 듯하는 애란 말야."

"어떻게 하면 될까요?"

"달랠 방법이 없단 말야. 이 사건이 알려져봐라. 무슨 창피를 당할지 알겠지?"

"예."

"쟤네가 넉넉하지 않으니까 우선 돈으로 처바르는 수밖에 없어. 괜히 돈 조금 아끼려다가 봉변당하지 말고. 내가 나서볼 테니까. 어때?"

"얼마나……"

"너, 배고프진 않은 사람이란 걸 알았어. 큰 가게도 있고 차도 굴리고 말야. 땅도 좀 가진 모양이고…… 한 장은 내놓을 수 있잖아. 어때? 그렇게 해서 살아나는 게 좋잖나?"

"그럼요."

나는 한 장이란 말이 얼마를 뜻하는지 모르지만 쉽게 대답해 버렸다. 어차피 내가 돈을 줄 사람은 아니니까.

"현찰로 딱 끊어."

"천만 원 만들려면 당장은 어려워요."

"이 새끼가…… 너 지금 누굴 놀리냐? 한 장이라니까 천만 원밖에 네 눈깔엔 안 보이냐? 일억을 내놓아도 양에 찰 줄 아냐? 이 새끼를 살려주려니까 점점 웃기고 있네."

"일억이라뇨?"

"하, 이 새끼 봐라. 요새 천만 원이 돈이냐? 느네 가게 값만 해도 이삼 억 나간다는 걸 알아 임마. 그럼 가게 내놀래?"

"제발 이러지 마세요. 저한테 일억이 어디 있습니까? 저도 먹고살아야 할 거 아닙니까?"

"그럼 깜빵에 가서 고생하든가 쟤한테 칼침 맞든가 나는 모르겠다. 네 마누라가 무슨 꼴을 당하든……."

사내가 돌아섰다. 나는 그의 옷자락을 잡았다.

"그러지 말고 좀 봐주십쇼. 저한텐 그만한 돈이 없습니다. 가게를 팔 수야 없잖습니까?"

"그러면 네 맘대로 해라."

"차라리 감옥에 가고 말겠어요."

"넌 감옥에 가기 전에 제사 지내게 될 거다."

"정도가 있어야 할 거 아닙니까?"

내가 악 받친 소리로 말했다. 그들이 일억 원을 요구하는 것도 얼마쯤 깎게 될 거라는 계산을 하고 있는 수치라는 걸 짐작할 수 있었다.

"이 새끼야, 네 추잡한 짓의 대가가 고작 그따위 대답밖에 없냐?"

"그게 아니고, 저를 죽이지 않고 살리려면 적당하게 얘길 해 줘얄 거 아닙니까?"

"흥정하자는 거냐?"

"그건 아니지만 이왕 일이 이렇게 된 마당이라면 적당한 선에서 타협을 해줘야지요."

"이게 배짱이네. 그럼 얼마 내놀래? 네가 말해 봐라."

"요즘 장사도 안 되고, 가진 돈도 다른 사업한다며 다 까먹고 빈털터리라구요. 천만 원이라면 일주일 내에 어떻게든 해 드릴 수 있습니다."

"어허, 저거 정말 웃기는 놈이네."

밀고 당기는 흥정이 본격적으로 시작된 것은 나리가 퇴원한 점심 무렵이었다. 그들은 내 강경한 태도에 겁도 주고 윽박질러 가며 조금이라도 더 받아내려는 짓을 했고 나는 천만 원의 흥정을 늦추지 않았다. 그것은 일억 원을 준다고 해도 어차피 이들의 조직을 캐낼 심산이니까 쉬운 대로 해결할 수 있었지만 내가 버틴 것은 그들의 수법이 어떤 것인가를 제대로 알아내기 위해서였다.

점심 먹는 자리에서 우리는 천만 원에 흥정을 끝냈다.

서류를 꾸미기 위해 주소와 이름, 주민등록번호와 사건의 개요, 흥정 액수와 지불 방법을 써나가는 뱁새눈의 수완을 지켜보며 한두 차례 이런 서류를 작성한 게 아니라는 걸 대번에 느낄 수 있었다. 토씨 하나 틀리지 않게 일사천리로 써 내려가는 녀석의 솜씨는 여러 사람을 울린 게 확실했다.

"도장 찍어라."

자동차 안에는 인주와 각종 서류 뭉치가 다 들어 있었다. 아예 준비를 해가지고 다니는 모양이었다.

"조금만 깎아줄 수 없어요? 아무리 생각해도 억울해서 그럽니다."

"이 새끼가 딴소리 하고 있어. 정말 밟아버릴까."

"지금 당장 드릴 수 있어요. 기분이니까 조금만 깎아 줘요. 여기서 십 분만 기다리면 현금으로 딱 가져올 테니까 말예요."

일주일 후에 천만 원을 받는 것보다 당장이라도 조금만 깎아주면 현찰을 내놓겠다는 갈에 녀석들은 귀가 솔깃해진 것 같았다.

"얼마를 깎아달라는 거냐?"

"단돈 십 원이라도…… 기분 문제 아닙니까? 많이 깎아달라는 거 아니잖아요."

"얼마?"

"십만 원이라도요."

"좋아."

나는 녀석들에게 풀려나와 누나네 가게로 갔다. 쓰레기통을 신문지에 쏟아 꼭꼭 싼 뒤에 애들한테 전화를 걸어 근처로 나오라는 연락도 했다. 은주 누나는 여전히 걱정스러운 표정이었다.

자동차 세워놓은 공터로 어슬렁거리며 걸어갔다. 녀석들의 표정은 퍽 느긋해 보였다. 현금을 받고 합의서만 내주면 그들의 일은 끝나는 것이었다.

"맞아?"

뱁새눈이 말했다.

"끌러보슈. 합의서 먼저 주고."

내 말투가 건방지다고 생각하는 눈치였지만 현금을 받기 위해 합의서 한 통을 내밀었다.

"내가 찢어도 되겠나?"

내 말에 뱁새눈이 얼굴을 잔뜩 구겼다.

"이 새끼 뒈지고 싶어?"

"천만 원 바치며 악 받쳐서 그러니까 네놈들이 이해하는 게 좋겠다."

"어허!"

칼자국의 사내가 험악한 표정으로 내게 바싹 붙었다.

"임마, 나도 칼자국은 있어. 더 가까이 오면 코를 비틀 테니까 떨어져 서."

"이 새낄 그냥."

손이 올라왔다. 그러나 칼자국의 사내는 맨바닥에 얼굴을 처박고 뒹굴었다.

"어이, 문신 많은 놈. 너도 한 대만 맞아라."

내 말이 떨어지기 무섭게 뱁새눈의 손엔 칼이 쥐어졌고 문신의 사내는 공중으로 모듬뛰기를 해서 날아왔다. 내 주먹이

한발 먼저 문신의 사내 옆구리에 꽂혔고 뱁새눈의 손을 내리쳐 나뒹굴게 했다. 흩어진 서류를 라이터 불로 태우며 신문지 뭉치를 코 앞에 던져주었다.

"펴봐라. 어서!"

단 한 방이었지만 치명적일 만큼 기신을 못하는 뱁새눈이 신문지 뭉치를 풀었다. 쓰레기통을 쏟아부은 것이어서 녀석은 얼른 외면했다.

"세 놈이 차례로 나누어 가져라. 빨리 주머니에 챙기지 않는 놈은 골통을 박아버린다."

한마디 대꾸도 없이 쓰레기들을 주머니에 구겨 넣는 사내들을 한 대씩 더 갈겨 그 자리에 꼼짝 못하고 누워 있게 했다.

"느네 두목이 어떤 놈이야?"

"……"

"그럼 나부터 소개하지. 장총찬이라고 한다. 한때 별명은 할배였다."

"아, 형님!"

뱁새눈이 머리를 조아렸다.

"형님이고 나발이고 두목 대라."

"형님, 잘못했습니다. 저희들이 미처 몰라뵙고 그랬습니다."

"대라."

뱁새눈이 공중회전하여 나가떨어지더니 엉금엉금 기며 말했다.

"딱정이 형님……."

녀석의 말에 나는 키들거리며 웃었다.

"딱정이도 많이 출세했구나."

사내들을 뒷좌석에 되는대로 포개어 싣고 상가의 지하 주차장으로 들어갔다. 철문을 꼭 닫아버리면 감옥 같아보이는 지하 창고 시멘트 바닥에 무릎을 털썩 꿇어앉은 사내들 표정은 납빛이었다. 내가 누구라는 걸 알았기 때문이었다.

"차근차근 얘길 해라. 처음부터. 내 성질이 어떻다는 건 너희들이 먼저 알 테고."

"형님, 죽을죄를 졌습니다. 딱정이 형님 사정이 딱합니다. 제발 도와주시는 셈치고 한 번만 봐주세요."

뱁새눈이 아까와는 아주 딴판이 되어 두 손을 비볐다.

"용서를 하든 않든 사정을 알아야 할 거 아니냐?"

"못 본 걸로 해주시죠, 형님."

"이 자식아, 못 볼 거 못 봤으면 눈을 감든 할 거 아냐?"

"딱정이 형님 생각하셔서."

말이 끝나자마자 세 녀석은 시멘트 바닥에 배를 깔고 거품을 쏟아놓았다. 쉽게 불지 않을 녀석들이란 걸 알았다. 그런 세계에서 버텨낼 수 있는 것은 비밀을 생명처럼 지킬 수 있는 의리이기 때문이었다. 더구나 딱정이라면 한때 의리를 지키기 위해 덤터기를 쓰고 고생을 한 적이 있었다.

"살아나갈 수 있는 방법이 뭔지 알겠냐?"

"예."

"시작해라."

"어디서부터요?"

"처음부터."

"저희들은 딱정이 형님이 지시하는 대로만 하니까 자세한 내용은 모릅니다. 그냥 저희들이 하는 일은 계집애들을 감시하면서 일이 생기면 뒤처리를 합니다."

"너, 혹시 저승이란 델 아냐?"

"예?"

녀석은 못 알아듣고 반문했다.

"저승!"

"예에. 압니다."

"저승 구경 한번 해볼래? 너 같은 놈들은 웬만하면 가보는 게 좋겠다. 염라대왕도 심심하진 말아야잖겠냐?"

"형님, 어디서부터 말씀 드려야 할지 몰라서 그럽니다."

"그럼 묻는 대로 대답해라. 일 초라도 지체하면 지옥이 얼마나 화끈한지 실증적으로 보여주마. 솔직하게 탁 까놔라."

"명심하겠습니다."

"계집애들은 몇 명이나 데리고 있냐?"

"일곱 명입니다."

"그것밖에 안 돼?"

"예. 애들이 없습니다. 나이가 아주 어리게 보이고 깔끔하고 귀티 나고…… 그런 앨 데려오려면 밑천도 꽤 드나 봅니다. 지금 애들도 딱정이 형님이 발 넓으니까 데려올 수 있었죠. 누가 보아도 여학생처럼 보이려면 꾸며가지곤 안 되니까요. 실제 어린애도 없는 건 아니지만요."

"그런 애가 몇 명이냐?"

"진짜 나이 어린 애는 두 명뿐입니다. 먼저 애들은 실패했어요. 겁먹고 웅크리거나 막판에 깽판 치게 돼서 되레 창피당하거든요."

"지금까지 얼마나 해먹었냐?"

"저희들은 잘 모릅니다. 딱정이 형님 손에 들어가면 그만이니까요."

"너희들은 얼마씩 수당 받냐?"

"대중없어요. 매달 형님이 주는 대로 받으니까요."

"계집애들은?"

"잘 모릅니다."

"딱정이는 지금 무슨 일 하고 있냐?"

"술집 하나 차렸어요."

"너희들이 최고로 빼먹은 건 얼마냐? 제일 큰 탕 친 거 말야."

"가게 하나 받은 겁니다. 쇼핑센터 코너를 하나 힘없이 내 주는 놈도 있더군요."

"네놈들이 얼마나 악랄하게 굴었으면 몇천만 원짜리 가게를 내놨겠냐? 약점을 이용해서 발라먹는 것도 정도가 있어야지."

"아닙니다. 우리가 병원으로 데려가자 무릎을 꿇고 자청해서 새로 쇼핑센터 세운 게 있으니 가게 하나와 타협을 보자고 했습니다. 정말입니다."

"계집애를 어떻게 하길래 입원까지 시키냐?"

"딱정이 형님이 알아서 하니까, 저희들은 거기까진 모릅니다."

사내들이 털어놓은 수법은 한번 걸려들기만 하면 쉽게 빠져나갈 방법이 없도록 치밀하다는 걸 알았다. 손쉽게 구할 수 있는 학생증으로 여학생이란 걸 선전한 뒤에 옷을 벗어버리는 수법이어서 일이 터진 뒤에 감당할 사람이 없는 것이었다. 자동차 번호나 계집애가 몰래 빼본 명함이나 주민등록 따위로, 재미를 보고 사라진 사내를 귀신같이 추적하여 엄청난 덤터기를 씌우는 것이었다. 계집애가 여학생이 아니고 계집애의 오빠라고 떠드는 사내가 계획적인 범죄 조직이라는 걸 알게 되더라도 별수 없이 한밑천을 빼앗길 수밖에 없는 노릇이었다. 그러나 대부분의 피해자들은 여유 있는 사람인 데다 사회적 체면 때문에 이들에게 꼼짝 못하고 당하는 것이었다.

"카페에서 소개해 주는 녀석들도 같은 패거리냐?"

"걔들은 건당 얼마씩 받아요. 딱정이 형님하곤 상관 없는 애들예요. 우리가 직접 관리하지 않으면 무슨 일 저지를지 모르거든요."

"건당 얼마냐?"

"이만 원요."

"그런 애들은 몇 명이나 됐냐?"

"그냥 연결 연결로 용돈이나 벌겠다는 애들이니까 열댓 개 업소에 한 명씩은 있어요."

단골손님이나 경제 능력이 없어 보이는 사람은 아예 소개를 하지 않는다고 했다. 일선에서 소개해 주고 이만 원씩 받는 녀석들도 일의 결과가 어떻게 되는지 눈치로 알고 있다는 것도 느낄 수 있었다. 일곱 명의 계집애를 여학생으로 위장시켜 돈 푼깨나 있는 사내들을 홀려내는 새로운 돈벌이가 소문 없이 지속되는 것까지도 그들은 노리고 있는지 모른다.

"계집애들은 어디다 숨겨놓으냐?"

"형님네 안채에 있을 겁니다."

"술집 말이냐?"

"가게 근처에 안채가 있어요."

"이런 짓 해서 꽤 번 모양이구나."

녀석들을 다잡아 딱정이의 수완을 대충 알아챌 무렵에 애들이 철문을 두들겼다.

"들어와라."

"이놈들이 형님을 건드렸단 말요?"

식식거리며 들어선 녀석들이 뱁새눈과 칼자국과 문신의 사내를 몇 대씩 걷어찼다.

"내가 손봤으니 그만 때리고 이 녀석들 데리고 갈 데가 있다."

"어디죠?"

"대낮부터 내가 근사하게 한잔 사게 됐다."

"신 나는 일입니다."

"대신 이 녀석들을 술판이 끝날 때까지 못 나타나게 해야 한다."

"걱정 마세요. 땅 속에 묻어뒀다 파내더라도……."

애들이 겁주는 소리를 하자 녀석들은 한 번만 용서해 달라고 애원하기 시작했다. 나쁜 짓인 줄 뻔히 알면서 그런 짓을 하며 사는 무리들이 이렇게 많다는 사실은 분명히 문젯거리였다. 사람들은 자신이 저지르고 있는 죄악에 대해 핑겟거리를 갖고 있다는 것도 사회가 빨리 해결해야 할 숙제인 것이다.

부동산 투기나 권력형 부조리, 가진 자와 쥔 자들의 횡포와 빈부의 급속한 차이는 분명히 보통 범죄보다 극악한 것임에도 용서받고 있기 때문에 보통 사람들도 그 대열에 뛰어들기 위해 무슨 짓이고 마다하지 않는 잠재적 범법자가 되며 그 가운데 또 상당수가 실제 행동까지 하는 이 범죄의 늪은 쉽게 사라질 수 없는 사회현상이 되었다.

자잘한 범죄를 없애려면 법의 강력한 집행이나 감시만 가지고 되지 않는다. 사회적으로 범죄 발상을 측면에서 유혹하고 있는 큰 범죄, 이를테면 가진 자와 쥔 자들의 눈에 보이지 않는 횡포 때문에 일어나는 온갖 범죄부터 말살된다면 자잘한 범죄는 쉽게 막아지는 법이다. 누구나 잘살아야겠다는 욕심은 있는 법이다. 그걸 충족시키는 방법이 상식적인 사람들의 숫자가 점점 줄어들 수밖에 없는 사회현상이 이대로 지속된다면 이 땅의 미래는 과연 어떻게 될까?

  딱정이가 운영한다는 술집은 낮에 음료수나 음식을 파는 가게였다. 어두운 조명 아래에 낮 손님들이 꽤 많이 눈에 띄었다. 딱정이 모습은 보이지 않았고 한복 입은 마담이 반갑게 맞았다. 우리는 아주 조용하고 신사답게 보여가며 고급 술과 고급 안주를 시켰다. 어차피 이곳에서 마신 술값은 딱정이가 지불해야 할 것이고 우리는 그만한 대접을 받아야 할 입장이었다.
"사장은 어디 갔나?"
마담에게 이렇게 물었다.
"저녁때나 나오세요."
"요즘 돈독이 올라서 볼만하다는 소문이던데."
"이런 가게 해서 돈 못 벌면 뭐러 하겠어요."
"다른 짓 하는 모양이던데?"
"다른 짓이라뇨?"
"병아리 장사 말야."
"아무리 그러려구요."
마담은 도리질을 했다. 알고도 모르는 체할 수밖에 없는 것이 마담의 입장일 거라는 걸 짐작한 것이었다. 마담은 딱정이의 이부자리 노릇을 한다는 것도 우리는 이미 알고 왔다. 본처를 팽개쳐둔 채 여기저기 이부자리를 깔아놓을 만큼 돈벌이가 좋은 사내였다. 병아리 장사란 말뜻을 마담이 대번에 알아들은 것은 딱정이의 범죄를 어느 정도 알고 있다는 뜻이었다.

 술값이 웬만큼 오르도록 애들은 술을 마셔주었다. 이런 기회에 마음껏 술을 마시려는 애들의 마음 씀씀이가 차라리 고마웠다. 내가 여유 있는 생활이 아니기 때문에 애들은 이런 기회가 아니면 푸짐하게 술 마시기도 어려웠다. 우리가 생각보다 계산을 올려주자 마담은 자꾸 우리의 눈치를 보기 시작했다. 대낮부터 최고급 술과 안주를 정신없이 비워버리는 우리들의 행동에서 뭔가 심상치 않은 낌새를 읽은 것 같았다.

 "어이, 마담. 기웃거리지 말그 들어와."

 마담이 아까보다는 공손하게 들어와 조심스럽게 내 옆에 앉았다.

 "우리가 그만 마시고 가줬으면 좋겠지? 솔직하게 말해 봐."

 "예."

 "우리들 생각은 이래. 여기서 최소한 칠십이 시간 정도는 먹고 마실 생각야. 링겔을 꽂고 마실 참이지. 우리나라 역사상 최고의 술값 계산서를 받아볼 생각이다 이 말씀야. 지금 술을 마시는 열 명은 삼 일 후엔 모두 병원에 실려가 있을 거고 마담은 위문 공연을 오게 되겠지. 술값은 기록을 남기기 위해서 몸부림친 우리들의 훌륭한 정신을 받들기 위해 주인 아저씨란 놈이 내줄 거고. 안 그래?"

 "무슨 말씀을 그렇게 하세요."

마담의 눈빛이 곱지 않았다.

"이봐, 마담 선생. 여기 주인 놈한테 연락해서 영양제 좀 사오라고 하시지. 링겔 꽂고 안 되면 알부민인지 하는 거라도 꽂고 마셔야지 않겠나. 역사를 위해서 말일세. 우린 천만 원어치쯤 마셔야 나갈 생각이네."

마담은 우리가 시비를 걸 목적으로 술을 마시고 있다는 걸 눈치챈 것 같았다.

"몸 생각하면서 조금씩 드세요."

우리가 소비하는 술의 양이 엄청나다는 걸 그녀는 알고 있었다. 우리는 고급 양주를 마시기보다 바닥에 열심히 쏟아버리고 있었다.

"마담 선생, 우린 술 들어가는 위장이 따로 있으니까 걱정 안 해줘도 되네. 우선 계산서부터 보세."

마담은 기쁜 얼굴로 뛰어나가 계산서를 가지고 왔다. 우리가 세 시간 조금 넘게 마신 술값은 자그마치 삼백만 원어치였다.

"마담 선생. 계산서가 잘못 된 거 아냐? 삼만 원이란 얘기겠지."

"어머!"

"놀랄 것 없어. 우린 천만 원어치쯤 먹을 계획이니까. 어서 가서 술이나 더 가져와."

우리 방에서 나간 마담이 어디론가 전화를 건다는 걸 알았다. 그리고 십 분쯤 돼서 밖에 대기하고 있던 애들한테서 한 떼거리 장정들이 몰려온다는 연락을 받았다.

"시작하자."

내 말이 떨어지자 애들은 잽싸게 뛰어나갔다.

"형님, 오늘에야 취권이 어떻다는 걸 보여주게 됐습니다."

한 녀석이 키들거리며 뛰어나갔다. 점심 무렵만 해도 손님들이 꽤 많던 가게는 우리들의 시끄러운 소리 때문인지 텅 비어 있었다.

당당하게 들어오는 사내, 몸이 더 좋아진 딱정이. 가게의 촉광이 높아지자 뚜렷하게 그의 표정을 읽을 수 있었다. 그도 내 소문을 들었을 터이고 나도 그의 소문을 들어서 알고 있는 사이였다. 우리가 정면으로 부딪쳐본 적은 없었지만 서로 상대방의 실력을 아는 처지였다.

"형씨가 딱정이 성님요?"

내가 물었다. 기골이 장대한 데다 짧은 머리여서 성질깨나 있어 보였다.

"넌 누구냐?"

대뜸 반문이었다. 나보다 십 년쯤 앞선 경력의 사내였고 한때 바람을 일으켰던 풍운아였었다. 내가 꼬마들을 찾아다니며 결투를 신청하고 있을 때 그는 왕초의 자리를 지키고 있었다.

"장총찬이라고, 애들이 할배라고 하지요. 딱정이 성님 얘긴 많이 들었죠."

"네가!"

"그렇습니다."

"웬일이냐?"

"성님이 칠성겹줄 치고 병아리 턱 차며 쇠푼깨나 모으셨다고 하더군요. 우리 애들 배도 곯고, 그래서 술배나 채울까 하구요."

"그렇다면 잘못짚었다."

"그럴까요?"

"돌아가라. 시끄럽게 굴면…… 내 성질 알겠지."

"내 성질도 성님이 알잖아요?"

"얘긴 들었다. 더 이상 시끄럽게 굴지 마라. 밖에 까뀌도 왔다."

"아하, 까뀌가 성님네 애였나요? 그만하면 성님네 족보가 짚입니다."

까뀌라면 당대의 고수였다. 쌍칼잡이란 별명도 가지고 있었는데 한 번도 부딪쳐본 적은 없었지만 칼춤의 명수였다.

"가라!"

굳은 표정으로 이렇게 말했다.

"성님, 술값 계산도 않고 가라는 겁니까?"

"빨리 꺼져!"

"나도 술값 안 내곤 못 가죠. 사람이 기본 양심은 있어야 할 거 아닙니까?"

"잔소리 더 하면 못 볼 거 보게 된다. 어서 애들 데리고 나가라."

"못 가요. 따질 게 있어서 행차하신 할배올시다."

"이 새끼가!"

손이 올라가는 걸 나는 재빨리 걷어찼다. 딱정이는 역시 빨랐다. 한 발 물러서더니 돌려 찼다. 그것이 신호였다. 까뀌와 그 일당이 뛰어들어왔다. 우리 애들이 무대 쪽에 버티고 서 있었다.

"진작 말 들었으면 병신은 안 되잖나?"

까뀌가 흐물흐물 웃었다. 다부진 몸매였다.

"딱정이 성님하고 까뀌에게 미리 경고해 두겠다. 내 앞에 무릎 꿇었을 때를 생각해서 우선 말투를 고치고 그동안 저지른 병아리 장사를 집어치울 각오쯤은 미리 해두는 게 좋겠다."

내 말이 끝나기 무섭게 까뀌의 쌍칼이 춤을 추었다.

"이봐, 까뀌. 디스코 경연 대회장은 여기가 아닐세."

그래도 쌍칼춤은 멈추지 않았다. 보통 솜씨가 아니었다. 끊어 치는 솜씨며 연속동작으로 틈을 주지 않는 솜씨는 파다하게 소문났던 것이었다.

"칼 쓰면 칼 때문에 망하니라."

나는 맨주먹으로 까뀌의 쌍칼 앞에 섰다. 그리고 날렵한 까뀌의 칼날을 더 피할 수 없다는 걸 알았다.

주먹이 정통으로 까뀌의 턱을 가격했다. 까뀌는 바닥을 기었다.

우리 애들을 보호하기 위해선 상대의 실력이 어느 정도인지 관찰할 틈이 없었다. 닥치는 대로 급소와 혈을 짚어나갔다. 구석으로 피하던 딱정이가 의자 밑으로 기어 들어가며 비명을 질렀다. 애들이 종업원들을 무대 뒤쪽으로 몰아다 놓기도 했다. 간단하게 한판 승부가 끝난 셈이었다.

"끌어내라."

애들이 딱정이와 까뀌를 무대 위쪽에 올려놓았다. 나는 딱정이의 부하들을 모두 데리고 나가라고 일렀다. 졸개들 앞에서 창피한 꼴을 당하게 하긴 싫었다.

"아까 얘기했잖소. 딱정이 성님, 병아리 장사 그만두시겠소?"

"……."

대꾸하지 않았다.

"조금 있으면 불쌍한 계집애들하고 성님이 얼마나 갉아먹었는지 장부가 이곳에 도착할 거요. 다른 성님들은 맘잡고 옳게 사는데 어째서 성님은 이 꼬라지요? 정도가 있어야 할 거 아닙니까?"

"……."

"성님네 뿌리를 내가 캐내겠습니다. 계집애들도 풀어줄 거고."

일그러지는 딱정이 표정과는 반대로 까뀌는 어금니를 맞물었다.

"까뀌, 뭐가 억울하냐?"

까뀌가 고개를 들고 말했다.

"정식으로 한판 붙어보는 게 소원이었다."

"조금 전에 붙은 게 정식이 아니란 말이냐?"

"아니다."

"그래 어떻게 하면 정식이 되겠냐?"

"쌍칼 내주고 다시 붙자."

"여기서 말이냐?"

"그렇다."

"이번 판의 승자가 형님 되는 거다."

"두말하면 잔소리다."

역시 까뀌도 당대의 고수였다. 그렇지 않고는 다시 한 번 붙어보려는 각오를 할 수 없는 일이었다. 패배를 어떠한 경우에든 인정한다는 건 죽음의 고통만큼이나 견디기 어려운 일이기 때문이다.

까뀌 앞에 쌍칼을 던져주었다. 칼날이 한 뼘쯤밖에 안 되는 쌍칼은 날선 칼날보다도 까뀌가 바람처럼 휘두르는 그 날랜 솜씨로 누구든지 걸리기만 하면 병신을 면키 어려울 만큼 인정을 받았다.

"뭐든 잡아라."

쌍칼을 쥔 까뀌가 내 빈주먹을 쳐다보고 한 말이었다.

"난 본래 맨손이라네."

"후회하지 말고 잡아라. 이번엔 인정사정이 없다."

"마음 놓고 덤비게."

쌍칼이 매섭게 바람을 가르며 불꽃처럼 튀었다. 역시 무서운 솜씨였다. 그도 쉽게 접근하지는 않았다. 조금 전에 접근하다가 당했기 때문이었다. 칼을 제대로 사용하게 하는 것보다는 손쉽게 까뀌를 주저앉히는 게 까뀌를 위해서도 좋은 일이라고 생각했다. 그도 명색이 고수였다. 더구나 맨손인 나를 상대로 쌍칼을 쥐었다는 게 정신적으로 부담이 될 게 뻔했다.

"이얏!"

날카롭게 칼날이 팔방을 휘저으며 내리꽂히는 순간, 나는 까뀌의 뒷덜미를 잡아 던졌다. 까뀌가 나뒹굴었다.

"졌다."

까뀌의 비장한 목소리였다.

"딱정이 성님도 한판 하실까요?"

"관두겠다."

"생각 잘하신 겁니다. 내가 성님 대접할 때 우리 순순하게 털어놉시다. 이 장사해서 얼마나 벌었지요?"

"……"

"지금 자존심 따질 때가 아니올시다. 금방 도착할 거요."

여간해서 딱정이는 입을 열지 않았다. 그 자신이 저질러왔던 행위가 만만찮다는 증거였다.

딱정이네 안채로 증거 확보를 하러 갔던 애들이 돌아왔다. 계집애들 일곱 명도 졸래졸래 따라왔다. 나리는 내 얼굴과 마주치지 않으려고 구석 자리로 피하기만 했다. 그들도 상황이 어떻게 돌아가는 것인지 짐작은 하고 있는 것 같았다. 몇 푼의 돈 때문에 딱정이의 노예가 되어 못된 짓을 하고 있다는 걸 모를 리 없었다. 돈 많아 보이는 남자들을 소개받아 여학생이라는 걸 강조한 뒤에 돈을 우려내는 전초부대인 셈이었다. 딱정이는 이 여자들이 여학생이라는 걸 믿게 하기 위해서 교과서를 사다가 공부를 가르치기도 했다는 것이었다.

"나리야. 이리 와라."

"잘못했어요. 아저씨."

"내가 그날 그냥 나왔다는 걸 이젠 시인하겠지?"

"예."

"한 달에 얼마나 받았나?"

"몰라요."

"이제 그만 나쁜 짓하고 집에 가야겠지?"

"예. 보내주시면……."

"너희들은 어때?"

나머지 계집애들은 딱정이의 눈치를 살피느라고 대답을 하지 않았다. 얼마나 철저하게 계집애들을 감시하고 관리했는지 알 만했다. 애들이 내놓은 비밀 장부는 아는 글씨보다 모르는 글씨가 훨씬 많았다. 숫자로 명시된 것은 자동차 번호나 전화 번호일 것 같았고 뒤쪽의 숫자는 악랄하게 뺏은 돈의 액수 표시일 것 같았다. 명함이나 주소가 적혀 있는 쪽지도 이번 사건에 연루된 게 확실했다. 카페 종업원 녀석에게서 빼낸 수첩과 대조해 보니까 대번에 비밀 장부를 해독할 수 있을 것 같았다. 이 년 가까이 계획적인 짓을 해왔다는 것과 시간이 갈수록 돈의 액수가 불어나고 있다는 걸 짐작할 수 있었다.

계집애들만 따로 밀실에 넣고 장부와 대조해 가며 캐낸 것은 딱정이의 돈벌이가 얼마나 악랄하며 상대를 가리지 않았는지를 알 수 있었다.

이름만 들어도 대번에 알 수 있는 유명 인사들의 명단이 쏟아져 나왔다. 그러나 딱정이 패거리가 노리는 대상은 유명 인사가 아니라 알부자이거나 세상에 파렴치한 사실이 알려지는 걸 악착같이 막아야 할 사람이면 그만이었다. 명단에는 도덕군자로 알려진 명사도 끼어 있었고 사회적으로 여유 있는 의사와 법조계 인사, 중소기업의 사장이나 대기업체의 간부들, 또는 고급 공무원과 대학교수, 나이로 보아 생식 능력이 없을 거라고 생각되는 원로까지 참으로 다양하게 딱정이 손아귀에 걸려 있었다.

재미있는 사실은 텔레비전이나 다른 매스컴을 통해 얼굴이 파다하게 알려진 탤런트나 가수 또는 얼굴 팔린 인사들은 단 한 사람도 걸려들지 않더란 사실이었다. 자신의 얼굴이 알려져 있어서 파렴치한 행위를 할 수 없다는 정신적 자제력이 작용한 것 같았다.

계집애들이 딱정이에게 잡혀오게 된 상황은 구구각색이었다. 딱정이는 계집애들에게 한 달 평균 백만 원 가까운 돈을 월급 형식으로 지불했지만 저축을 하거나 고향에 돈을 보내는 계집애는 없었다. 어떻게든지 계집애들을 묶어두기 위해 알겨서 빼먹었다는 걸 쉽게 알 수 있었다. 한 달에 평균 열 명 정도의 호구가 걸려들었고 기백만 원밖에 벌지 못할 만큼 겉치레만 그럴듯한 사내도 수두룩했다고 했다. 심한 경우에는 겉모습이 부자 같아도 알고 보면 알거지인 가엾은 허세의 사내들이 너무 많더라는 얘기도 했다.

"집에 간다면 보내주겠다."

"이대로는 갈 수 없어요. 저 같은 경우엔 이 년이 다 됐는데도 집에 갈 차비마저 없어요."

계집애들의 처지는 비슷비슷했다. 월급을 타면 무슨 명목이든 강제 저축 형식으로 빼내갔고 딱정이의 졸개들이 기둥서방 노릇을 하며 알짱알짱 빼먹었다는 것이었다.

"내가 그동안 고생한 걸 다 갚아주마. 충분하게 보상이 되도록 할 테니까."

"보복당하지 않게만 해주신다면 고향으로 가겠어요."

"걱정 마라. 그동안 고생한 값은 쳐 주도록 하마. 너희들도 어쩔 수 없다는 핑계로 그런 생활을 했지만 좋은 일도 아니고…… 못된 짓 했다는 걸 잊지 마라."

"아저씨, 도와주세요. 정말 못 견디겠어요. 멀쩡한 우리를 두들겨 패서 입원시키니 어디 견디겠어요."

걸려든 손님 가운데 돈이 많아 보이거나 그들의 계산으로 큰 몫을 훑어낼 수 있는 상대라면 계집애를 폭력으로 입원까지 시켜 고액을 갈취한다는 것이었다. 계집애들을 그 조직에서 빠져나가지 못하게 온갖 방법을 동원해 못살게 구는 것도 알아냈다.

"그동안 상대했던 사람들을 기억나는 대로 적어내라. 딱정이의 악랄한 수법은 물론이고 그동안 어떤 수모를 당했는지도. 그러면 내가 무슨 짓을 하더라도 너희들 고생한 값은 해 주겠다."

계집애들이 다투어 그동안 딱정이에게 매여 살면서 일어났던 얘기들을 쓰는 사이에 나는 딱정이와 까뀌를 상대로 담판을 벌였다. 녹녹한 사내가 아니었다. 다행이라면 그들이 저지른 행위에 대해 부정을 하지 않는다는 사실이었다.

"내가 유인을 했다고 해도 그렇잖나. 여학생이란 걸 알면서 어떻게 탐낼 수가 있느냐 이걸세. 더구나 여유도 있고 사회적으로 유명한 사람들이 말일세. 발언하는 걸 보면 도덕군자에 공자는 저리 가야 할 만큼 훌륭한 그놈들이 여학생이란 걸 알면서도 농락하더란 말일세. 그런 자식들은 벗겨먹어도 싸단 말일세."

딱정이의 강변이 시작되었다. 만만찮게 벌어들인 돈을 내놓을 수 없다는 투였다.

"당신은 유인해서 사람을 못되게 만들었고, 그렇게 불의를 못 참는다는 사람이 여자애들을 두들겨 패가면서 당신 주머니 두둑하게 하는 일에 악을 썼어. 여자애들한테 월급을 백만 원씩 주는 척하면서 애들을 시켜 무슨 짓을 하든 돈 못 모으게 만들었고, 돈푼깨나 있는 사내들을 계획적으로 유인한 건 당신 돈벌이 때문이었지 당신이 주장하듯 정의감은 아녔어.

내 말이 틀렸소?"

딱정이는 그래도 마찬가지였다. 쉽게 물러설 기색이 아니었다. 얽히고설킨 선배들과의 정을 생각해서 손대지 않고 해결하려니까 쉽지 않았다.

"그런 새끼들을 왜 그냥 둬?"

"평소에 그런 놈이 있으면 그냥 둬선 안 되겠죠. 그러나 이건 당신이 만든 거 아뇨?"

"내가 만들고 싶어 만든 게 아냐."

"변명이라도 그럴듯하게 만드쇼. 당신이 선배지만 버르장머리는 고쳐줘야겠소. 저렇게 불쌍한 계집애들을 이용해서 그따위로 돈 벌어서 당신 배때기나 불려가면서 뭐가 어째? 정신 번쩍나게 해주겠소. 당신을 경찰에 넘겨버리면 일이야 간단하지. 그렇게 되면 당신 말처럼 당신에게 걸려든 철면피한 유명 인사들이 구설수에 오를 거고. 당신은 형편없는 형기를 마치고 나와서 더 치밀한 작전을 짜겠지. 난 그 꼴 못 봐주겠어. 선배가 아니라 선배 할애비라두……."

그래도 딱정이는 버틸 속셈인지 변명을 늘어놓았다. 다시 그런 짓을 하지 않을 테니 이 정도 선에서 끝내자는 것이었다. 나는 딱정이를 골방으로 끌고 가 된맛이 어떤 것인지 보여주었다. 한주먹에 급소를 짚어 욱씬도 못하게 할 수 있지만 이 독한 사내의 자백을 받아내고 불쌍하게 이용당한 계집애들에게 몸값이라도 만들어 주려면 어슬프게 다루어선 안 될 것 같았다.

천장을 보고 반듯하게 누워 있던 딱정이가 가쁜 숨을 몰아쉬며 말했다.

"너 같은 독종한테 걸린 내가 바보다. 원하는 대로 해주겠다. 원하는 게 뭐냐?"

더는 견딜 수 없다는 걸 그는 안 것이었다.

"좋소. 먼저 이 사업에서 손을 떼시오. 나하고 약속은 눈가림으로 안 된다는 걸 알 거요. 만약 어기는 날엔 당신 인생은 땅속에 있게 될 거요."

"나도 사내, 지키겠다."

"계집애들에게 당신이 애초 약속한 월급을 이 년치씩 일시불로 당장 지급해 주쇼."

"하겠네."

"이 비밀 장부와 합의서 뭉치는 이 자리에서 태웁시다."

"좋아."

"다시는 계집애들을 불러내거나 협박하지 마십쇼. 당신한테 이 년간이나 뜯어먹힌 가엾은 애들이오. 이천여만 원씩 일시불로 받으면 몸조리 좀 하고 쉬었다가 착하게 먹고사는 길로 나갈 수 있을 거요. 당신이야 약속할 수 있지만 당신 부하들이 약속을 어기게 되면 내가 뛰어든 보람이 없소. 당신도 여동생이 있을 거요. 한 사람이라도 행복하게 사는 것을 봅시다. 서비스업이라는 곳에 종사하는 여자들 값이 얼마나 싸구려인지 모르는 건 아니지만 당신마저 그런 식으로 대할 줄은 몰랐소.

어렵고 힘들게 살아온 사람들, 사람 값 제대로 쳐 받지 못한 사람들이 제 배 부르면 과거 따윈 잊어버리고 더 혹독하게 다루는 이유를 모르겠소. 또 지주는 곰이 부리고 돈은 때국 놈이 챙긴다고, 계집애들이 몸으로 때운 가격쯤은 인정해 주는 사람이 됩시다. 몸으로 돈 버는 사람들, 특히 여자들이 어떻게 고생하는지 당신은 누구보다도 잘 알 거요. 그런데 지배인이다 사장이다 관리인이다 해서 빼먹으니까 여자들은 만날 그 꼴이 그 꼴 아니오. 누구는 힘 안 들이고 거드름 피워가며 알짜 빼먹고 누구는 밤낮 일해도 못 먹고 사는 이놈의 세상 닮아서 뭘 어쩌겠다는 거요?"

나는 이 사내에게 하고 싶은 말이 너무나 많았다. 남들이 새치기해서 출세하고 별의별 해괴한 짓을 해서 잘사는 놈들이 많으니까 정당하게 사는 사람보다 비뚤어진 방법으로라도 잘살겠다는 심리가 팽배해 있는 탓에 이 사내마저도 악을 쓰는지 모른다. 잘사는 이들이 경솔하고 권력을 지닌 자들이 턱을 세우는 한 사회 범죄는 악착같이 늘어날 수밖에 없는 것이다. 누군들 휘두르고 싶지 않으며 누군들 군림하고 싶지 않으며 누군들 법보다 앞선 인물이 되고 싶지 않겠는가?

"다 청산한다잖는가?"

딱정이가 결국 두 손을 들고 말았다. 딱정이는 즉석에서 은행으로 애들을 보냈고 비밀 장부와 합의서 뭉치를 태웠다.

"다 끝났으니 술이나 한잔 하세. 그리고 혈 좀 풀어주고."

"내 약속이 지켜지는 마지막 순간에 혈을 풀어주겠습니다."

"내 평생에 이렇게 오장육부가 뒤틀리게 참을 수 없는 고통은 처음일세. 내가 소문은 들었지만 이렇게 극악한 형벌일 줄은 몰랐네. 혈을 짚이고 항복하지 않을 사람이 있겠나? 하느님이라도 혈만 짚이면 자네한테 맥을 못 추겠구만."

우리는 훨씬 부드러워진 분위기에서 술을 마셨다. 물론 나는 딱정이의 혈을 풀어주었다.

"어쩌다 이런 일을 벌였습니까? 아이디어는 기발했는데 수단이나 목적이 비겁했어요."

서너 순배 술잔이 돈 뒤에 내가 이렇게 말했다.

"그럴 사연이 있었네. 이를 갈며 복수해야 할 일이…… 자네는 내 마음 모를걸……."

내가 바싹 다가앉아서 캐어물었지만 딱정이는 끝내 입을 다물고 말았다. 딱정이는 그답지 않게 눈물을 글썽거렸다. 옆에 앉았던 까뀌가 대신 딱정이가 지니고 있던 한을 털어놓았다.

"다른 사건은 신문에도 나고 주간지에도 나는데 그런 사건은 눈을 씻어도 지상에 보도가 안 되더군요. 그 충격이 얼마나 클까 싶어서 자제하는 걸 겁니다. 딱정이 형님한테 혈육이라곤 여동생 하나뿐이잖습니까. 그런데 딱정이 형님은 자신이 너무 모지락스럽게 굴어서 죽었다고 합니다."

"그래서요?"

나는 호기심과 딱정이의 눈물 때문에 관심이 많았다.

"여학생들을 무더기로 몸 망쳐놓은 선생이 있었죠. 딱정이 형님 여동생도 희생자입니다. 그냥 선생도 아니고 교장 선생이 말입니다. 한두 명도 아니고 여러 명을 말입니다. 연락받고 딱정이 형님이 뛰어 내려갔죠. 기자들도 오고 철면피한 교장 놈도 있고…… 형님은 그놈을 죽여버리겠다고 날뛰었습니다. 결국 형님은 여동생만 즉사하게 다루었습니다. 분이 풀리지 않아 자해까지 해가며 말입니다. 교장 놈은 감옥에 갔지만…… 매스컴에 단 한 자도 보도가 안 되더군요. 개인적으로 아는 기자가 있어서 물었죠. 너무 지저분하고 다루기조차 더러워서 안 다루는 거라며 그렇지 않아도 사도가 땅에 떨어져 있어서 나라의 장래가 문제인데 그런 사건을 보도했다가는 나라 꼴이 뭐가 되겠느냐고 개탄하더군요. 그런 사건을 떡사건이라고 하는 모양인데, 취재하다 보면 너무 극악해서 다루지 못하는 사건이 수두룩하다는 겁니다. 형님은 그때부터 술만 퍼마시고 돌아다녔어요. 하나밖에 없는 여동생이 그 지경이 되어 자살해 버리자 못 견딘 거지요. 그러다가 이 더러운 놈들하고 같이 살려면 모지락스럽게 덮어씌우는 방법밖에 없다고 이 일을 시작한 겁니다."

나는 너무나 경악스러워서 입을 다물고 말았다. 우리는 한참 동안 술잔만 비웠다. 뭐라고 위로할 말도 떠오르지 않았다.

"그렇다고…… 할 말은 하십시다."

나는 망설이다가 계속해서 이어나갔다.

"심정은 이해가 갑니다. 그러나 그런 방법으로 복수를 한다는 건 잘못입니다. 그런 식으로 하자면 세상 천지가 복수극뿐일 겁니다. 그런 새끼는 극소수 아닙니까? 나도 사내새끼라 세상 여자 다 갖고 싶습니다. 그걸 이용하여 함정을 만들어 돈을 번다는 건 아무래도 잘한 일이 아니지요."

딱정이는 대꾸가 없었다. 그러다가 내 손을 힘주어 잡았다.

"내 동생, 그 계집애가 땅속에서 뭐라고 하겠나? 날 원망하겠지. 내가 정신 차릴라네. 날 믿어보게. 가엾은 그 계집애를 생각해서라도 내가 바로 살겠네. 나도 사내일세."

은행에서 돌아온 애들에게 돈을 챙겨 받은 딱정이는 그 자리에서 계집애들에게 후하게 나누어 주었다.

"제가 지금부터 형님으로 모시겠습니다. 받아주실랍니까?"

"아암, 받다마다."

우리는 얼싸안았다. 울고 있는 딱정이의 등짝이 훨씬 따스해 보였다.

하느님, 두고 봅시다

 파리로 돌아갈 날이 바싹바싹 다가오자 다혜와 헤어져 또 몇 개월을 혼자 떠돌아야 하는 신세가 되기 싫어서 다혜의 유학길을 한사코 말리기 시작했다. 우리의 재회는 꿀처럼 진득거리며 다디단 것이었다. 다혜의 방학은 긴 편이었지만 우리는 너무 짧다고 느낄 수밖에 없었다. 밤늦게 헤어지고 아침이 되면 열병 오른 사람처럼 또 만나야만 했다. 어떤 때는 다혜라고 하는 한 여자에게 빠져버린 내 자신이 가엾다는 생각까지 들었다. 나는 다혜의 노예였다. 아무리 그녀 곁을 도망치려고 해도 헤어 나올 수 없는 쇠사슬로 묶여버린 사내였다.
 입 맞추는 일 이외에는 몸 어디에고 손대지 못하게 하는 여자. 내 갈증은 언제고 폭발할 것 같았다. 완력으로 덮칠 생각으로 으슥한 곳까지 데리고 갔다가는 언제고 그냥 돌아올 수밖에 없는 몸 사리는 여인. 그러면서도 나는 그녀를 원망하지 않았다. 오히려 그럴수록 나는 그녀의 노예가 되어가고 있었다. 사슬을 풀고 도망치려는 생각을 안 해본 것도 아니었다. 다혜보다 더 예쁘고 상냥한 여자애들은 많았지만 나는 결국 그녀의 노예로 선택되었는지 모른다고 생각했다.

하느님. 딱 한 번만 봐줘요. 다혜를 내 거 만들도록 딱 한 번, 두 번도 아닙니다, 딱 한 번만 봐 줘요. 남들은 걸핏하면 봐주면서 해도 너무하잖습니까.

하느님. 눈 감고 한 번만 봐주면 평생 하느님 물고 늘어지거나 욕지거리 않을 테니 다혜를 주세요. 시쳇말로 먹고 튀는 사내는 아니잖습니까.

하느님, 주례 서달라고 떼쓰거나 가정법원에서 도장 찍는 짓 않을 테니 딱 한 번만 봐줘요. 높은 자리 있을 때 너무 재는 거 아닙니다. 설마 하느님이 우리나라의 관직에 있는 사람처럼 폼 재는 버릇이 생긴 건 아니겠죠. 희랍신화를 보니까 신 가운데 왕초도 여러 여자 거느리고 살더군요. 나는 그런 부류는 아니잖습니까.

하느님, 딱 한 번만 봐줘요, 씨.

남들 다 갔다 왔을 바닷가 한번 못 간 채 다혜와 나는 가까운 유원지와 산을 돌아다니며 해도 해도 끝이 없는 사랑을 확인하곤 했다. 서울이란 사랑하는 사람끼리 아름다운 추억거리를 만들기엔 어딘지 삭막한 곳이었다. 그래서 여관과 러브호텔이 그렇게 성행하는지도 모른다. 오붓하게 앉아 정담을 나누며 쉴 곳이 없는 곳이었다. 길이란 자동차 위주로 꾸며져 있고 넉넉한 장소는 엉뚱한 임자가 들어가 있는 형편이었다. 여의도 같은 델 그렇게 비참한 몰골로 꾸밀 게 아니라 대단위 공원을 조성하는 안목이 없는 걸 보면 역시 우리나라 관료라는 건 당대적으로 한탕주의자가 아니었으면 미래를 전혀 생각하지 못하는 얼간이들임에 틀림이 없는 것이나 아닌지 모르겠다. 하기야 뭐 나도 얼간이니까. 난지도의 매립이 끝나면 또 볼품없는 시멘트로 치덕치덕 발라가며 땅값 높이는 장난이나 할 것 같기만 하다.

"이상하게 가로등이 밝아지고 아스팔트를 개칠하듯 처바르고 지하철 공사한다고 시민 따위는 생각지도 않던 길이 단장을 하고······."

다혜가 밤길을 걷다가 갑자기 환해진 가로등을 올려다보고 한 말이었다.

"손님들이 몰려온다고 저 야단이지."

"우린 손님을 맞는 당당한 주인이지 주인집 시녀는 아니잖아?"

다혜의 말이 옳은 것 같았다. 손님이 오든 말든 우리 민족이 살고 있는 땅은 평소에 깨끗하게 다듬어져 있어야 하는 것인데도 손님만 온다고 하면 새삼스럽게 떠들어대서 평소의 우리 국민을 불결한 민족처럼 소리 높이는 게 왠지 낯간지러웠다.

"우리끼리 살 때는 엉망진창으로 살다가 외국에서 손님 온다니까 갈고 닦자는 발상이 문제야. 오든 안 오든 해야 하고 우리 자존심으로 볼 때, 우리 국민이 훨씬 편안하게 살아야지 손님 편하게 한다는 건 말도 안 되지."

"텔레비전 보니까 공항택시 운전사들이 영어 못한다고 공박하고 화장실이 불결하다고 떠들던데. 일본이나 파리 가봐. 영어를 하는 사람은 소수고 대개 까막눈투성이란 말야. 영어를 못하는 것보다는 하는 게 이왕이면 좋다는 걸 누가 몰라? 마치 영어 못하면 야만인이나 되는 것처럼 떠드는 그 사람들의 생각이 문제야."

"관광한국이란 것도 문제지. 시멘트 문화나 아스팔트 문화는 우리가 도저히 따라가기 힘든 거고, 그런 걸 보려면 뭐하러 우리나라를 오겠어. 그들이 사는 나라에도 투성인 걸. 우리나라를 찾는 건 우리나라다운 걸 보겠다는 거잖아?"

"볼 거 없으면 맑디맑은 가을 하늘 쳐다보고 갈 거고 눈 똑바로 박힌 사람들이면 보여주려고 처바른 건 안 보고 진짜 우리가 지닌 우리다운 걸 볼 거고."

우리는 느닷없이 밝아진 가로등이 고마우면서 가슴 언저리에 그런 응어리가 있었다. 우리나라 사람을 위해 무엇이든 편리하게 해줄 생각보다는 외국 손님에게 보여주려는 의도의 그 발상이 정말 문제였다. 텔레비전이나 신문에서도 꼭 같은 발상으로 청소하고 질서를 지키자고 떠드는 건 참으로 줏대 없는 짓이었다.

"외국 손님들이 돌아가면 어쩔 거야? 다시 흐트러놓겠다는 건가? 지하철 공사장 주변을 울퉁불퉁하게 하고 지저분하게 드러내놓고 질서 안 지킬 심보라면 몰라도 그렇지 않다면 평소에 해얄 거 아냐. 손님들 가고 나면 잘 봐둬, 이곳 가로등이 어두워질지 모르니까."

우리는 똑같이 무지하게 밝아진 가로등을 올려다보았다. 자동차들이 작은 불만 켜고 달려가는 모습이 참으로 보기 좋았다.

"우리나라 교통 문제가 조악하기로 세계적이라니 원."

"나는 외국에 나가 있으니까 아주 절실하게 느껴. 여기서 택시 타면 무서워죽겠어. 이건 택시가 아니라 폭탄야. 운전사들은 아마 세계 어디다 갖다 놓아도 빠지지 않는 솜씨겠지만……. 그러고도 질서 운운하는 건 모순야. 좌석버스와 콜택시는 너무나 질서를 안 지키고 마구잡이로 다니는데 어째서 교통경찰관은 뒷짐 지고 서 있는지 모르겠어. 아직도 우리나라 교통경찰관들이 돈 먹고 봐주나? 그렇지 않고서야 서울의 전 차량이 무법자처럼 달릴 순 없잖아? 주변에서 돈 주고 위반 딱지를 면했단 소리 많이 들은 적은 있지만……."

"운전사들 말 들어보면 위반 않고 다닐 수가 없다나. 입금 채

워야지, 회차 시간 대야지, 남보다 조금 더 벌어야지. 으레 앞차 꽁무니를 받은 뒤차가 죄를 뒤집어쓰니까 새치기로 끼어드는 게 장땡이란 거야. 그러니 업주의 과욕 때문에 할 수 없이 목숨 걸고 달린다는 거야. 목숨 아깝지 않은 사람이 어디 있느냐고, 다행스럽게도 여태 살아 있는 것은 운전사들 실력이 세계 최고라서 그렇다나."

"나도 초보 운전 시절에 남들처럼 면허증 속에다 오천 원짜리 구겨 넣고 다녔지만……."

"그동안 새치기하는 녀석들이 잘 먹고 잘 살았다는 게 질서가 깨뜨러진 진짜 원인이란 걸 알아야 하는데 말야."

자동차를 세워놓고 우리는 약수터 길을 따라 올라갔다. 이 근처에 오면 우리는 산 중턱에 있는 약수터를 찾아가곤 했다. 물 맛이 시원하고 사람이 많지 않아서 좋은 곳이었다. 오솔길은 서울에서도 드물게 울창했고 기분이 내키면 정상까지 올라가 넓게 보이는 서울의 밤거리를 구경하며 우리들의 밀어를 익어가게 했다. 울창한 숲길은 등산객들이 겨우 비켜설 만큼 좁았지만 가파르지 않아서 손 잡고 걷기에 안성맞춤이었다.

"내 꿈은 이런 곳야. 아니 이런 곳보다 훨씬 작고 초라한 시골이겠지만. 과일나무나 이것저것 심어놓고 꽃밭이나 가꾸면서……."

"그럼 뭘 먹고 살아?"

다혜가 익살스럽게 물었다.

"나물 먹고 물 마시며."

"애들은 어떻게 가르치고?"

"네가 힘들 테니까 안 낳을 생각야."

"낄낄이다."

"네가 필요하다면 내리 열두어 놈쯤 낳아서 뻑적지근하게 살 수도 있고."

"야만인도 웃겠네."

"웃으라지, 뭐."

정말 내 꿈은 언제나 한적한 시골의 구석진 땅 한 자락이었다. 소도 기르고 닭도 치며 내가 일군 밭에서 싱싱한 채소를 밥상에 올리고 매운 고추를 된장에 푹 찍어서 으적으적 깨무는 전원 풍경이 나를 감싸고 있었다. 조금 여유가 있으면 말을 타고 산자락을 휘젓고 다닐 수도 있고 다혜와 신나는 경주를 하리라는 생각이었다.

몇 번이나 그런 전원생활의 꿈을 다혜한테 말했기 때문에 내가 구상하는 것을 대충은 알고 있었다.

"도시에 사는 사람들의 제일 공통적인 꿈이지만 실제 시골로 내려가는 사람은 없잖아?"

"나는 갈 거야, 널 데리고."

"히힛!"

귀여운 몸짓이었다. 나는 그런 다혜를 번쩍 들어 내 가슴에 끌어당겼다.

"오늘도 안 돼, 이십니까?"

"내일도 안 돼요, 예요."

"넌, 정말 막대기 같애. 감정도 없니? 남자랑 여자랑 만나면 에라 빌어먹을 가볼 데까지 가자, 이런 게 사람 심리 아닐까?"

"찬이는 그렇게 못 참겠어?"

"그래."

"그렇게 참을성이 없어서 어떻게 이 험한 세상을 살아나갈 거야?"

"이건 인내심하고 아무 상관이 없어. 우리들의 확인야."

"남들이 그런다고 우리가 자존심도 없이 따라갈 거야? 아까도 그랬지? 나라의 자존심은 지나쳐도 괜찮은 거라고. 우리도 자존심을 지키잔 말야. 나도 호기심도 있고 육체적 욕망도 있어. 그러나 또 오기도 있어. 순결하기 위해서, 윤리 교과서에서 배운 대로 살기 위해서가 아니라 내가 얼마나 사람답게 살 수 있을까 하는 오기 말야. 찬이가 나를 사랑하지만 내가 생각하는 나는 참 별게 아냐. 그런 내가 찬이한테 나다운 거 하나를 보여줄 수 있다면 그것은 내 순결일지도 몰라. 순결이 뭐가 중요하냐고 따지면 나도 할 말이 없어."

"난 복도 더럽게 없나 봐."

내가 이렇게 말하자 다혜가 내 팔뚝을 힘껏 꼬집었다.

컴컴한 약수터엔 사람 그림자가 없었다. 밤이 늦은 탓이었다. 차가운 물을 우리는 한 바가지 떠서 나누어 마셨다. 뱃속까지 시원한 맛이었다.

"이제 그만 내려가. 떠날 준비도 덜 해놓고 쏘다닌다고 욕먹겠어."

다혜가 먼저 서둘렀다.

"내가 갈게. 파리가 아니라 모스크바라도 따라갈 테니까."

"서너 달 있으면 또 올 텐데, 뭘."

"나더러 참으라는 거야?"

"안 참으면 어쩔 거야?"

"정말로 한강철교에 올라가서 다혜를 데려다주지 않으면 자살해 버리겠다고 쇼를 한판 허버릴까?"

"한번 해봐. 우리 부모가 어떻게 나올지 궁금해."

"구류밖에 더 살겠어?"

"내일 당장 하지그래. 결혼을 시켜달라고. 플래카드 써 붙이고 성명서 발표하고……, 신문에 날 테고……. 다행스럽게 찬이가 잘 버텨서 소방차로도 못 구해내면 내가 나가서 불러내면 되겠지. 그리고 바로 결혼식장으로 가는 건가?"

"아니지, 일단 구류를 살고 나오겠지."

"그럼 우리 부모는 부랴부랴 그 사이에 나를 파리로 보낼 거고……, 찬이는 구류 살고 나와서 하늘만 보겠지."

"어쨌거나 한번 해볼까?"

"정말 할 거야?"

"그럴 생각야. 까짓 거 신문에 이름 한번 나지, 뭐. 내가 어디가 어때서 결혼을 반대한다는 거야. 당신 딸내미는 뭐가 잘났다고?"

"누가 뭐래?"

우리는 킬킬거리며 웃었다. 끌어안고 오랜 입맞춤을 하고 있었다. 다혜의 입술은 어째서 이렇게 달콤할까?

나는 이 순간만은 이대로 얼어붙었으면 싶었다.

"이렇게 우리가 딱 붙어버리면 좋겠다. 떨어지지 말고 말야."

"어떻게 밥 먹고 어떻게 살려고 그래?"

"지금 살고 죽고 그런 걸 가릴 때가 아니잖아."

뜨거운 입맞춤이었다. 불끈불끈 내 아랫도리가 일어서는 걸 느끼면서도 나는 다혜를 쓰러뜨릴 수가 없었다. 그녀는 금세 무너질 것 같다가도 강철처럼 튕겨 일어서는 여자였다.

"이런 여잘 죽자 사자 따라다니는 나도 열부상감이지."

"말 된다."

서늘한 바람이었다. 하늘 가득하게 별이 깔려 있었다. 한무더기 쏟아질 것 같은 별빛이었다. 초저녁 달이 실눈처럼 떠 있다가 산허리에 가렸는지 보이지도 않았다.

"그럼 내일을 기대하겠어."

다혜가 말했다.

"두고 봐. 한강 인도교 위에 버티고 서서 불러낼 테니까. 텔레비전에서 중계를 할지도 모르지."

"볼만한 프로그램이겠다."

"다혜의 유학을 반대한다, 즉각 결혼식을 올리게 해달라, 만약 불상사가 생기면 이 모든 책임은 다혜네 부모 탓이다. 그리고 끝에 나를 인도교 꼭대기에서 내려오게 할 사람은 다혜뿐이다, 뭐, 이 정도면 되겠지."

"아주 훌륭해. 기대하겠어. 나도 시집 한번 멋들어지게 가게 생겼네."

"만약 굴복하지 않으면 다혜도 뒤따라 한강으로 뛰어들어야 돼."

"그건 생각해 볼 일인데. 생명보험에도 안 들었는데."

"천당 가면 그런 보험은 말짱 도루묵이래."

"보험회사라도 바쁘게 하고 죽어야잖겠어?"

"그건 그렇지. 나도 내일 아침에 보험부터 들어야겠다."

"자살하면 지급되지 않을걸?"

"자살보험 없을까?"

"이 다음에 내가 돈 많이 벌어서 자살보험회사 차릴게."

"그때까지 살아 있으란 말야?"

"살아 있어보지, 뭐."

"아무튼 내일 나는 한강 인도교 꼭대기에 있을 테니까 그런 줄 알라구."

"내가 고가사다리 타고 올라가면 제깍 내리는 거지?"

"꼭 끌어안고, 뜨겁게 입 맞추고 내려오지, 뭐. 다혜네 아버지 속에서 불나게 생겼다."

"괜찮은 날이 되겠어."

나는 정말 한강 인도교 꼭대기에 올라가 다혜를 빨리 내 이부자리 속에 넣어달라고 악을 쓰고 싶었다. 그만큼 한 여자를 사랑할 수 있다는 게 차라리 나의 행복인지도 모른다. 이해타산으로 주판질해 가며 결혼하는 치들보다야 백배 장한 일이지, 뭐. 젊어서는 타산 없이 사랑으로 결혼하겠다던 애들도 나이가 차면 대개가 주판질하는 세상이 되어버려서 순애보란 말이 신파극을 보는 것처럼 되어버린 세태에 다혜와 나는 물들지 않은 바보인지도 모른다.

다혜네 집이 올려다보이는 가게 앞에서 내려주었다.

"그럼 내일 만나. 한강 인도교 꼭대기 근처의 고가사다리에서."

다혜가 밝게 웃으며 말했다.

"우린 공개적으로 만방에 그렇고 그런 사이라는 걸 폭로하게 되겠구나."

"고운 꿈 꾸고, 꿈 속에서 만나."

다혜는 손을 흔들며 걸어갔다. 나도 손을 흔들며 자동차를 돌렸다.

샤워를 하고 응접실로 나와 은주 누나의 복잡한 계산서를 챙기는 데 전화가 걸려왔다.

"널 바꾸란다. 어떤 앤지 되게 건방지구나."

나는 수화기를 받아 들고 일부러 점잖게 누구냐고 물었다. 건방지게 전화를 하는 녀석에게 보여줄 것은 지나치게 친절한 척하는 것이었다.

"장총찬 씬가?"

"그렇습니다. 뉘신지요?"

"길게 설명하지 않겠다. 우린 지금 귀한 손님을 모시고 있다. 다혜라고. 너도 알겠지. 조금 전에 집 앞에서 납치했다. 널 잡기 위해선 이 방법이 가장 현명하다는 걸 알았다. 며칠 동안 네 뒤를 미행한 보람이 있었다."

나는 내 귀를 의심하고 되물었다.

"믿지 않으시네. 잠깐 기다려라. 다혜란 여자 목소리를 들려주마."

시끄러운 소리가 들리고 뒤이어 다혜의 비명 소리가 들려왔다.

"찬이, 나야. 살려줘. 이 사람들이 왜 이러는지 몰라. 여기가 어딘지도 모르겠어. 지하실야."

다급하고 겁먹은 목소리였다. 나는 벌떡 일어났다.

"몇 놈야?"

"여러 명야. 모르겠어. 집으로 막 올라가는데 그렇게 됐어. 나, 어떡하지? 찬이, 나 좀……"

전화를 낚아챈 아까 그 사내의 웃음소리가 징그럽게 들려왔다.

"좀 만나실까?"

"어디요?"

내 목소리가 떨리고 있었다.

"장총찬, 지금 나와라. 네 마누라 될 계집애를 구하려면."

"어디로 나오라는 거요?"

"우리가 누군지는 궁금하지 않은가?"

"누구요?"

나는 고분고분할 수밖에 없었다. 내 머릿속에는 온갖 것이 뒤범벅이 되어 맴돌기 시작했다. 짧은 그 순간에 다혜를 납치해 간 얼굴들이 무섭게 빠른 속도로, 회전판처럼 돌아가고 있었다. 그동안 내게 미움을 품은 부류는 많았다. 딱정이의 반격은 아닐 것 같았고…….

"길게 설명할 틈도 없다. 널 독하게 사랑하는 사람이란 것만 알고 당장 나와라."

"어딥니까?"

가슴이 쿵쾅거리며 뛰고 있었다.

"고속도로를 타라. 신갈 인터체인지를 돌아 나오면 된다."

"요구하는 게 뭡니까?"

나는 그들이 돈을 요구하는 것은 아닐 거라고 생각했다. 내게 원한이 있는 부류의 치밀한 계획일 것만 같았다.

"만나면 안다."

"다혜를 건들지 마십쇼. 내가 금방 가겠습니다."

"으ㅎㅎㅎ……, 혼자 와라. 허튼수작하면 네 계집애가 어떻게 될지 우리는 책임질 수 없다."

"지금 출발합니다. 만나서 얘기합시다. 가능하면 빨리 가겠습니다."

"좋다. 기다리마."

나는 전화를 내려놓자 후들거리는 다리를 가누기 위해 이를 앙다물었다. 전화를 들어 원섭이에게 다이얼을 돌렸다. 내 어이없고 당황하는 표정를 본 은주 누나도 두어 번 무슨 일이냐고 묻더니 침묵해 버렸다. 원섭이는 내 간략한 얘기를 듣고 신갈 근처의 연락처가 될 만한 곳을 알려주며 즉시 애들을 데리고 떠나겠다고 했다.

"나중에 얘기할 테니 누난 일체 모른 척하고 있어. 그리고 비상금 좀 줘."

누나는 내 굳어진 표정을 보더니 두말 없이 돈을 꺼내 주었다. 차고까지 어떻게 뛰어 내려왔는지 모른다. 시동을 걸자마자 큰길을 따라 달리기 시작했다.

어차피 각오해야 할 일이라면 가능하면 빨리 달려가는 게 나을 것 같았다. 고속도로까지 무식하게 내달렸다. 비상등까지 켜놓고 무섭게 달리는 내 차 앞에 다른 차들이 길을 비켜 서주었다. 머릿속은 쉼 없이 얼크러들고 있었다. 다혜를 납치할 정도라면 내 사정을 알고 있는 부류일 게 틀림없었다. 다혜가 납치범들에게 참혹한 꼴을 당하고 있을지 모른다는 생각에 미치면 엑셀러레이터를 힘주어 밟게 되었다. 이놈들이 다혜를 발가벗겨놓고 무슨 짓을 한다면 다혜는 꼼짝없이 당할 수밖에 없는 노릇이었다. 그들이 나와 흥정거리가 있다면 다혜를 곱게 놓아둘 것이고 그렇지 않고 무조건 내게 복수하겠다는 일념뿐이라면 다혜에게 무자비한 짓을 할 것만 같았다.

자동차는 정신없이 달려주었다. 스쳐 지나가는 경찰차가 쫓아오면 신갈에서 범인들을 만날 수 없을지도 모른다. 나는 비상등을 깜빡이며 내게 급한 사정이 있다는 걸 알려가며 달렸다. 가장 가까운 거리라고 생각했는데 신갈까지의 고속도로는 너무 멀게만 느껴졌다. 고속버스와 승용차들이 돌진하는 차 때문에 비켜설 만큼 나는 내달렸다. 이럴 줄 알았으면 자동차 지붕에 사이렌이나 사이키 조명등이라도 달아놓을 걸 그랬다는 생각까지 들었다. 속도계는 140을 넘어섰다가 떨어지는 무서운 곡예를 하고 있었다. 고속도로를 달리는 데 제 성능을 발휘할 수 있는 오단 기어가 부착되어 있어서 급한 내 마음을 그래도 위로해 주고 있었다.

계기판 앞의 시계도 참으로 빠른 속도로 달리고 있었다. 내 마음처럼 모든 게 급했다.

신갈 인터체인지를 빠져나왔다. 밝은 가로등이 끝나는 지점에서 속도를 줄이고 좌우를 살펴보았다. 플래시 불빛이 좌우로 흔들리는 곳에서 말쑥한 차림의 계집애와 사내가 내 차를 불러 세웠다. 급브레이크를 걸었다. 자동차가 소리 지르며 멈추었다. 낯선 사내가 나를 내리라고 손짓했고 여자는 아예 뒷좌석으로 자리 잡고 앉았다. 사내는 운전석에 앉아 힐끗 뒷자리를 쳐다보았다.

"다혜는 어디 있습니까?"

"잠자코 따라와. 잔소리 말고."

사내는 생긴 것과 달리 굵은 목청이었다.

"어디로 갑니까?"

"아가리 닥쳐."

뒤통수에 섬뜩한 물건이 닿았다. 여자가 내 뒤통수를 겨냥하고 있었다. 내가 기진한 표정으로 기대자 여자는 코 부분만 남겨두고 두건을 씌웠다.

"아무 말 말고, 움직이지도 말아라. 미스 민, 여차하면 갈겨버려."

사내의 말에 여자는 대꾸 없이 더 강하게 총구를 뒤통수에 겨냥했다.

어디로 끌려가는지 알 수가 없었다. 다만 포장되지 않은 길로 계속 커브를 틀어가며 달리고 있다는 것만 알 수 있었다. 나도 왼쪽과 오른쪽의 커브길만 속으로 외우고 있을 수밖에 없었다.

자갈길도 끝나고 심하게 요동하는 길로 들어섰다. 엔진 소리를 들어보니 일단이나 이단으로 가파른 길을 올라가는 것 같았다. 사내가 피워 물었는지 여자가 피워대는 것인지 향긋한 담배 내음을 맡았다. 내 후각은 예민해졌다. 국산 담배 냄새는 분명히 아니라는 생각이 들었다. 일부러 외국 담배를 피우는 부류가 아니라면 평소에 외국 담배를 피우는 부류일지도 모른다. 그렇다면 해결되지 않은 일본 녀석들의 출동인지도 모른다. 나한테 당한 우리나라의 조직이 계획적으로 나를 잡아들인다면 내 귓가에 이렇게 소문 한 방울 들어오지 않고 당할 리 없었다.

"내려. 두건 쓴 채."

자동차가 멈추어 서자 사내가 명령했다. 신선한 바람이 느껴졌다. 나는 사내가 잡아끄는 대로 계단을 내려섰다. 가파르지 않은 계단이었다. 마음속으로 원섭이가 내 뒤를 제대로 미행해 주었기를 빌었다.

"어서 오시게, 장총찬 군."

굵은 목청의 사내가 이렇게 말했다. 나는 겨우 두건을 벗었다. 백열등이 눈부셨다. 대여섯 평쯤 되어 보이는 지하실엔 첫눈에도 제법 날렵해 보이는 사내들이 벽 쪽에 도열하듯 서 있었고 가운데 우묵한 소파에 앉아 있는 사내의 오른손엔 날선 단도가 들려져 있었다.

"다혜는 어디 있습니까?"

"보여줘라."

전면에 있는 텔레비전 화면에 다혜의 모습이 나타났다. 어느 방인지 모르지만 얌전하게 앉아 있는 모습이 보였다. 결박되지는 않았지만 공포를 느낀 표정이었다.

"편히 앉게."

나는 그의 명령대로 자리에 앉았다.

"자넨, 위험한 존재지. 수색해라."

두목의 명령이 떨어지자 젊은 애들이 빤히 알고 있었다는 듯이 허리띠와 안주머니를 뒤져 표창과 무기가 될 만한 것을 꺼내놓았다.

"아직도 장난감 가지고 다니는구나. 나한테는 장난감 놀이를 할 생각 마라. 네가 평균 시속 135로 내달리는 것도 알았고 네가 온 코스 약도도 여기 있다."

두목이 내민 약도는 내가 마음이 급해서 회전할 수 없는 지름길로 교통 규칙을 위반해 가며 달린 그대로 표시되어 있었다.

"이유가 뭡니까?"

나는 막상 이들 앞에 나서게 되자 이들과 한판 붙어본다는 게 쉽지 않다는 것과 다혜의 무사한 모습에 우선 마음이 진정되고 있었다.

"이유는 알 필요 없다. 다만 네가 죽어줘야겠다는 얘기를 하려고 불렀다."

"죽을 때 죽더라도 죽는 이유는 알아야 할 거 아닙니까? 그리고 나를 잡기 위해 이용한 여자는 돌려보내야 하잖겠습니까?"

"건방진 놈. 아직도 이 녀석의 기가 살아 있구나."

늘어서 있던 사내 두 녀석이 동시에 가격했다. 나는 비명 지를 틈도 없이 고꾸라졌다. 각오는 하고 있었지만 몹시 매운 주먹질이었다. 겨우 몸을 일으켜 세우고 두목의 얼굴을 노려보았다.

"사람 데려왔으면 신사적으로 합시다. 나는 당신들이 누군지 모릅니다. 내가 빚진 게 있다면 까놓고 얘길 합시다. 더구나 연약한 여자를 납치해다 이용한다는 건 너무 하찮습니까? 말로 해봅시다. 내가 왜 끌려와야 했으며 어째서 이런 대접을 받아야 하는지."

비겁하게 죽을 수는 없는 노릇이었다. 아직도 이들이 무엇을 노리는지 짐작조차 못하고 있었다.

"큰소리치지 마라. 한 가지 더 얘기해 주마. 넌 원섭이란 친구에게 이 사실을 알렸고 너를 미행해 달라고 했다. 네 친구는 고속도로에서 펑크가 났고 그 바람에 너를 추적하지 못한 채 지금 신갈 인터체인지 근처에서 네 종적을 찾고 있다. 자그마치 열두 명이나 동원했다. 믿지 않을 테니 보여주도록 해라."

텔레비전같이 생긴 판 위에 흰 점이 나타나 있었다.

"자동차 네 대가 지금 너를 찾고 있다. 그러나 곧 돌아갈 거다. 네 흔적은 없으니까. 우리가 잡아다가 물고를 낼 수 있지만 조용하게 너를 처치하기 위해서 참는 것뿐이다. 조금 있으면 네 친구가 궁금해서 네 누나네 집으로 전화를 하겠지. 그 내용을 상세하게 중계해 줄 수도 있다. 네 자동차는 어디를 가나 내 손바닥 안에 있는 셈이다. 자동차엔 자동 발신 장치가 돼 있고 너는 내가 버튼만 누르면 자동차째 산산조각이 나게 돼 있다. 믿어지지 않는다면 네 눈 앞에서 보여주겠다."

"그만둡시다. 도대체 어떻게 하자는 겁니까?"

"봉투 먼저 살펴봐라."

그들이 내민 봉투 속엔 놀랍게도 다혜와 내 행적이나 통화 내용, 야간 망원경으로 잡은 포옹 장면 사진은 물론이고 집 안에서 일어난 모든 것을 알 수 있게 정리해 놓은 서류가 들어 있었다.

"이만하면 너 하나쯤은 감쪽같이 없앨 수 있다는 걸 인정할 수 있겠지?"

"그렇소."

"우리가 누구라고 생각되냐?"

"여기 조직은 아니오."

"으허으허으허."

사내가 호방하게 웃었다. 그의 악센트나 발음을 귀담아들으면 약간의 경상도 사투리가 섞여 있었지만 쉽게 가늠하기 어려운 표준말이 주종이었다. 결코 외국인 냄새는 맡을 수 없었다.

"역시 벼락대신답구나."

나는 그 순간에 이들의 배후에 일본의 거대한 야쿠자 조직을 떠올렸다. 그 컴퓨터나 전자장치를 이용할 만한 조직이 우리나라에 존재하지 않기 때문에 쉽게 짐작할 수 있었다.

"이젠 짐작할 수 있겠나?"

두목은 손짓으로 방 안에 있던 사내들을 모두 내보냈다. 아까 내 뒤통수에 무성 권총을 겨누던 여자와 두목만이 나를 지켜보고 있었다. 무성 권총이 뒤통수에 겨냥되었을 때 낚아채어 역습을 할 수도 있었지만 그런 생각은 무모한 것이었다는 걸 금방 알 수 있었다.

"지금이라도 고향에 있는 네 어머니를 두 시간이면 여기 데려다 놓을 수 있다. 그러나 난 인정이 많은 놈이지. 네 어머니는 최후 수단으로 남겨두었다는 걸 미리 밝혀두겠다."

소름 끼치는 얘기였다. 다혜를 납치하듯 강제로 어머니를 납치할 필요도 없었다. 자식이 큰 사고를 당했으니 빨리 가자고만 하면 그대로 내 어머니를 데려올 수 있는 일이었다. 이들은 도대체 나를 잡아들인 이유를 아직까지도 설명하지 않았다. 그저 이들의 조직이 얼마나 방대하고 치밀한가 하는 것만을 보여줬을 뿐이었다.

"지금부터 하는 얘길 잘 들어라. 거절이란 있을 수가 없다. 모두 오케이뿐이다. 우린 네 여자애를 네가 상상했던 대로 발가벗겨놓고 농락할 수도 있었다. 농락 정도가 아니라 처참하게 할 수도 있었다. 그러나 우린 손가락 하나 대지 않고 깍듯하게 모셨다. 이것이 우리의 우정이다."

"내가 여기 있는 이상 다혜는 돌려보내는 게 좋을 것 같소. 내일모레면 떠나야 할 여자고 그 집안에서 몹시 찾을 겁니다. 일이 꼬일지도 모르잖소?"

"걱정해 줘서 고맙다. 그러나 우릴 그렇게 눅눅하게 보지 마라. 너희 둘이 증발했기 때문에 사랑의 도피로 낙착이 될 것이다. 진작 너희들을 납치할 수 있었지만 이제야 납치한 것은 시기를 노린 것이다."

"도대체 어쩌자는 것요?"

"우리 미스 민이 차근차근 설명할 거다."

두목의 말이 떨어지자 잠깐 동안 비디오테이프처럼 화면에 다혜의 모습이 나타났다가 사라졌다.

"우린 당신을 정중하게 초청합니다. 어디로 어떻게 초청하는지는 나중에 밝혀집니다. 당신의 선택은 두 가지뿐입니다. 죽느냐가 아니면 사느냐입니다. 우린 결코 공갈을 치기 위해서 이러는 것이 아닙니다. 우린 전자장치와 컴퓨터 시스템이 완벽하게 갖추어져 있습니다. 당신을 해치우는 일은 되도록 피할 생각입니다. 당신이 허락한다면 당신과 다혜 씨와 당신의 가족들은 무사할 것이며 당신에게 지금까지 보여주었던 무례는 하지 않습니다. 당신의 실력은 잘 압니다. 주먹과 표창 실력도 말입니다. 그러나 이 무기를 보시면 당신의 실력이 얼마나 초라한가를 알 겁니다."

미스 민이란 여자는 아까 내 뒤통수에 댔던 것과는 다른 총을 꺼내 내 옆구리께에 놓여 있는 표적을 향해 겨냥했다.

퍽!

파란 불꽃이 일었다고 생각되는 순간 내 옆구리 근처에 있던 표적은 산산조각이 나버렸다. 무슨 장치가 되어 있었는지 모르지만 무시무시한 무기라는 걸 알 수 있었다.

"어째서 내가 필요하다는 겁니까? 나는 당신 말처럼 그런 무기 앞에 맥을 출 수 없는 존재가 아닙니까?"

하느님, 두고 봅시다

"당신이 필요한 이유는 나중에 설명합니다. 당신은 가지 않으면 안 됩니다. 우린 당신뿐 아니라 우리가 필요하다고 생각되는 사람은 모두 데려갈 겁니다. 당신에게 무기와 우리의 힘을 보여주는 것은 당신 마음대로 거절하면 안 된다는 걸 보여주려는 때문입니다."

미스 민은 꽤 미인이었다. 서울 말씨에 좋은 몸매를 타고난 여자였다.

"짐작이라도 합시다."

"비밀입니다."

"알아야 승낙하든 내 모가지를 내놓더라도 거절을 하든 할 거 아니요?"

"당신을 감쪽같이 데려갈 수도 있었어요. 마취탄 한 개면 복잡한 과정이 필요 없었지요. 그러나 당신 같은 사람에겐 본인의 승낙이 필요한 일입니다."

"무슨 일인가 알기 전엔 대답할 수가 없잖소?"

"한 가지는 말해 줄 수 있습니다. 이것은 결코 당신을 궁지에 몰아넣거나 사상범의 죄를 뒤집어씌우는 것은 아니라는 겁니다."

미스 민은 두목의 얼굴을 쳐다보더니 이내 의미 있게 웃었다.

"당신은 다혜 씨와 빨리 결혼하기 위해 내일 낮에 한강 인도교 꼭대기에 올라가기로 했습니다. 그런데 우리와 같이 일하겠다면 문제는 아주 쉬워집니다. 두 분의 결혼이 이루어지게 만들 것이며 두 분이 행복하게 살 수 있도록 충분한 돈까지 마련되어 있습니다. 첨가해서 말하자면 결코 당신을 범죄자로 만들거나 당신을 이용하는 따위는 하지 않습니다. 다혜 씨가 원한다면 파리 유학을 두 분 다 보내드릴 수도 있습니다. 우리의 이런 제안은 파격적이고 이전에도 이후에도 없을 겁니다. 이제 당신이 선택할 순간입니다."

미스 민은 냉랭했지만 고운 음성이나 가끔씩 부드러운 눈초리로 나를 쳐다보는 건 변치 않았다.

"그렇다면 숨길 것도 없잖소? 내가 어디로 갈 거며 왜 가야 하는지도 알려줄 수 있잖소. 그리고 다혜를 돌려보내지 않는다면 결코 당신네들 뜻대로 움직이지 않을 거요."

"호호호……, 대단하시군요. 듣던 대로시군요. 그러나 당신은 금방 후회할 겁니다."

미스 민이 이렇게 말하고 버튼을 눌렀다. 화면의 파란 불빛이 흔들리더니 다혜가 화면 가득하게 비추어졌다. 클로즈업되었던 화면이 멀어지면서 건장한 사내 두 녀석이 웃옷을 벗는 게 보였다. 일그러진 고통의 그림자가 깔린 다혜가 외면했다. 사내들은 다혜의 손을 뒤로 꺾었다. 그리고 그녀의 옷을 우악스럽게 잡아내렸다. 겉치마 속으로 하얀 시미즈가 보였고 이어서 그녀의 웃옷까지 벗겨졌다.

짧은 순간의 일이어서 나도 뭐라고 말할 틈이 없었다. 다혜의 비명 소리가 내 가슴을 마구 뒤흔들었다. 나는 벌떡 일어났다. 그 순간에 미스 민이 쏜 이상한 총알이 나를 쓰러뜨렸다.

"중지해! 원하는 대로 하겠다."

미스 민과 두목이 웃었다. 다혜는 재빨리 옷을 주워 입었다. 나는 멍청하게 천장을 바라보고 이를 앙다물었다.

하느님, 두고 봅시다!

〈7권에 계속〉

작가 후기

연재기간이 만 삼 년이 넘어섰고 원고지는 육천 오백 장이 넘어섰지만 쓰면 쓸수록 가슴만 답답한 이유를 나는 명쾌하게 말할 수 없다. 장총찬이란 인물은 한때 내 분신이었지만 이젠 제멋대로 겉도는 사내가 된 느낌도 숨길 수가 없다.

무엇인가 아는 척하는 이들의 구설수는 이미 오래전에 귀담아 듣지 않기로 작심을 했으며 소갈머리가 배배 꼬인 이들의 위장된 지성이나 식견은 놀부 놈의 작태이려니 치부하고 지내온 터이지만 말없는 이들의 따가운 시선은 결코 잊어본 적이 없다. 『인간시장』이 연재되고 있는 《주간한국》에 실렸던 글을 부분 수정하여 작가 후기에 첨부하는 이유는 할 말이 없기 때문이다.

 청정한 가을 하늘은 아무리 올려다보아도 변한 것 같지 않다. 그런데도 자꾸만 퇴색해지는 느낌을 받는 것은 해맑은 가을 하늘이 변한 것이 아니라 우리들 마음이 순박함을 가리고 우리들 눈빛이 그만큼 흐려진 탓이라는 생각을 지울 수가 없다.

 드높고 드넓은 가을 하늘이 어쩌면 이 땅의 큰 자랑거리였을지 모른다. 헐벗고 굶주린 백성들에게 위로받을 수 있는 것은 한글도 거북선도 아닌, 공허하지만 남이 맛보아도 맑음을 부정할 수 없는 하늘이었으리라. 청정한 가을 하늘은 배부르고 여유 있는 자만의 칭송으로 끝날 수 없는 우리 백성의 것이었으리라. 그 하늘엔 소망이 띄워졌고 애원이 담겨졌고 통일의 염원까지도 수렴했으리라.

 옛날을 그리워하는 이들이 의외로 많다는 사실에 나는 별로 놀라지 않았다. 어쩌면 나 자신도 포함되어 있기 때문인지 모른다.

 문명의 혜택을 즐기고 보다 잘 먹고 보다 편리한 생활의 여유를 지녔으면서도 굳이 추억의 한쪽으로가 아닌 그리움의 한쪽으로 또렷하게 기억하는 것은 문명의 발전과 일상의 여유가 과연 인간의 삶을 행복하게 해주었는가 하는 회의 때문인 것이다.

 서구화가 문명화라는 절름발이 문명으로 우리를 휘감았고

강한 데 약하고 약한 데 강한 출세한 이들의 횡포는 이 땅의 많은 이들에게 이기주의와 출세주의의 뿌리를 심어주었으며 그 바람에 이웃이나 내 민족의 개념은 사라지고 혼자만 잘살아야겠다는 일인분의 행복주의자는 기하급수적으로 팽창해 버렸다.

과학 문명은 차라리 퇴보해도 좋은 한계치에 달했는지 모른다. 아프리카 오지의 토인들은 오히려 행복한 삶을 누리고 있다는 사실을 과학 문명의 맹신도들은 믿지 않을 것이며 마치 그들을 동물 취급할지 모른다.

과학과 문명의 발전에 필스적으로 수반되어야 하는 사랑을 분실한 상태의 발전은 민족뿐 아니라 인류의 파멸을 예고함에도 우리는 공해와 에너지 우기와 식량 따위의 걱정만을 하고 있는 형편이다.

한 가닥 믿음을 위임받은 종교도 자기 종파만이 정통이라는 엉뚱한 고집과 본질을 오면한 채 경제적 우월감에 사로잡혀 인간의 구원이 아닌 형식적 허세에 파묻혀 있는 실정이다.

하느님이나 불타께서 결코 원한 적이 없는 이 만행에 우리는 침묵하거나 묵시적 동조자가 된 것이다.

폭력의 난무는 또 어떠했던가? 우리는 신문 사회면의 사건 기사만을 폭력이라고 말하는 어리석음을 저지르고 있다.

권력은 국민이 만들어준 것으로 봉사하라고 맡긴 것이었지만 횡포자로 군림해 왔던 걸 부정할 수 없으며 결탁형 재벌의 등장과 부의 편중과 쉴 새 없이 일어나는 권력형 축재와 투기로 대다수의 서민들은 목을 졸려왔다.

법을 집행하는 자도 시녀 노릇을 했으며 법을 만드는 자도 그 시녀였고 법 위에 군림하는 풍속은 대다수 국민에게 한탕주의의 면모를 유감없이 보여주었다.

양심을 지하실 금고에 넣어두고 다니는 이른바 쥔 자와 가진 자와 배운 자들의 만행은 기사화되지 않은 무차별 폭력이었다는 사실을 우리는 상기할 필요가 있다.

새치기하면 인생이 보다 빨라졌던 여러 가지 확증을 우리는 아직도 무수하게 응시하고 있다. 사회 범죄의 발생률을 개탄하는 이들 자신이 범법자였다는 이 이율배반의 종식은 상식이라고 하는 평범한 진리에서 되찾을 수밖에 없다.

가을 하늘은 아직도 고운데 이 땅은 외모로 윤택해졌으나 속 모양이 척박해졌다. 척박한 땅 위에 우리는 새로운 씨앗을 뿌려야 하는 고통을 감내해야 할 것이다.

가장 배경 있는 사람은 정당하게 사는 이 땅의 사람이어야 한다. 법이란 인간의 삶에 있어서 까마득한 종속물이어야 하며 법은 어떠한 경우에도 빙자되어선 안 된다. 범법자들이 자신은 남에 비하여, 범법자가 아니라는 비교의 팽배 역시 이 땅에 사는 많은 이들의 아픔인 것이다.

상식의 씨앗이 돋아날 때까진 우리는 믿음을 회복하지 못할 것이다. 상식이 만연되면 우리의 잊었던 인정과 사랑이 되

돌아올 것이다. 그 해 맑은 가을 하늘은 영원히 우리 것일 수밖에 없다.

인간시장 6

초판 1쇄 | 1983년 10월 10일
제2판 1쇄 | 2004년 3월 10일
제3판 1쇄 | 2015년 5월 25일
제3판 3쇄 | 2024년 7월 20일

지은이 | 김홍신
펴낸이 | 송영석

주간 | 이혜진
편집장 | 박신애 **기획편집** | 최예은・조아혜・정엄지
디자인 | 박윤정・유보람
마케팅 | 김유종・한승민
관리 | 송우석・전지연・채경민

펴낸곳 | (株)해냄출판사
등록번호 | 제10-229호
등록일자 | 1988년 5월 11일(설립일자 | 1983년 6월 24일)

04042 서울시 마포구 잔다리로 30 해냄빌딩 5・6층
대표전화 | 326-1600 **팩스** | 326-1624
홈페이지 | www.hainaim.com

ISBN 978-89-6574-496-2
ISBN 978-89-6574-490-0(세트)

파본은 본사나 구입하신 서점에서 교환하여 드립니다.